[illegible]

D[illegible]

Premi[illegible]

w[illegible]broussard.com

Fanny Broussard

DANS LA PEAU DE KIWI

Livre I

Roman en faveur de la protection animale.

Remerciements

Je souhaite remercier mon amie Charlaine, qui a passé de nombreuses heures à corriger mes fautes et étourderies.

Merci également à cette étoile, qui a mis Yuzu sur mon chemin. Elle est ma Kiwi, elle est mon histoire.

Avertissement

Ce roman est déconseillé au moins de douze ans. Des scènes de souffrance peuvent heurter la sensibilité.

Bonne lecture !

Dernier jour

Aujourd'hui est un jour spécial.

Je le sens au travers de mes articulations rouillées.

Je le sens dans l'atmosphère fleurie de cette matinée printanière.

Je le sens à ma manière de respirer, si difficilement, cet air

Je le sens à cause du profond chagrin de mes humains.

Ils pleurent autour de mon corps décharné par la vieillesse et la maladie, mon pelage est terne et, par endroits, on peut même y voir ma peau pâle tachée de marron. Je fais de mon mieux pour rester digne, mais cette enveloppe charnelle me trahit. Une quinte de toux m'arrache de nombreux râles qui déchirent leur cœur déjà bien malmené.

Je repose ma tête devenue bien trop lourde sur ce délicat tapis de mousse forestière sur lequel on m'a tendrement installée. Une main tremblante flatte le sommet de mon crâne, mon endroit préféré. Une goutte tombe sur ma joue, serait-ce mon ami le soleil qui pleure ? Je ne saurais le dire. Le temps où je pouvais observer les papillons voleter à la cime des arbres est révolu depuis déjà quelques saisons.

J'entends une mouche, elle me nargue, j'ai dévoré un bon nombre de ses congénères lors de ma longue existence. Je comprends parfaitement qu'elle veuille, en ce jour, réclamer réparation. Elle se pose, aussi légère que le vent sur mon oreille, je tente de m'en défaire, mais mes mouvements ne sont réalité que dans mon imagination.

— Va-t'en, dégage de là ! Vilaine mouche ! Kiwi n'est pas encore morte...

Ma petite humaine est venue à mon secours. Son cri de désespoir me redonne un peu de force et de courage pour prolonger mon agonie et arracher quelques secondes de vie à la mort. Un affectueux ronronnement émane discrètement de ma poitrine dont le rythme des battements s'amenuise.

Des bras, musclés et à l'odeur reconnaissable entre mille, me soulèvent de ma si confortable couche mortuaire. Leur étreinte est douce et pleine d'amour, jamais je n'avais ressenti autant de tristesse chez un humain. Je lui lèche le menton pour lui montrer mon attachement réciproque, mais surtout pour le rassurer, car je ne souffre presque plus. Sa peau humide a un goût de sel, il pleure lui aussi. J'aurais tant aimé voir ses magnifiques yeux noisette une dernière fois, comme ce jour béni où il est venu à moi. Depuis, son regard me transperçait, me sondait et me comprenait. Nous étions faits pour partager nos vies, mais la mienne s'arrête ici, dans le petit bois au fond de leur si merveilleux jardin.

Après un dernier baiser sur ma truffe toute sèche, il me repose précautionneusement sur la mousse épaisse qui épouse à la perfection mon corps anguleux et amaigri par la vieillesse. Ses grandes mains me caressent, elles aussi pour la dernière fois. Je prie pour que ce moment privilégié dure jusqu'à la fin des temps, mais tout a une fin et la mienne approche de seconde en seconde.

— Ma chère et tendre petite Kiwi... En ce jour funeste, je t'ai préparé un petit laïus.

— C'est quoi un « laïus », papa ? l'interrompt la fillette.

— Un discours, ma chérie.

Mon humain sort un objet froissé de sa poche, j'entends ses mains trembler discrètement, son corps aussi est en train de le trahir, mais il ne le sait toujours pas. Ce n'est pas la mélancolie qui saccade ses mouvements par intermittence. Une maladie le ronge, insidieusement, elle gagne du terrain et chaque jour qui passe diminue ses chances de soigner son mal à temps.

La simple idée de les abandonner maintenant, alors qu'ils s'apprêtent à vivre une sombre période, me vrille les entrailles, bien plus encore que la perspective de ma propre mort.

— Kiwi, ces quelques lignes sont pour toi. Je sais que tu ne peux pas comprendre mes mots, mais les années en ta compagnie m'ont appris que tu saisissais bien plus qu'on ne pourrait le croire. Kiwi, malgré la noirceur de ton pelage, tu as été mon rayon de soleil lors de ces dix-sept dernières années. Tu as vu mon mariage avec Cirielle, la naissance d'Angèle et tu nous as soutenus quand l'amour de ma vie s'en est allé rejoindre les cieux.

Le baragouinage de mon humain est comme un baume au cœur. Je ressens sa tendresse à mon égard, son profond chagrin et une éternelle reconnaissance. Je l'aime tant, ma vie fut des plus belle en sa compagnie. Je pense qu'il est temps pour moi de partir en paix maintenant.

— Kiwi, je t'aime. Je prie pour que, dans ta vie après la mort, tu ne souffres plus. Tu as tellement souffert, beaucoup trop pour un petit chat aussi gentil que toi. Nous te souhaitons un bon voyage, ma précieuse Kiwi.

— Tu vas de nouveau pouvoir chasser les mulots et traquer les lézards, Kiwi...

La voix de ma petite humaine se brise, son corps convulse tellement sa peine est intense. J'aimerais la consoler, tout comme des sombres soirées où le souffle de la vie avait quitté pour toujours l'enveloppe charnelle malade de sa mère. Je m'en veux de la faire souffrir à nouveau.

Un corbeau croasse.

Mon funeste ami est lui aussi venu me faire ses adieux.

Le moment est venu. L'air qui quitte mes poumons ne reviendra plus. Je ne sens plus la douce brise aux senteurs boisées sur mon pelage. Mon cœur s'arrête, pour toujours. La vie me quitte. Je meurs aveugle, mais je la vois, ma famille, si solaire, si belle et si heureuse.

Je me trouve toujours dans ce bois si familier, mes plus beaux trophées ont été remportés dans cet espace grouillant de vie. Je suis de nouveau jeune et pleine de vie, la mort m'a apporté l'énergie et l'éternité. Je regarde autour de moi et redécouvre les arbres, le petit ruisseau, et mes proies les oiseaux. Une grive s'envole. Je la suis des yeux, l'estomac en appétit et les griffes impatientes.

Puis, j'oublie ma chasse, j'oublie ma mort.

Mes petits sont là, de l'autre côté du ruisseau, au-delà du petit pont de bois. Je ressens leur appel, plus intense que jamais. Ils m'attendent avec impatience, leurs yeux rieurs et joueurs. Je m'avance vers eux, le cœur empli de bonheur.

Maman !

J'accélère le pas, ils m'ont tellement manqué, je pensais que la souffrance de leur perte n'était qu'un mauvais souvenir, mais je sens ce poids si lourd et si présent disparaître de mon âme.

— Adieu, Kiwi...

Kiwi, je connais ce mot, c'est mon nom. Je me retourne alors que je traverse le pont qui me sépare de mon sang, ma progéniture, à l'origine de tant de désespoir dorénavant oublié.

Mes humains me sourient, je les salue avec respect et reconnaissance pour la vie merveilleuse qu'ils m'ont offerte et me détourne définitivement d'eux pour embrasser mon repos immortel.

Je ne souffre plus.

Je suis enfin libre.

Je suis morte.

Je suis éternelle et voici mon histoire.

Jour 1

Première respiration, mon poitrail me brûle, je crie.

Seconde respiration, ma conscience s'éveille, je suis perdue.

Le petit être frêle que je suis a terriblement froid, dans ce nouveau monde aux mille senteurs que je ne saurais interpréter. Toutefois, un bruit retient mon attention. Un battement, affolé mais régulier, résonne et m'atteint. Je le reconnais. Il m'accompagne depuis le début. Mon seul et unique point de repère dans ce nouveau monde. Mon corps, encore tout humide, tremble sans que je ne puisse y faire grand-chose, je dois atteindre ces pulsations réconfortantes.

Mais je suis si fourbue et maladroite.

Difficilement, je m'approche de ce son si familier. Je hurle mon mécontentement, car je n'arrive pas à me mouvoir, je rampe, obstinée à atteindre mon objectif, mes muscles engourdis se tendent, poussés par l'instinct. Je n'ai pas le choix, c'est avancer ou mourir. Puis soudain, un souffle chaud me réconforte le cou, et un contact humide vient nettoyer mon visage et mes narines encore un peu encombrées. Je me sens mieux. Cette crainte intense est désormais un mauvais souvenir. Je sais dorénavant que je suis en sécurité.

Malheureusement, cette attention, bien trop fugace à mon goût, ne dure pas longtemps et de nouveau, je me retrouve seule, frigorifiée. Un cri de douleur, un souffle rauque et quelques halètements d'épuisement plus tard de la part de cette présence rassurante, et une nouvelle âme esseulée vient me rejoindre, rompant mon errance sur cette étoffe souillée.

L'attente est interminable, en fin de compte, nous sommes quatre petites choses fragiles, serrées les unes contre les autres et qui attendons avidement de se délecter du lait maternel. Quatre vies qui dépendent maintenant de notre mère épuisée.

Certes, nous sommes aveugles, mais à force d'entêtement, nous trouvons les tétines salvatrices. Je suis la première à étancher ma soif qui pourtant semblait sans fin. Mes frères et ma sœur, quant à eux, continuent à se désaltérer et à gagner en vigueur. J'entends sans pourtant trop écouter leurs bruits avides de succion, cela m'est égal, je suis si bien le ventre plein. Je me blottis entre les pattes musclées de ma maman pour me reposer de tant d'efforts et d'émotions. Malgré la rude épreuve qu'elle vient de vivre, elle se redresse et débute une longue séance de toilette, sans ménagement, elle me nettoie de tous les vestiges de ma naissance. Ma mère est si douce et attentionnée, elle est mon monde, sans elle je ne pourrais vivre.

Je papillonne parmi toutes ces odeurs. Je découvre et je mémorise celle de ma génitrice ainsi que celles, encore difficilement dissociables, de ma fratrie. On me bouscule. D'un tendre coup de tête, je me retrouve la truffe dans ces étranges tissus très soyeux, ils exhalent une senteur étrange, forte et irritante. Elle n'appartient pas à notre petite communauté.

Propre et rassasiée, je peux enfin m'endormir pelotonnée entre mes frères, alors que ma sœur subit à son tour les mêmes assauts râpeux. Le sommeil s'empare de mon esprit en paix, je m’endors bienheureuse de cette vie d'amour et de tendresse qui s'offre à moi.

Le sol tremble. Nous nous réveillons tous en sursaut dans la totale incompréhension. Nous restons silencieux, pétrifiés par la peur, notre mère est immobile même si elle, aussi, a été sortie du sommeil. Nous sommes encore aveugles et terriblement fragiles, chaque danger est potentiellement mortel pour nous. Les vibrations du sol s'intensifient puis se stoppent non loin de notre cachette. Un courant d'air chargé d'une odeur puissante et musquée parvient à mes narines peu entraînées. Une onde chaude caresse agréablement mon pelage et un halo clair me fait mal aux yeux, malgré mes paupières encore closes. Ma mère se lève brusquement et accueille cet étranger à force de salutations et de mises en garde amicales.

— Stéphanie ! Viens voir ça, Gribouille a fait ses petits dans ton tiroir à petites culottes.

— Oh non ! Ce n'est pas vrai ! Elle a dû tout me dégueulasser, se plaint une seconde voix.

— Je crois qu'il y en a quatre. Ils sont magnifiques, bouge-toi ! Tu vas voir, il y en a un tout blanc.

Derechef, le sol vibre et de nouvelles odeurs me chatouillent le nez. Je ne comprends pas les cris assourdissants de ces drôles d'inconnus, mais ils me gênent, je suis si fatiguée. Avec un de mes frères et ma sœur, on se grimpe les uns sur les autres pour gagner un peu plus en chaleur maintenant que notre mère s'est levée en nous abandonnant pour je ne sais quelle raison. Je lui en veux, car maintenant, nous sommes à la merci de ces étranges individus et j'ai peur.

J'entends des baragouinages, ils sont forts et gutturaux comparés aux douces paroles maternelles. Ils me semblent fortement agressifs, je me cache comme je peux. Dissimulée sous un tissu épais et chaud, je suis bien décidée à attendre patiemment le retour de notre maman. Cependant, rapidement, je comprends que je ne peux rester ici à ne rien faire.

Je ne vis que depuis quelques heures, mais je sens que quelque chose ne va pas. Mon odorat perçoit une odeur désagréable en dehors de la multitude de fragrances nouvelles. Je n'ai pas conscience de beaucoup de réalités, mise à part celle de ce tiroir, pourtant j'en suis certaine, quelque chose a changé.

Alors que je me débats pour m'extirper du méli-mélo créé par mes semblables qui m'avaient rejoint, je couine pour que notre mère revienne au plus vite. Je décide de partir à la recherche de mon autre frère. Laborieusement, je finis par le trouver au-delà d'un monticule d'étoffe que j'ai bien cru ne jamais réussir à gravir.

Contrairement à nous, il est calme et immobile. Heureuse de pouvoir me reposer sans me faire malmener, je me blottis contre lui. Au comble du bonheur et sans que je ne m'en rende compte, une douce vibration naît de ma gorge, second son que j'émets après mes vociférations à la fois affamées et effrayées. Ce son m'apaise, il m'aide à mieux supporter l'absence de notre mère protectrice.

Contrairement à ce à quoi je m'attendais, le contact avec mon frère ne me réchauffe guère. Je grelotte contre son corps froid. Je redouble l'intensité de mon ronronnement, terriblement inquiète. Je lui grimpe dessus, pour qu'il se réveille ou bien manifeste son mécontentement, mais je ne sens ni son souffle ni n'entends son cœur battre. Pourtant ceux des deux autres sont si bruyants, alors pourquoi est-ce que rien n'émane de lui ?

Je reste là dubitative, dans l'incompréhension et l'attente du retour de ma mère qui saura, je l'espère, aider mon frère.

— Steph...

— Quoi encore, Matthieu ?! Ce ne sont que des chatons. Tu en verras d'autres et les gosses vont être en retard à l'école si tu ne te bouges pas.

— Non, mais Steph, je crois qu'il y en a un de mort.

De nouveaux pas retentissent et, sans prévenir, je sens que l'on me soulève sans ménagement. Je pousse un cri strident, le plus puissant que mes petits poumons peuvent engendrer. Tout aussi brusquement, je retombe entre mon frère et ma sœur en plein câlin sportif, et qui m'accueillent tout aussi chaleureusement d'une patte griffue sur la truffe.

Que s'est-il passé ? À l'endroit où cette étrangère m'a touchée, l'odeur me dérange, je ne me reconnais plus.

— En effet, il est raide mort, lâche la femme.

— Que c'est triste ! Tu crois que Gribouille va déprimer ?

— C'est une bête, elle s'en remettra. De toute façon, on ne va pas les garder, alors autant qu'ils meurent naturellement que de les tuer nous-mêmes.

— Il est hors de question de les tuer, Stéphanie ! Quel exemple ça donnerait aux enfants ?!

— Fais comme tu veux, mais je ne m'en occuperai pas et c'est hors de question de les garder, tu devras leur trouver des couillons pour les prendre.

— Parfois je me demande si tu as un cœur...

— Pour l'instant je pense à Dimitri qui va se prendre une retenue s'il arrive encore en retard, on doit y aller, Matthieu.

— J'en fais quoi, du chaton mort ?

— Soit poubelle, soit tu l'enterres ce soir. Bouge-toi maintenant !

Les deux observateurs quittent ma maison et je tente de retrouver mon frère. Il a besoin de moi et de ma chaleur et, maintenant que le silence règne de nouveau en maître, il arrivera mieux à se reposer et moi aussi.

Notre mère revient peu de temps après, sans que j'aie réussi à retrouver mon frère et je me sens faible à mon tour. J'ai besoin de chaleur et de me nourrir.

Quand elle comprend qu'un de ses petits manque à l'appel, elle nous quitte aussitôt et part fouiller tous les recoins du vaste monde dans lequel les géants se déplacent. Elle l'appelle, encore et encore, j'entends son ronronnement tendu pour faire venir son fils, mon frère. Ses lamentations résonnent dans nos cœurs qui se brisent, nous pleurons notre peine et notre inquiétude. Elle disparaît de la pièce et, une fois encore, nous entendons ses gémissements. Sa complainte dure et, tandis que nos forces nous quittent et que le sommeil froid nous guette, nous l'appelons à notre tour.

La revoilà, nous nous jetons sur ses mamelles pleines et elle. Nous buvons encore plus avidement que lors de notre première tétée. Les forces nous reviennent et nous avons enfin chaud, la chaleur et la satiété nous font oublier notre frère disparu et nous nous endormons paisiblement, alors que notre mère pleure sa souffrance. Son cœur est déchiré entre son devoir et son envie de repartir à sa recherche. Je devine que les grands intrus l'ont pris, car son odeur mortifère avait accompagné leur départ. Jamais nous ne le retrouverons, nous ne sommes dorénavant plus que trois.

C'est ainsi que commence ma vie.

Je fais la rencontre de la mort.

Je m'accoutume à la tristesse.

Je vis.

Quand j'y repense, je me dis que j'aurais tant aimé être à la place de mon défunt frère ce jour-là, plus de souffrance, plus de peur, hormis le repos éternel.

Jour 60

Je suis plutôt fière de moi ce matin, je me suis cachée dans un petit buisson dans le jardin de nos humains. Il est immense à l'échelle de la petite chatonne que je suis. Toutefois, quand j'écoute les aventures rocambolesques de ma mère et de nos voisins au-delà du mur de parpaings, je me surprends à rêver de m'y rendre et de capturer, seule, de bons gros lapins bien gras. Il paraît que cette proie est le trophée suprême, et je voudrais le décrocher pour ma maman.

Un jour, j'y arriverai.

Les petits bipèdes me cherchent, mais jamais ils ne m'attraperont, car ils sont trop lents et trop lourds. Maintenant, mes yeux se sont ouverts et je peux observer mon environnement. De plus, mes pattes sont enfin suffisamment fortes pour que j'apprenne à chasser avec ma mère qui s'est, petit à petit, remise de la disparition de notre frère.

Je m'aplatis contre la terre humide, mes griffes, ma fierté, labourent le sol d'impatience. Ma sœur a baissé sa garde. Elle se toilette négligemment sur l'herbe tendre, les moustaches au soleil, son pelage danse avec le vent. Elle est si belle. Ma sœur est d'une blancheur aveuglante, sa parure de poils est parsemée de petites taches noires au bout des pattes et sur le museau. Les humains passent leur temps à s'occuper d'elle alors que moi, je ne récolte que les coups d'un grand bâton poilu plein de poussière.

Je bondis en dehors de ma cachette et attrape ma si jolie sœur par une oreille, elle pigne et attaque à son tour. Nous roulons dans l'herbe, le poil hérissé et nos crocs découverts. On se livre une bataille sans merci et on adore ça ! Nous nous chamaillons ainsi toute la journée et, fort heureusement, c'est souvent moi qui gagne.

Nos luttes passionnées sont, d'après maman, le meilleur moyen pour devenir de très bons chasseurs. Mais ma force n'est rien comparée à celle de mon frère qui est le plus gros de notre fratrie. Il joue avec maman, car j'ai toujours mal avec lui.

Dans notre élan, nous tombons maladroitement sur la terrasse en contrebas. Ma sœur en profite pour fuir la bagarre et je me retrouve seule, le dos endolori. Je tente de faire la fière comme un véritable chat le ferait, mais je ne peux m'empêcher de rejoindre à toute allure ma maman qui veille tranquillement à notre sécurité. Elle m'accueille chaleureusement, je me sens tout de suite mieux, ma chute ridicule déjà oubliée.

Heureusement qu'elle est là, d'ailleurs. Souvent, quand je pleure, elle vient me réconforter et me promet qu'un jour, elle m'apprendra tous les secrets pour devenir un chat accompli, mais que pour le moment je suis encore trop petite.

Une sonnerie retentit et la traque des petits humains se termine. Ils accourent tous vers les nouveaux venus et les accueillent à grand renfort de cris et de jappements caractéristiques de leur espèce. Nous filons nous cacher sous un siège poussiéreux et nous nous blottissons les uns contre les autres. Mieux vaut rester prudents.

— Bonjour Anne-Sophie ! Salut les enfants, qu'est-ce que vous avez grandi ! bavasse Stéphanie.

— Bonjour Steph, tu vas bien ? répond Anne-Sophie.

Les trois nouveaux venus entrent et ils ont avec eux une drôle de créature très odorante. Je vois ma maman courber l'échine et on l'entend émettre un grondement sourd, la mise en garde envers cette chose répugnante est plus que claire.

Loin d'être impressionnée, elle aboie en retour et déambule dans notre jardin et notre maison, sa truffe plaquée au sol et sa ridicule petite queue battant l'air. La créature est à notre recherche. Maman revient et se poste devant nous, toujours aussi effrayante, personne ne peut nous faire du mal quand elle est là.

— *Restez derrière moi, mes petits. Ce chien est peut-être dangereux !*

Alors, cette chose immonde est donc un chien, y en a-t-il beaucoup dans notre monde ? Sont-ils tous semblables à celui-ci ? Ou bien en existe-t-il de toutes sortes ? L'arrivée de cet intrus me fait me poser toute une ribambelle de questions, tellement que j'en ai le vertige.

Mais la peur reste prépondérante, je fais de mon mieux pour rester courageuse, et c'est l'occasion pour moi d'être meilleure que mon frère. J'essaie comme je peux de calmer mon cœur affolé, ces battements pourraient trahir notre présence. Mon frère marche sur la queue de ma très maniérée sœur qui en fait tout un plat. Je ne peux m'empêcher de leur jeter un regard aussi noir que ma fourrure est ténébreuse.

— Où est Matthieu ?

— Au travail. Il s'est trop attaché aux chatons, j'ai préféré vous faire venir pendant son absence.

— Ton mari est vraiment un tendre.

— Il m'use avec ces chats, si tu savais...

Les deux humaines rient de concert tandis que nous luttons pour notre survie; la bête hideuse, nommée chien, est toujours à notre recherche. Je suis comme hypnotisée par ses mouvements erratiques et son apparence, si singulière. Sa peau forme de nombreux plis disgracieux sur son faciès, et de grosses babines pendantes et baveuses souillent le sol de la terrasse. Sans oublier sa mini queue qui trône sur son arrière-train porté par quatre pattes arquées. Quelle curieuse créature !

— Winston, au pied ! Tu vas faire peur aux petits minous !

Notre ennemi abandonne aussitôt la chasse et nous pouvons respirer de nouveau. Je suis impressionnée, cette bête comprendrait-elle les baragouinages incompréhensibles des humains ? Mes yeux toujours braqués sur lui, je ne peux m'empêcher de vouloir m'approcher. La curiosité ayant raison de mon entendement, je sors de ma cachette malgré les remontrances et les mises en garde de ma mère encore sous le coup de la colère. La queue en l'air en signe de bienvenue, je m'approche de cette grosse bestiole allongée aux pieds des nouveaux humains, qui boivent de l'eau fumante à l'odeur détestable.

— Oh ! Quelle petite merveille je vois là, s'extasie Anne-Sophie.

Je comprends que ses petits cris me sont destinés, ils sont chaleureux contrairement à ceux de notre vile humaine.

— *Bonjour...* je lui réponds en retour.

Peut-être m'aimera-t-elle ?

Une petite main douce m'attrape et me serre contre son gros cœur qui bat fort. Je suis à la fois frustrée de m'être fait attraper avant d'avoir pu me présenter auprès de la créature, et à la fois aux anges d'être au centre de l'attention. Les longs poils de la petite humaine me chatouillent les oreilles et je m'y faufile en me tortillant, les griffes plantées dans sa peau fine.

— *Sois prudente !* me sermonne maman.

Mais je m'en fiche, je suis une aventurière et la vue est impressionnante de là où je suis. Je vois loin et je peux observer sereinement l'intrus qui nous a fait si peur. Le chien bave partout, au plus grand désarroi de notre méchante humaine à qui la colère monte aux joues. Je suis contente, c'est tout ce qu'elle mérite.

Je ronronne, la mère de cette gentille petite humaine m'a, à son tour, pris dans ses bras. Je suis pelotonnée dans l'agréable tissu qui la recouvre mais qui, toutefois, sent encore un peu trop la bête bizarre. Elle me caresse sans relâche et je lui montre mon ventre en signe de confiance et d'amitié.

— Quel est son petit nom ?

— Ne t'embête pas avec elle. Je vais plutôt te montrer notre petite Précieuse, elle a du siamois, je pense, certainement de la part de son père.

— Voyons ça alors, je te suis.

On me repose avec douceur sur le sol froid. Je sautille en faisant bien attention de ne pas glisser, mes griffes sont inutiles sur cette surface trop lisse. Je suis avec énergie et bonhomie cette grande humaine pour avoir d'autres caresses. Toutefois, quand je la vois s'extasier devant ma parfaite sœur, j'accélère. C'était *mon* humaine. Je miaule, je me frotte contre ses longues pattes sans poils pour capter son attention et qu'elle oublie le plus vite possible ma rivale.

— C'est vrai qu'elle est jolie, mais la petite noire m'a tapée dans l'œil. Vous en pensez quoi, les enfants ?

— Les copains disent que les chats noirs portent malheur, lance le petit garçon.

— Balivernes ! Qu'en penses-tu, Lydia ?

— Je la trouve marrante, répond la petite fille.

Les trois nouveaux humains me regardent et me montrent leurs ridicules petites dents blanches, je crois, bien qu'il s'agit de leur manière de sourire. C'est étrange.

Ma maman s'approche à son tour, mon frère toujours collé à elle. Nous voilà tous les quatre réunis, à faire les yeux doux aux humains pour avoir ce que nous voulons, maman à manger, mon frère jouer, ma sœur se faire flatter et moi remonter dans leurs bras.

— Tu leur as donné des noms ?

— Non. À quoi bon, ça fait des années que j'ai des chats et aucun n'a jamais reconnu son nom, pareil pour Gribouille, elle ne répond qu'au sac de croquettes. En plus ce n'est pas la première minette que j'ai et avec toutes ces satanées portées, je manque d'imagination pour tous les nommer.

— Pourquoi tu ne stérilises pas tes animaux? Tu n'aurais plus de soucis comme ça.

— J'ai mieux à faire de mon argent.

Je m'impatiente, ces humains sont tous si bavards. Je tente de grimper sur la seconde peau bleue de la petite humaine. Grâce à mes griffes je peux faire tant de choses. Je me réjouis face à tant d'adresse, jusqu'où pourrais-je repousser mes limites ?

— Oh maman ! Regarde, elle veut des câlins.

L'allégresse de la fillette tranche avec la colère palpable de sa mère vis-à-vis de l'autre femme que je hais tant. Je suis tellement heureuse qu'elle aussi ait remarqué la malveillance de cette dernière. Je ne l'aime que plus.

— Est-elle sevrée ?

— On a attendu qu'ils grignotent par eux-mêmes dans la gamelle de leur mère et c'est le cas pour les trois. Donc je suppose que oui.

La vilaine humaine me saisit par la peau du cou comme ma maman peut faire. Dans ce cas-là je ne peux pas bouger, même si je suis en colère. Je déteste tellement cette bipède... Elle me lâche devant la gamelle puante et sale de ma maman, d'ailleurs... Comment fait-elle pour manger dedans, alors qu'elle me parle de ses nombreuses chasses, si exaltantes ?

Ce n'est pas la première fois que je me retrouve devant cette drôle de nourriture. Depuis quelques jours, les grands humains nous mettent devant et nous plongent le museau dans cet amas de croquettes malodorantes. Sans cesse, ils tentent de nous les faire manger, mais le lait de maman est tellement meilleur, même si elle commence à me faire comprendre que je deviens un peu trop grande et qu'il est temps pour moi de goûter à autre chose.

J'en lèche un petit bout pour qu'elle me laisser filer comme les fois précédentes, et je retourne quémander les caresses auprès de la petite humaine aux jappements aigus.

— Satisfaite ? demande Stéphanie, impatiente.

— Oui, je suppose qu'elle est propre aussi ?

— C'est ça, je me tape la litière à nettoyer deux fois plus que d'habitude !

— Ok. Bon et bien, c'est décidé Steph, on te prend celle-là.

— Génial ! Tu as une caisse de transport ?

— Oui, on en a pris une sur la route, chez une vieille dame qui faisait un vide-grenier. Madame Lacroix, si mes souvenirs sont bons.

Je regarde les bipèdes jacasser pendant que je profite de ma première véritable séance de câlins. Je ne sais plus où donner de la tête, je reçois des grattouilles par-ci, des caresses par là. Je suis au nirvana. Mais chaque bonne chose a une fin, comme dit maman, et j'entends ma sœur geindre au pied du grand siège sur lequel ma petite humaine me dorlote.

— *Je veux monter moi aussi !*

— *C'est mon humaine !* je la mets en garde.

— *Tu es méchante !*

— *Et toi jalouse !*

Elle capitule et part rejoindre notre mère qui a accepté d'offrir son lait. L'occasion est trop rare pour que je la loupe. Je me tortille et parviens avec difficulté à m'extirper des pattes sans griffe de la petite humaine pas très contente que je veuille m'échapper. Je saute du siège et fonce maladroitement vers les mamelles de ma maman. Ces instants de tendre complicité sont les uniques occasions de passer un bon moment tous les quatre, je me lèche les babines d'avance.

Alors que je cours au ralenti sur ce maudit sol glissant, une main étrangère me stoppe dans mon élan et m'écarte de ma famille. Je feule, c'est la vilaine humaine, comment ose-t-elle me priver de ma tétée ? Je suis au niveau de ses petits yeux, et elle me regarde avec satisfaction. Qu'ai-je fait pour qu'enfin elle me montre ses dents ? Je me calme un peu, même si je pense au lait chaud qui m'attend. La bipède se déplace et je crie de mécontentement.

— *Non, ce n'est pas la bonne direction !*

Je vois s'éloigner ma famille qui ne remarque même pas mon absence. On me balance dans une boîte qui sent l'urine, je feule derechef et gratte avec virulence le battant déjà refermé. On pose ma prison au sol et je regarde, impuissante, ma sœur et mon frère téter avec appétit. J'entends leur ronronnement, tandis que moi, je pleure. Je suis morte de peur. J'appelle ma maman à l'aide encore et encore. Elle lève sa tête fatiguée et me regarde, les oreilles pointées dans ma direction.

— *Maman, aide-moi ! Je suis en danger.*

— *Je ne peux pas t'aider.*

— *Pourquoi ? J'ai peur, viens !*

— *À chaque fois, c'est pareil, ils me volent mes petits. Je suis impuissante.*

— *Non ! Lève-toi maman !*

Je pleure de toute mes forces, je hurle, je griffe, je gémis mon désespoir.

— Maman, je ne sais toujours pas chasser ! Tu m'avais promis de m'apprendre à devenir un vrai chat...

— Au revoir ma petite...

Elle se recouche et ferme les yeux. Elle m'a abandonnée, je suis seule maintenant. Je sens mon cœur se fendre un peu plus à chaque battement. Se faire abandonner par sa propre mère, personne ne devrait vivre ça. J'allais abdiquer et succomber à mon triste sort, quand je repense à cette vile humaine. C'est elle qui m'a mise là, elle qui a volé à ma maman tous ses petits, elle qui a affaibli son instinct maternel... Tout est de sa faute !

Soudain, je perds l'équilibre et suis plaquée au fond de cette cage puante. Je m'éloigne du battant, je me cache, peut-être qu'ils oublieront ma présence ici et que je pourrai m'enfuir, à un moment ou un autre. Mais m'enfuir où ? Prisonnière de ma geôle, je m'éloigne de ma maman au si beau pelage noir qui brille au soleil. Je ne la lâche pas des yeux, je veux me souvenir d'elle, je pleure de nouveau.

Maman...

Jour 65

— *Aïe, aïïïïïïeee !*

— Kiwi ! Calme-toi s'il te plaît. C'est pour ton bien.

— C'est une vraie petite terreur votre Kiwi, taquine le vétérinaire alors qu'il jette l'aiguille du vaccin.

— Elle est pleine d'énergie, je ne vais pas la blâmer pour ça. On se donne rendez-vous dans quatre mois pour sa stérilisation ?

— C'est ça, et pour d'autres vaccins aussi. Après cela, elle sera en sécurité et plus de soucis de chaleurs et de marquages de territoire.

— Je ne veux que son bonheur. Merci !

Enfin on quitte cette drôle de maison où les odeurs y étaient étranges et l'atmosphère angoissante. J'entendais des chiens glapir et des chats pleurer. Quelle drôle d'idée de la part de mon humaine adorée que de m'emmener ici ! En plus un douteux humain, avec une seconde peau toute blanche, m’a pincé le cou. Ça me pique maintenant et je ne peux pas me lécher à cet endroit pour soulager la douleur.

On retourne dans la voiture, cette drôle de boîte qui vibre, et je vois depuis ma prison la cime des arbres. J'adore être ici, les tremblotements me bercent. Je me repose, cachée sous mon petit doudou plaid, que j'ai reçu en cadeau à mon arrivée dans ma nouvelle maison.

On s'arrête de nouveau, je trépigne d'impatience, car j'ai hâte de jouer avec Winston ! Mais mon humaine quitte la voiture et me laisse seule pendant de longues minutes. Depuis mon siège, je ne vois pas la reconnaissable corniche de notre immeuble où nichent plusieurs familles d'hirondelles, indice que nous sommes arrivés à la maison. Je distingue de grands poteaux surmontés de longs câbles qui grésillent. Où sommes-nous ? Je suis curieuse, mais je n'aime pas pour autant rester seule ici. Mon humaine met de temps à revenir. Reviendra-t-elle au moins ?

Je panique et la chaleur ne m'aide pas. Il fait très chaud dans cette grande boîte, le soleil tape sur ma caisse et je suis obligée de sortir de mon doudou. Je halète, et miaule pour qu'elle revienne vite. La température monte à toute vitesse, inarrêtable. Mon pelage devient mon pire ennemi, j'ai tellement chaud. Je n'ai pas la chance de pouvoir produire de l'eau salée sur ma peau, contrairement aux humains qui sont avantagés avec leur derme sans poils. Je recule au maximum pour mettre de la distance avec les rayons brûlants, mais ils avancent peu à peu. Lentement, ils se rapprochent de moi. Je suis coincée.

Je repense à ma maman, qu'aurait-elle fait dans cette situation ? Penser à elle me fait mal, elle me manque tellement, même si ma nouvelle famille s'occupe bien de moi et que j'ai un nouveau copain, nos séances de jeux dans le jardin me paraissent si loin.

J'ai la bouche sèche, les minutes s'égrènent et j'attends sans pouvoir faire grand-chose pour lutter contre cette chaleur accablante. J'allais abandonner quand, enfin, j'entends les cliquetis des étranges sous-pattes de mon humaine. Le battant s'ouvre et je respire de nouveau. De l'air tiède se déverse dans l'habitacle et je me refroidis peu à peu. J'en profite pour cracher ma colère quand elle me sort de ma prison.

— Pardon ma petite Kiwi, je n'ai pas pensé à la chaleur. Je suis trop bête, comment tu vas ?! Tiens, un peu d'eau.

Elle me tend un petit bol avec de l'eau dedans, je me jette dessus, avidement. Elle me ressert tandis que je continue à étancher ma soif. Mon humaine n'avait pas fait exprès, je ne lui en veux pas.

— J'ai un petit cadeau pour toi, ma jolie princesse.

Elle continue ses petits grognements incompréhensibles pendant que je finis de m'hydrater. Quand, enfin, je me sens mieux, je profite d'être en liberté dans ce nouvel espace pour tenter de vagabonder et trouver de quoi jouer. Toutefois, elle me tient en place avec fermeté et m'attache une sorte de lien autour du cou. Je gigote, très mécontente de devoir rester immobile et de suffoquer à cause de cet objet suspect.

— Tiens-toi tranquille Kiwi, je dois te le régler ! s'impatiente Anne-Sophie.

Peu importe ce qu'elle baragouine, je refuse de porter ce truc. Je pars en marche arrière pour le retirer, mais l'humaine tient bon, impossible pour moi de lutter contre elle et sa force incroyable. Je lui donne un coup de griffes et, enfin, je suis libre ! Je fanfaronne, fière de l'avoir battue. Mais quand je la vois porter à sa bouche sa main rougie de sang, ce liquide à l'odeur si atypique et alléchante, je me sens mal. Je m'approche d'elle et ronronne, tout en me frottant contre son ventre.

— *Pardon...*

— Tu es une coquine, toi ! Alors ton petit collier te plaît, j'espère ?

Je suis décontenancée, la colère a déjà disparu de son visage sans poils et elle me montre dorénavant ses dents. Elle sourit, quel bonheur !

Je me demande si elle sait que ses grognements sont incompréhensibles pour moi. Tant pis, mon attention est détournée par le ruban rouge que j'ai désormais autour du cou. Il n'est plus trop serré, c'est déjà plus supportable. Un petit médaillon se balance au rythme de mes tentatives d'évasion sur les genoux de mon humaine. Je me lèche pour l'attraper avec mes dents, mais en vain, je finis par laisser tomber et me contente de profiter des caresses.

C'est la première fois que je peux observer librement l'intérieur de la voiture. C'est si étriqué pour les humains, comment peuvent-ils passer autant de temps à l'intérieur ? Je jette un coup d'œil derrière et remarque les autres sièges, je serais bien à y faire une petite sieste. Mais pour l'instant, je ne suis pas fatiguée et cette voiture est pour moi une véritable zone de jeu, au potentiel d'aventures sans limites. Les sièges en tissu pourraient me permettre de réaliser des figures acrobatiques ayant pour but de m'entraîner à la chasse. Les cachettes sous ces derniers me serviraient de planque pour mettre en place des attaques-surprises. Dommage que Winston soit trop gros et qu'il ne soit pas aussi souple qu'un chat, on aurait pu réaliser nos plus beaux combats ici.

La minute câlin terminée, mon humaine m'enferme de nouveau dans ma petite prison à la senteur âcre. Je profite de mon temps dans cette boîte pour tenter de me défaire de mon nouvel attirail: je roule sur moi-même comme mon ami Winston peut faire quand je suis fermement agrippée à son dos. Je me contorsionne et gratte avec ma patte arrière pour faire passer ce cadeau empoisonné par-dessus mes oreilles, mais une de mes griffes s'y coince et je reste bloquée dans une position fortement inconfortable. La boîte roulante est soudainement prise de sursaut et je tombe lamentablement sur le derrière, ma patte toujours en l'air. À force de réflexion, je rentre mes griffes et libère enfin ma patte, mais ce fichu collier est toujours en place. Exténuée par tant d'émotions et d'efforts, j'attends qu'on me libère. J'ai hâte d'aller pour me blottir contre la grande gueule chaleureuse de Winston le chien et y faire une petite sieste.

On me pose au sol et je suis dans les starting-blocks. 3... 2... 1... Je fonce !

— *Winston !*

— *Kiwi !*

Le gros toutou court sur pattes s'élance à ma rencontre, toutes babines ruisselantes dehors. Le choc est d'une violence inouïe, à l'instar de notre amitié. On se bat, enfin moi je me démène comme une dingue, tandis que mon ami se contente de ne pas m'écraser. Quel héros !

Le combat terminé, je m'installe confortablement. L'appartement où je vis maintenant n'a pas de jardin, mais simplement un petit espace dehors avec des barrières et un sol en béton. C'est loin d'être l'idéal pour jouer, car on se cogne partout et je glisse sans arrêt sur le sol. L'herbe et la terre me manque un peu. Toutefois, j'ai depuis peu un grand perchoir avec un petit pot de terre où l'herbe s'épanouit. Y grimper est une immense joie, car je me sens, enfin, dans mon élément.

— *Kiwi, c'est quoi ce truc autour de ton cou ?*

— *Je ne sais pas, mais ce n'est pas très confortable et j'ai peur de me coincer quelque chose dedans.*

— *J'en veux un, ça brille !*

— *J'en ai vu un autre dans son sac.*

Sans attendre une seconde de plus, Winston part à la rencontre de notre maîtresse, trop occupée au téléphone pour remarquer les petits jappements impatients de son bouledogue jaloux. Après avoir attendu quelques minutes, le chien revient bredouille. Je ne cache pas mon exaspération en voyant sa mine de toutou malheureux en quête d'aide. Avec toutes ces histoires de vétérinaire, de suffocation et de colliers étranges, j'ai pris un retard énorme dans ma toilette quotidienne.

— *Oui ?*

— *Elle ne me répond pas...*

— *C'est ce que j'ai cru comprendre. Que comptes-tu faire ?*

— *Je ne sais pas. Tu m'aides, Kiwi ?*

— Je suis navrée, je suis très occupée.

— À te lécher le derrière ?

Je le regarde offusquée, comment peut-il être aussi rustre ?

— Alors, tu m'aides ? reprend-il.

— Je ne sais pas, tu me proposes quoi en échange ?

— Ma place dans le lit de notre humaine ce soir !

— D'accord, mais seulement si tu me la laisses pour dix jours.

— Tu exagères Kiwi.

— Alors tu te débrouilles sans moi, cabot maladroit.

— Pas besoin d'être médisante... Marché conclu !

Je me relève, avec mon légendaire flegme félin, et étire toutes les parties de mon corps pour me préparer à ce périlleux défi. Suivie de mon élève aux babines humides et aux pattes arquées, je m'approche du futur lieu du crime. Légère comme une plume, je saute sur le petit buffet de l'entrée, placé le long du mur en face du dit placard. J'en profite pour me frotter contre le vase où de magnifiques glaïeuls succombent lentement à l'eau croupie. Quelle drôle d'idée que de couper des fleurs pour les admirer au quotidien, tout en les condamnant à mourir prématurément...

Trêve de rêverie, analysons la cible. Le sac à main est pendu sur le même cintre qu'un épais manteau en laine, idéal pour y planter mes griffes et grimper. Je ne vois pas le collier, mais il peut être caché au fond. Winston m'agace à tourner en rond, il a la patience d'un chaton, insupportable.

— Alors Kiwi ?

— Continue à m'interrompre toutes les secondes et tu te débrouilles sans moi ! Et tu sais pertinemment que ce que ça signifie. Pas de collier pour le toutou impatient.

— Les chats... Vous êtes tous si arrogants !

— Et vous si dépendants des humains !

Nous sommes en chiens de faïence, ni l'un ni l'autre n'est prêt à abandonner ce duel ridicule. Je vois une ignoble goutte de bave se former au bord de sa babine, au niveau de l'une de ses canines entartrées. Je suis comme hypnotisée par cette immonde vision. Je me fais violence pour détourner le regard, ma fierté en prend un coup, mais au moins je n'aurai pas de cauchemar dégoulinant cette nuit.

— Petite joueuse !

— Assisté. Alors si tu n'arrêtes pas de me déranger, on annule la mission.

Il va voir qui est le petit joueur des deux. Je descends de mon perchoir, sans oublier de prendre appui sur sa grosse tête pleine de plis, et en ignorant majestueusement ses protestations.

— Monte la garde, au lieu de râler !

Winston s'en va, non sans broncher, faire le guet à la porte du couloir qui mène au salon. J'entends encore notre humaine brailler au téléphone, se croyant toujours seule au monde dans ces cas-là.

Je me lance et essaie de sauter le plus haut possible pour ne pas avoir à trop grimper, mais la densité de vêtements dans ce petit espace limite ma marge de manœuvre. Malgré tout, je suis bien fermement accrochée dans la seconde peau de notre humaine. L'ascension est rapide, mes griffes emportent quelques souvenirs laineux dont je me presse de me débarrasser. Je perçois le tintement timide des clefs à l'intérieur du sac.

Une translation horizontale assez technique plus tard, et je me retrouve non loin de l'anse rouge du grand contenant en cuir odorant. J'ai trois pattes bien ancrées, alors que la quatrième tâte avec habileté les étoffes pour trouver une prise acceptable. L'appui trouvé, je me hisse tranquillement d'une légère impulsion de ma musculature souple.

Me voilà dans le sac.

Ni vue ni connue.

Je suis géniale.

Jour 124

Malgré la fraîcheur de cette soirée, ma famille humaine a pris la décision de dîner sur le balcon. Le repas est fastueux et la table regorge de mets délicats dont les odeurs chatouillent de façon perverse mes narines sensibles.

Ce soir est un grand soir, semble-t-il qu'un nouvel humain va rejoindre notre famille. C'est Winston qui ma l'a dit, il est bête comme ses pattes mais il a un don pour comprendre notre humaine, l'expérience certainement.

En parlant de ce clebs répugnant que j'aime tant, il a fini par avoir son collier après, bien sûr, quelques représailles pour avoir déchiqueté le manteau en laine de notre maîtresse.

La sonnette de la porte d'entrée retentit et notre spectacle familial se met en branle. Je file me mettre à l'abri sous le lit de mon humaine. Cette dernière, accompagnée de Winston, se dirige nonchalamment vers la porte tandis que les deux petits bipèdes, que j'aime tout autant, s'en vont dans leur chambre. Ce petit rituel a lieu à chaque fois que cette maudite alarme sonne, les nouveaux venus les plus redoutés étant ceux qui sentent l'humain moisi. Ils ne peuvent s'empêcher de me câliner sans que je ne le veuille, de même que mes petits humains qui subissent leurs assauts de bisous bruyants et humides.

J'entends la porte s'ouvrir avec ce grincement tout récent, la veille encore je jouais avec Winston et le chien avait fini sa course dedans, l'abîmant au passage à cause du poids de son gros derrière. Nous avions terminé notre soirée dans la buanderie. Mon cher ami le toutou avait attendu inlassablement à la porte, tandis que j'avais tué le temps en dormant tranquillement, bien installée dans la machine qui sent le linge propre.

L'humain fait son entrée, je suis tendue, je n'aime pas les inconnus.

— Bonsoir, Jack ! Soit le bienvenu chez nous, j'espère que tu as fait bonne route.

— Salut, ma jolie Anne-Sophie.

— *Bonjour, nouvel humain !* aboie Winston, surexcité.

— Je te présente Winston mon chien et Kiwi ne doit pas être bien loin.

— Tu ne m'avais parlé que d'un chien, pas de deux. Un autre bouledogue ou bien un plus gros morceau ?

Sa voix est dure et tranchante. Sa sonorité me fait hérisser les poils.

— Kiwi est une petite chatte que j'ai adoptée il y a deux mois.

— Ah, d'accord. Et tes deux mômes sont cachés où ?

— Ils sont timides, ils ont dû aller dans leurs chambres. Mais installe-toi plutôt, on aura tout le temps de faire les présentations à table.

De mon poste d'observation, je peux parfaitement analyser ce nouvel humain qui ne me plaît guère. Il est grand, même pour un individu de son espèce. Un pelage roux épais lui mange une grosse partie du visage, de sa truffe jusqu'à son cou diaphane. Des poches violacées soulignent son regard fiévreux et apathique. Ses membres sont sujets à de très légères crispations, je ne pense pas que ma chère et tendre humaine ne l'ait remarqué, mais son partenaire ne me paraît pas au meilleur de sa forme.

C'est bon, je ne crains rien. Il est trop faible pour être un bon chasseur. Satisfaite de mon analyse, je me détends et pars à la recherche de Winston.

Mais où s'est-il fourré ?!

Je me suis trop concentrée sur l'observation de cet homme car, je n'ai même pas remarqué que Winston se trouve dorénavant relégué au second plan, de nouveau enfermé dans la buanderie, d'après ses aboiements vexés. Quelle bêtise a-t-il encore bien pu faire en l'espace de quelques secondes ? Heureusement pour lui, ce cabot, aussi puant soit-il, est toujours venu à ma rescousse quand je me trouvais dans des situations délicates, comme la fois où notre humaine m'avait enfermée par mégarde dans le garde-manger très froid. Sans Winston, je serais aujourd'hui aussi froide que la volaille que j'avais voulu voler.

Je sors, et, aussi discrète qu'une fourmi, je longe le mur à toute vitesse et me retrouve au seuil de la porte derrière laquelle un chien au bord du mélodrame nous joue son plus beau numéro de toutou maltraité.

— *Winston, c'est moi, tu vas bien ?*

— *Kiwi ! Sors-moi de là s'il te plaît, elle n'a même pas allumé la lumière, j'ai peur.*

— *Il ne vous en faut pas beaucoup, vous les chiens ! Espèce de froussard, recule un peu.*

Je me cale sous le manche sur lequel les bipèdes appuient pour ouvrir les portes. Je me ratatine, tous les muscles bandés, et je saute, aussi fort que mon corps d'adolescente me le permet. Je monte, encore et encore et, ni une ni deux, me voilà à la hauteur de la poignée. Je me laisse retomber mollement dessus, le manche se baisse sous mon poids et la porte s'entrouvre. J'atterris comme si de rien n'était sur mes petites pattes agiles et, après un léger coup de tête sur la porte, Winston émerge enfin de sa prison.

— *Merci, petit félin sauteur !*

Je fais la belle, j'aime quand mon ami canin reconnaît ma supériorité. Après tout, c'est indéniable, nous, les chats, leur sommes tellement supérieurs.

— *Pourquoi as-tu été puni ?* je lui demande.

— *Je ne sais pas, j'ai voulu souhaiter la bienvenue à l'humain malade et il a un peu grogné.*

— *Tu lui as bavé dessus ?*

— *Même pas ! Avant même que je comprenne pourquoi, l'humaine m'a enfermé ici...*

— *Donc toi aussi tu as remarqué son état ?*

— *Oui, il tremble comme une feuille et son regard...* Winston secoue la tête comme pour faire sortir de sa tête ce pénible souvenir. *Il me fait froid dans le dos, je n'ai pas confiance,* finit par conclure mon ami.

Nous sommes tous les deux indécis, ce n'est pas du tout le genre de notre humaine de nous punir sans raison. Winston, blessé dans son orgueil, a préféré partir bouder sur son tapis, bien au chaud le long du radiateur allumé. Quant à moi, je m'approche doucement de cet humain si étrange. Ils sont dans le salon, autour d'un verre dont l'odeur ne sied guère à mon sens pointu et délicat. Le liquide brunâtre qui tend vers l'ambré chatouille autant mon nez que la totalité des sens des humains après qu'ils en aient bu quelques gorgées. Dans ces cas-là, notre maîtresse braille plus fort et est encore plus maladroite qu'à l'accoutumée. Ces situations sont beaucoup trop récurrentes à mon goût, elle ne peut pas se passer de ce breuvage plus d'une journée et j'ai la nette impression que son compagnon non plus... Les tremblements de l'homme commencent tout juste à s'arrêter, tandis que je sens qu'il se détend au fil des gorgées. Cela ne me dit rien qui vaille.

Je suis cachée sur le lecteur CD et je l'observe. Il ne me voit pas, je suis si discrète. Si je fais ça, c'est pour protéger mon humaine. Ce n'est pas le premier homme à entrer dans notre foyer. Elle doit se sentir bien seule sans partenaire, c'est pourquoi elle met, à chaque fois, l'appartement en branle. Seul Winston garde son éternel sens de l'accueil et son agaçante impatience de découvrir le nouvel humain du mois.

Toutefois, celui-ci est différent, même si, me concernant, ce n'est que le deuxième partenaire que je vois. Il ne parle pas beaucoup, ses yeux observent minutieusement tous les recoins de notre foyer et ses doigts tapotent sa cuisse à intervalles réguliers. Notre humaine ne se lasse pas de lui parler sans pour autant obtenir une réponse, hormis un hochement de tête ou un petit grognement approbateur.

— Bon, je vais appeler les enfants. Ils ont hâte de te rencontrer.

— Ils ont plutôt hâte de dévorer les délicieuses préparations que tu nous as fait, Anne...

— Flatteur...

Elle se lève et trébuche sur Winston qui s'était discrètement rapproché. L'homme la rattrape et leurs haleines enivrées s'entremêlent. C'est immonde. La tension sexuelle entre eux est palpable, comment notre maîtresse peut-elle avoir envie de se reproduire avec un individu aussi faible et peu avenant ?

— Il va falloir s'occuper de ton chien, il est beaucoup trop envahissant, Anne.

— Ça lui passera, ne t'inquiète pas, lui répond-elle tout en finissant son verre à la hâte avant de partir chercher ses enfants en titubant de gauche à droite.

Cela ne fait qu'une heure qu'il est là.

Avec Winston, on se regarde.

La soirée va être longue.

***

— Tu veux du guacamole, Lydia ?

— Combien de fois je vais devoir te le dire avant que tu t'en souviennes ! Je n'aime pas le guacamole ! hurle-t-elle à sa mère, qui prend un air offusqué.

— Laisse Lydia, le whisky lui crame le cerveau, lance Tim les dents serrées en regardant sa mère avec dégoût.

— Lydia, Tim ! Ne parlez pas comme ça à votre mère ! gronde Jack.

J'écoute, mais sans pour autant trop leur apporter d'attention, les échanges houleux entre les jeunes humains et l'autre nouveau venu que je déteste déjà profondément. Il y a quelque chose chez lui qui me fait hérisser le poil instinctivement. Même Winston commence à se méfier de lui et pourtant, cette boule de poils baveuse serait bien du genre à aimer le diable en personne s'il lui donnait des croquettes.

Nous ne sommes plus seuls, Lydia et Tim ont aussi rejoint notre camp. La jeune fille à la chevelure blonde n'est pourtant pas du genre à hausser le ton mais, depuis qu'ils sont à table, je sens une profonde haine monter en elle contre sa propre mère. Elle jette un dernier regard noir à cette mère qui l'ignore au profit d'un nouveau verre de vin.

— Maman, je ne l'aime pas, se plaint sa fille.

— Lydia ! Tu vas trop loin. File dans ta chambre, tu es punie, finit par lâcher la mère, la voix molle et lasse.

— Parfait !

La petite part la tête haute et l'air mauvais, elle claque la baie vitrée ainsi que celle de sa chambre. J'ai de la peine pour elle, je ne sais pas ce qu'ils se sont dit, mais elle doit certainement avoir raison, c'est ma petite humaine après tout.

L'occasion étant malgré tout trop belle, je me lève et m'étire avec nonchalance pour mieux lui piquer sa place sur la chaise encore chaude. Son petit frère flatte ma tête et je l'accueille avec un ronronnement bruyant et ravageur. Je m'assieds et regarde avec appétit le petit bout de saucisson solitaire resté dans l'assiette de Lydia, là juste sous mon nez. La tentation est trop forte, c'est comme si ce petit bout de viande m'appelait. C'est pourquoi, avec délicatesse et discrétion, j'approche ma petite patte griffue et habile de ma cible. Aussi vite qu'un serpent qui a frappé, je me retrouve sous la table à mastiquer avec délice ce mets des plus appréciables.

Mais mon vol a été repéré. Une main puissante m'attrape par la peau du cou avec rudesse et violence. Je me débats, je feule, sa prise sur ma peau distendue s'affaiblit et, à force de gesticuler, je tombe sur le sol de la terrasse en béton, bienheureuse d'être libérée de son joug. Mon larcin toujours en ma possession, je fonce me mettre en sûreté sous le lit de ma maîtresse, mais ce n'est pas sans compter le coup d'éclat de Lydia, qui a fermé la porte vitrée. Je change de direction et je pars me cacher derrière un des pots de fleurs qui siège au milieu d'une multitude d'autres pots dans un coin de ce minuscule espace extérieur. Plus ou moins rassurée, j'avale à la hâte les derniers bouts de saucisson.

Mon cœur bat la chamade, pourquoi ai-je si peur ? Je n'avais jamais eu ce genre de problème avant, bien au contraire, ma famille a toujours ri face à mes ingénieuses filouteries. Cachée entre du basilic brûlé par le soleil et de la lavande flamboyante, je tente de reprendre son souffle, prostrée dans l'angle du mur encore chaud malgré le soleil couchant.

Le grand humain blafard est là. Il me regarde avec mépris, avec de la de haine dans ses globes enflammés par la folie. Il tente de m'attraper encore une fois, mais je suis bien enfoncée derrière les pots de terre cuite.

— Jack, laisse tomber, c'est encore un chaton...

— Quand je vois comment tu as éduqué tes gosses, je sens déjà le carnage arriver avec cette sale bête. Les animaux, il faut les mater quand ils sont encore petits, une bonne torgnole et le tour est joué.

— Maman, ce mec est insensé, fais-le partir, s'il te plaît, je ne suis pas à l'aise avec lui, geint l'enfant effrayé.

— Tim, tu le connais à peine ! Qu'ai-je fait pour avoir des enfants aussi étroits d'esprit et à ce point égoïstes ?

Mon humaine quitte subitement la table, les yeux emplis de larmes alcoolisées. J'ai de la peine pour elle. Son fils la suit pour rejoindre sa sœur qui écoute de la musique à en faire trembler les murs. Quant à moi, je zieute avec espoir la porte du balcon maintenant grande ouverte. Je me prépare au futur sprint, le plan est déjà tout tracé dans ma tête.

Pots de fleurs.

Table.

Porte.

Chambre.

Lit.

Sécurité.

Il n'y a pas place au doute. C'est parti ! Je cours aussi vite que possible, je suis une vraie fusée. Je longe les pots, je me plaque à terre quand je vois les jambes maigrelettes du bipède passer devant moi. Il se fiche que le repas soit terminé et que sa partenaire soit ravagée, il n'est tout simplement pas prêt à abandonner, me concernant.

Quel terrible adversaire finalement !

Je suis maintenant sous la table et une douleur des plus atroces et fulgurantes manque de me faire trépasser pour de bon. Il a marché sur ma queue, la majeure partie de son poids repose maintenant sur ma fine queue fragile. Je hurle ma souffrance, les décharges électriques sont des fléaux qui ne s'arrêtent pas et augmentent en intensité au fur à mesure de la force qu'il met au service de la douleur qu'il m'inflige. Je tire comme une dératée pour me dégager, en vain. Ce tourment m'empêche d'avoir des pensées cohérentes. Son gros pied sadique toujours bien présent sur mon membre au bord de l'agonie, il se penche et tente de m'attraper de nouveau. Il l'a fait exprès, c'est un sadique, je le hais.

— Viens par là, sale bête.

Il sourit jusqu'aux oreilles, il se sent si puissant. Cet humain est le mal incarné. Lentement, il s'approche de moi toujours accroupie, je lui saute au visage dès qu'il est à portée. La marche de manœuvre était courte et risquée, ma queue est toujours emprisonnée.

Je me suis surestimée. Au moment, où je barrais son visage de démon d'une marque sanglante, un bruit des plus assourdissants me tétanise. Ma queue vient de se briser. Je pensais savoir ce qu'était la douleur et la souffrance, mais là c'est au-delà de toute limite. Je perds pied. Je suis à sa merci.

— Tu l'auras voulu, vermine.

Du sang dégouline de la balafre que je lui ai faite, mais il n'en a cure. Il me prend encore par la peau du cou et sans même hésiter une seconde, il me lâche. Il abandonne mon corps meurtri dans le vide.

— J'ai toujours détesté les chats.

Je tombe.

Je vois le balcon s'éloigner à toute allure.

Je n'arrive pas à me retourner.

Je ne veux pas mourir.

Jour 125

Il pleut.

Il fait nuit.

J'ai froid.

J'ai mal.

Mon esprit virevolte entre la conscience et l'inconscience sans que je puisse y faire grand-chose. J'oublie et me remémore mon état, c'est un délicat équilibre entre vie et mort, à chaque fois que perds pied et que je me réveille. Comme si une puissance supérieure aimait à me voir subir, encore et encore, cette sensation de chute et cet instant où mon corps s'est lourdement écrasé sur le sol.

Cela fait des heures maintenant que je gis au pied de ce grand frêne. Ce même grand frêne que je lorgne depuis le jour de mon arrivée par de la fenêtre de la cuisine. J'ignore quel miracle fait que je suis encore en vie et encore moins comment j'ai bien pu me traîner ici, sous le vol d'un corbeau dont je distingue le bruissement sinistre des ailes au-dessus de ma carcasse. Je souffre tellement, mes pattes sont brisées et mes côtes me font atrocement mal. Je peine à respirer. Il pleut et par ce temps gris et maussade, qui verrait un petit chat noir à l'agonie ? Je n'ai même pas la force de miauler ma détresse.

De là où je suis, je vois l'agitation dans mon foyer. Je ne suis plus qu'une observatrice mourante qui ressasse ses doux souvenirs de couettes chaleureuses et de séances papouilles devant la télévision. Mon agresseur est encore là, mais vu les gestes violents et les cris stridents de mon humaine, il va, tôt ou tard, finir par déguerpir. J'ai peur pour ma maîtresse qui est beaucoup trop gentille et influençable, parfois je la trouve même simplette. Son esprit est une proie facile et délectable pour les psychopathes du genre de ce monstrueux bipède. Elle doit être forte et continuer à lui tenir tête en dépit de l'addiction qui la ronge. Sans elle, je vais mourir ici. Elle doit venir me sauver, car c'est ma seule chance.

La baie vitrée s'ouvre violemment, manifestement c'est le défouloir pour les humains aujourd'hui. Ce sont les deux enfants. Que font-ils sous la pluie ? Sans pelage, ils risquent de mourir de froid. Je m'inquiète pour eux, ils sont si fragiles, un coup de vent et un dégoûtant liquide verdâtre coule de leur petit nez tout rose.

— Kiwi !

— Kiwi, t'es où ?

Ils se penchent dangereusement sur le garde-corps du balcon. Ils sont fous de se mettre autant en danger ! Leur mère les voit et accourt pour les tirer de là.

— Ne soyez pas imprudents ! On a déjà assez d'un drame pour aujourd'hui...

— Il y a plus de chances que ce soit toi qui tombes de ce balcon un jour, à force de boire comme ça, proteste Lydia qui continue à balayer des yeux le sol gorgé d'eau.

En dépit de la pluie battante, je crois distinguer des larmes dans ses yeux dilatés par l'angoisse et la rage. Mon cœur se serre, je ne veux pas qu'elle pleure.

— Tu ne peux pas comprendre, Lydia ! Laisse-moi le temps de faire mon deuil...

— Ça fait déjà un an ! Papa est mort et c'est tout ce qu'il y a à comprendre. Ce n'est pas en te tapant tout et n'importe quoi que ça ira mieux ! Il est temps que tu grandisses, maman.

Non, je vous en supplie, arrêtez de vous disputer. J'ai besoin de vous...

— Maman, elle n'est pas en bas. Je pense que Kiwi est toujours vivante ! annonce avec espoir Tim.

— Prenez une parka et des croquettes, on part la chercher. Équipez Winston aussi, il pourra nous aider, ordonne la mère avec le peu d'autorité qui lui reste sur ses enfants.

Sans attendre une seconde de plus, ils quittent le balcon et je me retrouve de nouveau seule. Je grelotte et une quinte de toux me tenaille le corps d'une atroce douleur. La peine est ce qui me maintient en vie. Je m'accroche à cette souffrance, je m'accroche à la vie, pour eux, pour qu'ils ne pleurent plus.

Je me force à garder les yeux ouverts malgré la pluie qui s'y abat. Un bruit de vaisselle brisée me ramène à la surface, il s'agit du même bruit que celui de ma première bêtise. C'était il y a deux mois, à cette époque, j'étais insatiable de câlins et d'attention. Tous les matins, je piétinais d'impatience que la maison se réveille, et je faisais mon possible pour attirer leur attention. Pour cela, j'avais fini par me pendre à la nappe, toutes griffes dehors. Sous mon poids de chaton, la nappe a peu à peu glissé et je me suis retrouvée le derrière par terre, toute trempée, le pelage baignant dans du lait chocolaté. Passées la surprise et un peu la colère, je n'avais jamais entendu des humains rire aussi fort. Quel délicieux souvenir...

Je sens le sol vibrer, des personnes balourdes arrivent. Mes humains, je l'espère.

— Kiwi ! Viens ma petite chérie, on vient te sauver.

— *Kiwi !*

Même Winston est à ma recherche, j'aime tellement ce chien. Je me sens partir, ils doivent se dépêcher, je ne tiendrai pas longtemps.

— Kiwi !

Je ne connais pas cette voix. Qui est-ce ?

— Maman, elle est là, je la vois ! Sous le gros arbre.

Un troupeau d'humains en panique arrive et ils s'agglutinent autour de moi. Je suis si heureuse de les voir. Je suis sauvée. Malheureusement, je fatigue et mes forces me quittent. Je n'entends plus ma respiration rauque et haletante, seuls les timides battements de mon cœur résonnent encore dans ma tête douloureuse.

— Écartez-vous un peu, grogne une très vieille femme. Elle est blessée.

J'ignore qui elle est, mais ils sont littéralement pendus à ses lèvres desséchées par la vieillesse. Ils sont trempés jusqu'aux os, mon petit humain s'assoit dos à l'arbre, il ôte son imperméable et me protège avec amour de la pluie qui m'enlève le peu d'énergie qu'il me reste. Les bras tendus au-dessus de mon corps brisé, il me regarde avec détermination, les yeux emplis d’un amour intense.

— Tu n'as pas le droit de mourir Kiwi ! m'ordonne-t-il les yeux embués.

Je sens l'haleine saumonée de Winston. Cet abruti de chien a réussi à chiper du saumon... Je le déteste !

— Bonjour Kiwi, moi c'est Marlène. Je suis ta voisine. Voyons un peu les dégâts si tu veux bien. Tu dois rester tranquille, d'accord ?

Précautionneusement, elle approche ses mains osseuses. Je feule par réflexe, je suis si vulnérable dans cet état. Elle commence par examiner ma queue à tâtons. Je la vois grimacer quand elle arrive à l'angle anormal que mon membre forme. Elle entame une palpation de mon abdomen et je prends sur moi, un chat ne montre pas sa douleur et je ne compte pas déroger à la règle. Ce n'est pas de la fierté mal placée, mais juste un moyen de défense désespéré.

— L'abdomen est distendu et je sens des côtes cassées. Je ne parle même pas du reste, hanche droite disloquée et au moins une patte de fracturée. La queue est en miettes.

— Il faut vite l'emmener aux urgences ! s'impatiente Lydia.

— Je te conseille l'euthanasie, Anne-Sophie. La sauver va être un véritable gouffre financier et les chances de survie sont bien minces. Je sais de quoi je parle en tant que vétérinaire à la retraite. Une telle chute ne pardonne pas...

— On s'en fout de ça, maman ! Il faut la sauver, je t'en supplie.

— Je vendrai mes jouets, enchérit Tim.

— Ça m'est égal Marlène, merci de ton aide, mais on l'emmène voir le docteur Germinal.

— J'espérais que vous diriez ça, dit la vieille dame avec tendresse. Va chercher de quoi la couvrir et la transporter, je vais la stabiliser un peu pour le transport, et j'appelle Germinal pour le prévenir de votre arrivée.

— Merci...

Mon humaine et sa douce fille s'en vont à toute allure. Leur dispute d'il y a quelques minutes est déjà oubliée et pardonnée. Je ne veux pas qu'elles me quittent, je ne comprends pas ce qu'il se passe. Je ne peux plus retenir les violents tremblements de mon corps qui se refroidit de seconde en seconde. Winston s'approche et vient s'allonger derrière moi le plus délicatement possible. Sa carcasse pleine de plis de peau et de graisse me réchauffe instantanément. Sa chaleur est délicieuse et salvatrice. Je me sens un petit peu mieux.

— Maintenant tu dois tenir jusqu'à ton arrivée chez le vétérinaire, jolie petite minette aux yeux pleins de bravoure. Tu es forte, je le sens.

La voix douce de la vieille femme me fait du bien, elle me rassure. Je la vois à son tour ôter un vêtement et, avec toute la douceur du monde, elle me sèche par endroits et tente de me protéger du vent qui commence à se lever.

Un croassement me fait émerger de cette spirale sépulcrale. Il me regarde. Son œil noir est abyssal. Il me donne l'implacable impression de happer ma conscience et le peu de vie qui me reste.

Qui es-tu ? je pense, à défaut de pouvoir m'exprimer autrement.

— *Je suis beaucoup de choses,* me répond l'hypnotique oiseau.

Je suis la mort.

Je suis un sinistre messager.

Je suis un présage de mauvaise augure.

Je suis tout simplement un Grand Corbeau.

— *Que me veux-tu ?*

— *J'attends de voir si nos destins sont liés ou non, mais une chose est certaine Kiwi, on se reverra...*

— *Comment connais-tu mon nom ?*

Mais il est maintenant trop tard, cette majestueuse rencontre aux plumes onyx a quitté son perchoir. Son départ a secoué le feuillage couvert d'eau qui s'est déversé sur mes protecteurs. De nouveau, j'entends ses ailes battre avec force sous cette pluie pourtant battante et assourdissante. Je me demande même si je n'ai pas purement inventé ce sinistre échange.

Des gouttes me tombent aussi dessus, mais elles ne sont pas de la même nature. Je lève avec peine mes yeux exténués. Je vois mon petit humain qui tient toujours à bonne hauteur son ciré et ce malgré ses larmes, la peur et la fatigue. Il est déterminé, rien ne le fera lâcher prise, il fera tout pour moi, pour me sauver, pour me garder auprès de lui.

J'ai enfin cette profonde certitude en moi, je le sens, je le sais, je fais partie de la famille.

— *Je ne t'abandonnerai pas, petit humain, c'est une promesse.*

— On va te sauver Kiwi, c'est une promesse.

Je sombre.

Tout devient noir.

Je n'ai plus froid.

Jour 132

— Allez ma petite ! Une patte après l'autre.

Cela fait maintenant une éternité que je suis ici, que cette vilaine et hideuse bonne femme, qui empeste la moisissure, m'emmène tous les matins dans ce bain tiède angoissant où elle me force à marcher, sans quoi je n'ai pas le droit de sortir.

Tout est devenu si compliqué depuis mon réveil dans cet endroit sordide, mon esprit coincé dans un corps autre que le mien, une enveloppe brisée et malade. Cet avec un effroi démesuré que j'ai constaté l'étendue de mes blessures. Les humains, quels qu'ils soient, ont du me couper la queue au dessus de l'endroit où est elle a été barbarement broyée. Je me retrouve avec un moignon douloureux de quelques centimètres à peine, soit pas plus long qu'un doigt d'humain. Je me sens profondément diminuée, pas que physiquement, mais aussi psychologiquement. C'est un bout de moi qui m'a été si subitement volé, un morceau de ma chair et de ma condition de chat. Sans ma queue, je ne suis plus bonne à rien. Pourtant, je ne me décourage pas, même si je suis dorénavant aussi maladroite que le jour de ma naissance.

Si ce n'est pire...

Le plus difficile à admettre, c'est mon état de faiblesse global, je ne tiens pas debout et mes pattes ne me portent plus. Je finis toujours par retomber honteusement sur le flanc, me vrillant au passage les côtes pourtant fermement bandées. Mais, à chaque chute, je me relève, encore plus déterminée que la fois précédente.

Que faire d'autre, si ce n'est me laisser aller et fatalement mourir ?

Tous les jours, ma famille vient me rendre visite et, tous les jours, je vois de plus en plus de désespoir dans leurs yeux embués par l'inquiétude de me voir toujours aussi léthargique. Si je me bats, c'est pour eux, en dépit de mon accablement causé par cette lancinante douleur qui ne me quitte jamais. Ce sont leurs visages que j'imagine quand je me relève maintenant et que je reprends mes exercices malgré leur difficulté, les échecs et le découragement qui finit toujours par suivre.

— *Bravo Kiwi, continue comme ça !* m'encourage Bob, le gros et chaleureux Saint-Bernard, mon voisin de bloc.

Je le regarde par la vitre couverte d'une infinité de fines gouttelettes de condensation, ses yeux sont vifs et son corps toujours aussi inerte. J'ai de la peine pour lui, c'est dur à avouer, mais je refuse de finir comme ce chien, réduit à encourager les autres. Je redouble d'efforts.

Bob est dans cette clinique depuis près de trois mois. Son maître ne l'avait pas vu et lui a roulé dessus alors qu'il partait rendre visite à sa voisine dont il est secrètement épris, selon son compagnon canin. Depuis, mon voisin de box se bat contre une paralysie des pattes arrière. Il est mon mentor de rééducation; Jamais il n'est à court d'encouragements ou de discours inspirés sur la force de vivre et ce que cela implique.

"Vivre est un devoir envers tes humains et ta mère qui t'a donné la vie" me répète-t-il sans cesse. Ces chiens et leur fidélité aveugle, écœurant...

J'avance ma patte avant droite, qui est cloisonnée dans un lourd plâtre protégé par un petit sac plastique. Il est loin d'être pratique, je ne peux ni me toiletter ni me gratter, quelle atroce torture pour un chat. C'est au tour de ma patte arrière gauche, la plus atteinte, que je sens à peine. La soulever est le moment le plus délicat, elle part toujours de travers et je perds l'équilibre, sans parler de mon gouvernail devenu presque inexistant.

Je me concentre. J'ai réussi à apprendre à marcher une première fois, j'y arriverai de nouveau. Je recommence, une patte après l'autre, et le bout de la piscine s'approche. J'entends d'une oreille distraite les railleries insupportables de mes voisines d'au-dessus, deux garces nommées Pink et Lady, des pékinoises de douze ans bouffées par l'arthrose, le diabète et le venin de leur propre cruauté. Ce qu'elles ne savent pas, c'est que leurs moqueries m'aident à avancer. Je n'ai qu'une envie, les faire mentir. Ces deux immondes petite choses ridicules pensent que je suis bonne à tuer. On verra bien qui survivra à cet enfer.

— Bravo Kiwi ! Seize minutes et quarante-trois secondes, record battu ! s'extasie la femme qui tient avec fermeté le harnais m'empêchant de chuter.

Fière de moi, je regarde mon ami dont les yeux se sont subitement ternis. N'est-il pas heureux pour moi ?! Sa réaction rend ma victoire un peu plus fade, mais peu importe, j'ai réussi.

Ma torture matinale enfin terminée, ma persécutrice me renferme dans mon bloc après un séchage sportif. Toute ébouriffée et allongée sur mon flanc le moins douloureux, j'entame une toilette complémentaire pour améliorer un tant soit peu le résultat des plus amateurs de ma geôlière. La porte du box de Bob s'ouvre en un grincement angoissant, et c'est à son tour de s'adonner à son exercice du jour.

Elles sont deux humaines, en plus du vétérinaire, à le porter, ses pattes arrières ne remuent toujours pas malgré les semaines d'acharnement thérapeutique. Mon voisin enchaîne les opérations et cumule cicatrices et douleurs supplémentaires, de moins en moins supportables. J'ignore comment Bob fait pour garder le moral. Son humain n'est toujours pas venu le voir depuis mon arrivée, il encourage tous les patients, moi compris, sans jamais flancher ni perdre espoir pour nous tous. Cependant, qu'en est-il de lui ? Je ne suis pas aveugle et, quand je vois le vieux Saint-Bernard entrer à son tour dans le bassin, je me retiens de détourner le regard.

Chaque jour, ses os sont de plus en plus visibles sous sa peau scarifiée de partout, où son pelage n'a jamais le temps de repousser. Ses membres inférieurs perdent en tonicité et traverser le bassin d'eau devient de plus en plus long et éreintant. Sa race est parmi les plus lourdes de son espèce. Moi-même, je vois à quel point je peine à soulever mon propre poids.

Alors, comment peut-il y arriver avec un corps aussi massif et des blessures qui sont bien plus sévères que les miennes, sans oublier son âge déjà bien avancé ?

Les deux femmes le déposent avec douceur dans l'eau. Bob gémit, aujourd'hui est un matin vide pour lui.

Sans espoir.

Sans énergie.

Sans vie.

C'est la première fois que je le vois ainsi. Sa bonne humeur d'ordinaire toujours présente n'est malheureusement pas au rendez-vous, aujourd'hui. Il se laisse couler, les membres pliés sous son propre poids malgré l'eau qui le soutient. Mon ami n'est plus que l'ombre de lui-même. Les assistantes vétérinaires le soulèvent et elles tentent de le stimuler au mieux, mais Bob est ailleurs, complètement hermétique à ce qui se passe autour de lui.

— *Bob ! S'il te plaît relève-toi !* je le supplie.

Il se tourne vers moi, et comme moi quelques minutes plus tôt, il me regarde. Mais il ne me voit pas, ses yeux sont comme éteints. Un frisson me parcourt l'échine, s'il ne respirait pas là devant moi, j'aurais très bien pu croire qu'il était mort. La vie n'anime plus son regard comme cela a pourtant toujours été.

— Qu'est-ce qui ne va pas, mon petit bonhomme ? s'inquiète l'une des jeunes femmes.

— On va peut être le laisser tranquille pour aujourd'hui. Le pauvre est à bout...

— Comment peut-on autant s'acharner à soigner son animal, qui manifestement souffre beaucoup trop pour se rétablir, et ne jamais venir lui rendre visite...

— Pauvre Bob. Tu es trop vieux pour tout ça.

— Je vais en parler avec Germinal, il est peut être temps de dire stop et de le soulager définitivement.

Je ne peux m'empêcher d'observer mon ami à deux doigts de la léthargie. Avec toute la douceur et les précautions dont elles sont capables en dépit du poids mort de leur patient, elles le sèchent et le réinstallent tendrement dans sa loge, bien bordé au chaud sous une couette duveteuse dans son panier.

Je me tortille pour me placer pile dans l'angle où je peux observer mon voisin. En face et quelques pas à droite de mon box se trouve un petit meuble en métal où se reflète la totalité des emplacements en fonction de ma position. Pour m'assurer que Bob va bien, je dois me ratatiner dans le coin au fond à gauche de mon petit espace personnel. Mais là, seul Bob m'importe, c'est pourquoi je réussis à traîner ma carcasse pour, finalement, juste apercevoir sa silhouette de dos. C'est tellement ridicule, mon ouïe fine peut parfaitement entendre les battements de son cœur, mais le voir me rassure déjà bien plus.

— *Bob ?*

Rien, aucune réponse.

— *Bob ! C'est Kiwi, réponds-moi s'il te plaît, je suis inquiète.*

Je le vois légèrement ciller. Il m'écoute.

— *Tu ne dois pas te laisser abattre ! Un jour tu vas pouvoir de nouveau marcher et aussi courir après tes drôles d'oiseaux les canards, dans ta grande cour à la campagne.*

— Ne te moque pas de moi, jeune félin !

— Je ne me moque pas de toi !

— Comment oses-tu dire ça ? Alors que tu n'as pas un quinzième de mon âge. Tu ne sais pas ce que c'est que d'être épuisé au point que le simple fait de respirer devient une corvée.

— Non, mais je sais ce que toi tu es. Un chien déterminé qui aime son maître plus que tout et qui pourrait revenir d'entre les morts pour lui s'il le fallait.

— Et ensuite ? Il ne vient jamais me voir... Regarde-toi ! Tous les jours tes humains t'apportent de quoi te réconforter et te remonter le moral ! Tous les jours tu fais des progrès, alors que moi je régresse...

— Mes blessures sont bien moins graves que les tiennes Bob, ce n'est pas comparable.

— Rappelle-moi qui de nous deux est tombé du cinquième étage ?

Je ne suis pas tombée, je pense, on m'a lâchée comme si je n'étais rien de plus qu'un déchet encombrant. Mais je ne relève pas, le résultat reste le même.

Nous restons silencieux. Que dire de plus ? Les arguments de Bob sont imparables et je ne suis pas aussi douée que lui pour remonter le moral et pour remotiver des éclopés. Je reprends ma toilette, à deux doigts de la déprime moi aussi. Dans cet endroit, tous les sentiments sont exacerbés par l'enfermement et la douleur d'être éloigné de ses proches. Une petite déprime se transforme rapidement en dépression si on n'est pas prudent, tandis qu'un pas dans ce bassin est synonyme d'une immense victoire dans la guerre contre le handicap.

Un doux ronflement résonne à côté de moi, sa régularité m'apaise. Bob s'est endormi, tant mieux, là où il est, il ne souffre plus. Enfin pour un temps... Je suis épuisée moi aussi. Les néons qui grésillent perturbent mon sommeil depuis mon arrivée ici, leur lumière est beaucoup trop vive et j'attends toujours avec impatience mon traitement pour que la douleur se taise un peu et que le sommeil m'ouvre enfin ses bras et m'emporte dans un monde plus doux.

— *Kiwi... Kiwi.... Kiwi...*, murmure à l'unisson le duo infernal.

— *Quoi ?!* je grogne, déjà fortement agacée.

— *Laisse-le mourir en paix. Il est vieux et épuisé.*

— *Bouclez-la !*

— *Ne crois-tu pas qu'il serait mieux dans l'au-delà ? Au lieu de trimer nuit et jour dans cet endroit lugubre, à attendre désespérément une visite qui n'arrivera jamais.*

Je ravale une répartie sanglante, ces harpies n'ont pas tort. Parfois, il est plus simple d'abandonner mais c'est tellement compliqué, surtout quand il s'agit d'un ami qui nous a toujours été d'un soutien sans faille.

— *Il va s'en sortir. Fin de la discussion.*

— *Ah... Les jeunes !*

Je m'endors et les cauchemars arrivent insidieusement, troublant le peu de temps de répit que je pouvais avoir. Et à chaque fois, IL est là. Le monstre à l'origine de tous mes maux et de mes tourments. IL me cherche, me traque, jubile en me voyant paralysée par la peur, la queue entre les pattes. Et comme chaque nuit, IL réussit à m'attraper et à me mutiler.

Je me réveille en sursaut. Pink et Lady aboient comme des démentes, et tous les pensionnaires se mettent à leur tour à hurler. Je ne comprends pas ce qu'il se passe. C'est une véritable cacophonie, les cris sont de plus en plus assourdissants. Une humaine à blouse blanche tente de maîtriser Pink qui se bat bec et ongles pour rester avec sa sœur, qui est maintenue fermement dans son box par le vétérinaire.

— *Qu'est-ce-qui se passe ?* je demande, parfaitement réveillée et alerte.

— *Leur maîtresse est venue les voir et elle est repartie, après ce que j'ai cru être un au revoir. Les malheureuses, personne ne mérite ça.*

— *Mais pourquoi dis-tu ça ? Pourquoi autant d'agitation ?*

— *L'instinct, Kiwi. Elles vont mourir.*

— *Elles sont malades ?*

— *Oui mais pas tant que ça, elles vont mieux maintenant.*

— *Je ne comprends pas Bob.*

— *N'essaie pas, contente-toi de te rétablir au plus vite avant que ton humaine ne te tourne le dos, comme pour de Pink et Lady, et ne t'abandonne ici, destinée à mourir dans la solitude.*

J'observe les deux sœurs se débattre pour se retrouver l'une et l'autre. Leur lien est si puissant qu'elles sont prêtes à tout pour se sauver. J'ai de la peine pour ces deux petites chiennes pourtant détestables, je ne saisis pas réellement le pourquoi du comment, mais Bob a raison, l'instinct me parle. Au fond de moi je le ressens aussi, quelque chose de grave se déroule sous mes yeux.

— Meg', viens m'aider, s'il te plaît.

— J-Je ne préfère pas Germinal. Je suis navrée. Je ne peux pas euthanasier deux chiens comme ça ! Ce n'est pas de leur faute si Pink et Lady sont diabétiques, c'est à cause de leur idiote de propriétaire qui leur a donné de la merde à manger ! Et maintenant qu'elles sont malades, elle préfère les euthanasier. Ça me débecte.

— Je comprends. Notre métier craint parfois, mais on ne peut pas tous les sauver, Mégane.

— Nous ne sommes plus au Moyen-Âge ! Je vais faire un appel sur les réseaux sociaux et on leur trouvera une famille qui saura les aimer comme elles sont, vieilles et malades.

— Fais comme tu le sens. Cependant, elles sont ta responsabilité maintenant et le cabinet ne prendra pas en charge leur pension. Et il faut l'autorisation de la propriétaire je pense, bon courage.

— Je m'en occupe dès que je termine mon service. Merci Germinal.

— Je te laisse remettre celle là dans son box.

Pink retrouve sa sœur au comble du bonheur. Leur séparation a été brève mais les retrouvailles sont dignes d'être vues et entendues, elles s'aiment tellement. Dommages qu'elles soient de véritables teignes avec les autres, car elles auraient pu être de réelles bonnes amies.

Au final, rien ne s'est passé. Tant mieux, même si cela reste plutôt étrange. Mes intuitions se sont toujours révélées exactes. Les humains sont pleins de surprises, ils ont dû, à leur manière, empêcher le désastre à venir, quel qu'il soit.

Je regarde les écœurantes retrouvailles des deux sœurs.

Mon cœur saigne.

Les voir si complices me torture.

Je me sens si seule dans cette cage.

Jour 156

Je suis dos au soleil couchant, bien dissimulée dans les herbes hautes séchées par la chaleur estivale. Le vent, mon allié, m'apporte une multitude d'indices sur ma proie, que je compte bien attraper. Les insouciantes cigales chantent leur sérénade envoûtante et se taisent à mon arrivée.

Bande de traîtresses !

Mais elles font de même au passage de ma proie...

Coups de pattes, coups de griffes, virage serré sur la gauche, appui sur la pierre à ma droite, je saute, je vole et je plante enfin avec hardiesse mes crocs acérés dans ce savoureux lapin. Je suis adulte et mes membres ont enfin la force et la détente nécessaires pour abattre cette proie ultime. Je la relâche, son sang s'écoule en un flot discontinu, je me lèche les babines, quel goût succulent. Je commence à peine à me mettre en appétit, je compte bien jouer avec ma proie jusqu'à ce qu'elle s'éteigne, vidée de son sang.

Je ne suis ni cruelle ni sadique. Je suis un chat, c'est dans ma nature.

Je m'écarte lentement de ma prise encore vivace, malgré la profonde morsure sur sa cuisse. Je me tapis de nouveau derrière de hautes herbes. Désespéré, le lapin reprend sa course effrénée. Je repars à sa poursuite, je suis toute émoustillée. De loin, j'entends un bruit étouffé, mais étrangement familier. Je l'ignore, ma proie risque de m'échapper si je ne reste pas concentrée sur son appétissant pompon blanc taché de rouge.

— Kiwi, pardon ma princesse, mais c'est l'heure.

Les doux murmures de mon humaine résonnent dans un coin de mon esprit. Je lutte pour rester focalisée sur les bruissements des herbes sèches, le lapin est proche. Son souffle est saccadé. Je décide d'abréger ma chasse, je me tasse, je visualise sa position à l'aide de tous mes sens.

La vibration du sol.

L'odeur du sang.

Le sifflement de ses naseaux affolés.

L'ondulation des herbes.

Je saute, puis rien...

Je me réveille dans mon box, encore toute groggy et étrangement bien emmitouflée dans mon doudou. Mon humaine est là ! Elle est accompagnée de ma petite prison de transport, elle est enfin venue me chercher. La joie me transporte et l'impatience de mon futur départ me fait me dandiner de partout pour m'extraire de mon plaid. Ma queue dorénavant imaginaire vibre de bonheur.

— *Bob, Bob ! Réveille-toi ! Mon humaine est là, je vais retourner chez moi maintenant.*

— *Bravo ma petite Kiwi, c'est génial ! Je te souhaite une belle et longue vie.*

— *À toi aussi Bob. Merci pour ce que tu as fait pour moi.*

— *J'espère que l'on se reverra !*

J'ai à peine le temps de dire adieu à mon ami, que je suis déjà bringuebalée dans ma petite boîte. Je suis partagée, déchirée même, entre le bonheur d'enfin quitter cet endroit, où j'ai souffert pour plusieurs vies, et cette douloureuse sensation d'avoir le cœur couvert de fêlures, qui deviennent des crevasses au fur à et mesure que je m'éloigne de la silhouette tremblante de Bob.

Une porte claque.

Je ne le vois plus.

Adieu, mon ami...

Je me force à penser à autre chose, car pleurer n'aidera personne et ne fera pas changer la situation bien précaire de Bob. Je pars de l'avant maintenant, il est temps de reprendre ma vie en main. On croise un vieil homme assis seul sur une rangée de chaises. Il sourit à ma petite boîte et à ma maîtresse.

— Au revoir, monsieur, ce fut un plaisir. Je suis sincèrement navrée pour votre chien.

— Merci à vous. Oh, mon petit Bob a fait son temps, il souffre et je n'ai plus les moyens de le soigner malheureusement...

— Vous allez l'euthanasier du coup ?

— Je le crains, oui.

Je sens le profond chagrin de cet humain. Je vois dans sa main une petite peluche mal en point. Elle a quatre pattes terminées par des sabots recousus à la va-vite. Cette grosse bête pelucheuse est blanche et noire, avec de grosses mamelles bien roses et deux petites cornes sur le front.

Serait-ce le fameux doudou vache de Bob ? Cette peluche qui lui manquait tant les soirs où son moral était absent au profit d'une terrible amertume...

— Monsieur Binard pour Bob, appelle le vétérinaire.

— Au revoir, madame, surtout profitez bien de ce petit ange aux yeux verts. Ces petites bêtes sont si éphémères...

— Je... je le ferai. Au revoir.

Nous repartons. Les secousses régulières me bercent et je remarque que le petit homme voûté s'avance auprès de l'humain qui m'a soigné. Il semble triste. J'espère sincèrement que cette visite tardive est pour Bob, il serait tellement heureux de voir son maître.

Je ne comprends pas le chagrin de l'humain. Il va revoir son compagnon et je sais mieux que quiconque à quel point Bob aime son humain et ce, en dépit du fâcheux accident.

Des sentiments conflictuels me taraudent l'estomac, je suis mitigée sur cette douteuse visite. C'est trop étrange, trop triste, trop mortuaire...

Adieu Bob.

Tu ne souffriras plus.

Pardonne-moi.

Passe le bonjour à mon défunt frère.

Nous sommes maintenant dehors et mes funestes pensées s'envolent dans ce petit nuage de vapeur que j'exhale. Je hume l'air, il est froid et très humide. Plusieurs semaines se sont écoulées et le monde n'a pas cessé sa course en mon absence. L'après-midi est déjà bien entamé, je trépigne d'impatience. J'ai hâte de retrouver ma famille et mon quotidien bien réglé. Winston m'a tellement manqué ! Un faible clapotis attire mon attention, je colle ma truffe entre les barreaux métalliques et froids de ma caisse, curieuse de voir d'où vient ce son. Le sol est détrempé et des petits cours d'eau évoluent, tels des torrents montagneux, le long des trottoirs, pour finir leur course folle dans des avaloirs béants. Je retourne illico sous mon doudou en plaid, bien heureuse d'être au chaud et surtout au sec.

Le moteur démarre et les douces vibrations me rappellent le ronronnement de ma mère quand nous dormions ensemble. La vie était si douce à cette époque. Je m'attends à tout moment à ce que le tableau de bord crache de la musique criarde, que la bipède aime à amplifier avec des grognements surjoués, calqués sur le rythme des vibrations de l'habitacle. Cependant, cette fois-ci, elle n'en fait rien. Ce soir, elle est calme et le silence règne, pesant.

On s'arrête. Nous ne sommes pas allées bien loin.

Pourquoi je sens que quelque chose ne va pas ? Il s'agit du même pressentiment que celui que j'avais eu à la mort de mon frère. Chaque petit bruit est assourdissant, le froissement de ses vêtements sur sa peau, ses mains moites qui se décollent du volant. Ses inspirations sont profondes et angoissantes, tout comme ses expirations sont sifflantes. Je sens que son cœur balance. Cela m'arrive aussi quand je dois choisir l'endroit parfait pour m'installer et faire ma toilette. Mon humaine doit faire un choix, mais lequel ?

Elle me regarde sans vraiment me voir. Je me demande même si elle peut me distinguer à travers ce rideau humide qui couvre ses yeux verts rougis. Elle essuie son visage d'un geste brusque et désespéré, puis elle prend une nouvelle inspiration profonde. Elle baisse doucement les paupières et le rideau redevient un ruisseau de larmes. Elle remet le contact, puis l'éteint derechef, et ce à plusieurs reprises.

Rageuse et indécise, elle attrape son foulard, dans lequel j'aime tant me pelotonner et m'endormir quand je suis cachée dans son placard. Elle l'enroule autour de son cou aux veines saillantes et convulsées par un angoissant doute.

Je ne cerne toujours pas ce qu'il se passe. Je l'observe, je ressens ses émotions, mais je ne la comprends pas. Les humains sont une espèce si imprévisible et si contradictoire.

La nuit est tombée et la lune illumine les traits tendus de mon humaine. Nous sommes ici depuis une éternité. Une envie pressante commence à pointer le bout de son nez et je commence à m'impatienter. J'ignore si c'est mon remue-ménage qui a réussi à la tirer de sa rêverie, mais elle se tourne vers moi, un sourire contraint plaqué sur son doux visage tourmenté. Une larme coule le long de sa joue. Les rayons lunaires y scintillent comme s'il s'agit une pierre précieuse.

Son petit nez humide et coulant se niche dans son étole favorite, je l'entends la renifler et aussitôt un tendre sourire apparaît. Elle est transformée en l'espace de quelques secondes.

— Ton odeur va me manquer, Kiwi.

Elle ouvre la portière et s'assoit sur le capot quelques minutes, tandis que je suis toujours sur le siège passager, bien au chaud dans ma petite caisse où le temps parait de plus en plus long face à ma vessie déjà bien pleine. Toutefois, j'observe sans broncher cette scène des plus étranges. Je prends le temps d'apprécier les effluves de l'herbe haute légèrement humide soulevée par le passage de ma maîtresse. J'aime tellement cette odeur, elle me rappelle ma maman.

Puis, tout s'accélère. En l'espace de quelques secondes, mon humaine se relève et ma petite boîte se retrouve posée à même le sol. Je vois les petites araignées s'affoler sur les tiges pliées par le poids de la caisse et la grille s'ouvre sous le clair de lune angoissant. Elle s'assoit devant moi, les jambes écartées formant deux barrières de part et d'autre de ma boîte. Cela crée une sorte de petit espace qui me rassure déjà un peu plus. Timidement, je sors une patte puis l'autre. Je m'assois et on s'observe. Elle retient mes traits, enfin c'est mon impression, moi je fais de mon mieux pour ne pas filer faire pipi un petit peu plus loin.

— Je suis enceinte, Kiwi.

Pipi, pipi, pipi...

— Jack est un peu perturbé, mais il se soigne. Et moi aussi. Je ne bois plus depuis que j'ai appris la nouvelle. On va s'en sortir, Kiwi. Depuis que j'ai pris conscience de mon état, je suis perdue. Que faire ? J'ai besoin de Jack, j'ai besoin de sa présence, seule, je ne me sens pas à la hauteur. Il me soutient que ta chute était un accident, je ne sais pas quoi en penser, il peut être si maladroit... Je t'aime Kiwi, si fort, mais c'est mieux comme ça. Ainsi, il ne pourra plus te faire de mal.

Ses mains tremblent tandis qu'elle essaie de me retirer son cadeau, mon collier rouge. En vain, son agitation est trop forte et elle finit par abandonner. Dommage, je me serais bien débarrassée de cette entrave qui tinte dès que j'ai le malheur de bouger un peu trop.

— Garde-le, ça te fera un souvenir après tout.

Elle me caresse. Cela m'a tellement manqué.

— Jack n'est pas encore au courant de ma grossesse, je crains sa réaction, tout comme le fait de revenir avec toi à la maison. Il déteste les chats, je veux mettre toutes les chances de mon côté pour qu'il accepte l'arrivée de cet enfant, de son enfant.

Mon humaine semble très perturbée, ses intonations sont incohérentes, tout comme sa gestuelle. Un moment elle paraît anxieuse, puis le suivant son visage rayonne d'espoir et enfin, ses yeux sont ravagés par la tristesse. J'aimerais l'aider, mais je ne suis qu'un petit chat qui ne comprend pas son langage.

— Je dois y aller maintenant, si le repas n'est pas prêt à temps ça va être la guerre à la maison. Ne m'en veut pas Kiwi, mais c'est mieux ainsi. Pour le bébé, pour Jack et pour toi. Tu seras à l'abri, loin de lui. J'espère que tu me pardonneras un jour...

Je ne comprends pas. Pourquoi sa voix s'est-elle brisée ? Je suis perdue.

Son cœur bat la chamade, j'ai mal pour elle, sa poitrine doit être en feu. Mon humaine s'approche de moi et, après un tendre baiser sur ma truffe, elle me repose à terre. Les jambes flageolantes, elle se relève et remonte dans sa voiture sans m'adresser un seul regard. Le véhicule démarre et je suis soufflée par les gaz d'échappement. Je tombe encore, maladroite à cause de ma nouvelle condition de chat sans queue, et à peine ai-je le temps de me relever que la voiture est déjà bien loin.

À l'image de la larme sur la joue de mon humaine, la lune fait chatoyer le nuage de poussière soulevé sur le chemin. Je ne la vois plus, mais je peux entendre le vrombissement du moteur beaucoup trop sollicité. Jusqu'au bout, je tends l'oreille pour ne rien perdre de ce son, car, je le sais, au moment où je ne l'entendrai plus, je serai définitivement seule, abandonnée.

Mon envie pressante est déjà oubliée.

Quelque chose de grave vient de se passer.

La solitude m'ouvre ses bras mortifères.

Le début d'un nouveau chapitre en enfer.

Jour 162

Je marche encore et toujours, me repassant sans cesse le déchirant film du départ de mon humaine à bord de sa voiture. Ce terrible et étouffant sentiment d'incompréhension maltraite mon cœur, qui bat en dépit de mon profond chagrin. Je ne peux m'empêcher de me sentir complètement stupide, moi qui croyais qu'elle allait me ramener à la maison !

La peur de mourir dans cet environnement qui m'est complètement inconnu me force à avancer, une patte après l'autre. Une douleur après l'autre. Je ne suis pas complètement guérie, loin de là. Certains fils sont même encore présents sur ma hanche tondue, vestiges de la dernière opération en date pour me soigner. Le pansement qui est censé protéger le moignon de ma queue à peine cicatrisé est déjà imbibé d'eau et de terre, et je sens que ma plaie commence à piquer. Je dois retirer ce bandage au plus vite. Seules mes côtes semblent ne plus me faire de misère, tant mieux, si je devais endurer mille tourments à chaque respiration, je ne pourrais plus avancer.

J'ai rapidement quitté la zone connue autour de ma caisse de transport, le peu de croquettes laissées sur place m'a à peine rempli l'estomac. Je me sentais beaucoup trop à découvert là-bas en plein milieu de ce champ où l'herbe avait été tassée par le passage de mon humaine et son véhicule. Mais malheureusement, depuis ma chute et en plus de mes blessures, je ne suis que l'ombre de moi-même. Mon souffle est court, mes membres sont raides et je m'épuise rapidement. Toute ma musculature, qui a pris tant de temps à s'affiner et à gagner en force, a désormais disparu, délitée par le manque d'exercices de ces dernières semaines. Je suis redevenue le chaton fragile et dépendant de sa maman. Sauf que, cette fois-ci, je suis seule.

Terriblement seule.

Enfin, pas tant que ça. J'entends ce sinistre battement d'ailes, le même qui a accompagné mon agonie sous le frêne. Il plane au-dessus de me mon corps miteux. Il ne m'aura pas, ni aujourd'hui ni demain.

Imbécile de corbeau...

Le soleil n'est pas encore levé que je décide de trouver un endroit sûr pour me reposer quelques instants. Toujours sur ce maudit chemin de terre sans fin, je me mets à couvert dans les hautes herbes d'un champ de maïs. Je ne m'y enfonce pas trop, car je suis exténuée. Je peine à trouver un endroit confortable, sans trop d'humidité, car la densité des plantations limite l'évaporation du sol qui reste humide, où que je j'aille.

Plus ou moins bien installée sur un petit monticule, je clos mes yeux irrités par la présence de petites particules. Je sens mon sang battre dans mes pattes harassées de fatigue, péniblement je bouge de nouveau pour tenter de m'allonger un peu plus confortablement sur ce petit lit de brindilles sèches, certainement charriées par une forte pluie puis coincées ici. Je me sens mieux, légèrement mieux, et je souffle un peu après cette éreintante marche forcée.

Puis je commets une regrettable erreur, je me regarde, je m'examine. Je fais décidément de la peine à voir : mon pelage est couvert de boue, mes coussinets, trop tendres pour la vie sauvage, sont ouverts à certains endroits. Mes poils amassés en paquets à cause de la lie séchée me donnent une apparence galeuse. Je ferme les yeux à cette triste vérité et me surprends à rêver aux draps chauds de ma maison et aux jeux idiots que nous pouvions inventer avec Winston.

Winston... Cet abruti de chien va me manquer.

Un bruissement étouffé me réveille en sursaut. Les bruits de la vie en dehors d'un foyer rassurant me sont tous étrangers, ils me paraissent tous inquiétants et annonciateurs de mauvaises rencontres. Je lève les yeux, le corbeau est toujours là. Il plane encore et toujours, il côtoie presque les nuages.

Le soleil est maintenant haut dans le ciel, je me maudis de m'être autant laissée aller. Mais ce n'est pas pour autant que je bouge ne serait-ce qu'une moustache, j'appréhende chaque mouvement comme quand mes os étaient encore brisés sous ce frêne. Précautionneusement, j'étire une patte après l'autre, j'ai mal, mais ce n'est rien comparé à ce que j'ai pu vivre. Je suis soulagée. Avec la chaleur et la lumière réconfortante du soleil, sans oublier les bourdonnements des insectes hyperactifs, mon moral remonte. Je ne me laisserai pas mourir, je ne me suis pas battue contre la mort et les nombreux abattements des derniers jours, pour abandonner à cause d'une simple erreur de parcours. Peut-être que j'ai tout simplement mal interprété la situation la nuit dernière et que mon humaine est actuellement quelque part à ma recherche.

Ragaillardie par cette éventualité, je me redresse. Je m'ébroue pour me débarrasser de la poussière et des petits insectes opportunistes, puis me remets en marche. Je retrouve facilement ce chemin de terre tant haï la veille encore. Maintenant, il est la voie royale pour retourner chez moi. Un pas après l'autre, je me rapproche de ma famille.

Je suis si stupide et naïve.

***

Trois heures se sont écoulées et j'ai monstrueusement faim. Pas simplement la petite faim psychologique que je pouvais rapidement ressentir lorsque ma gamelle était vide. Là, il s'agit de la violente faim qui dérègle les sens et empêche d'avancer malgré toute la bonne volonté du monde. Je risque de tomber d'inanition d'ici peu si je me ne nourris pas. Même le temps me semble plus long, une seconde est une minute, une minute une heure, c'est comme si j'avais toujours vécu sur cette berme poussiéreuse. J'ai pu étancher ma soif dans une petite flaque d'eau limpide, vestige de la pluie torrentielle de la veille, mais les mulots sont bien plus malins que disait ma mère. Je finis par croire que je suis tout simplement un minable petit chat incapable de survivre une journée seule dans la nature sauvage. Je me demande bien comment font tous mes congénères errants, que je narguais du haut du mon balcon alors qu'ils déambulaient sans but dans la magnifique roseraie d'en bas.

Le chemin de terre prend fin et je continue ma marche du désespoir sur un sol bitumeux brûlant, dont les émanations m'asphyxient les poumons. Je suis obligée de continuer ma progression dans le champ, j'en suis nettement ralentie. Au moins, je ne risque pas l'intoxication ou bien de laisser la peau de mes coussinets brûlée, en plus des coupures douloureuses déjà présentes.

Le champ grouille de vie. Je me laisse facilement distraire par des petits couinements à gauche, un sifflement derrière, ou encore par la multitude de senteurs champêtres. Tous ces effluves me rappellent ma mère quand elle rentrait de ses sorties de chasse nocturnes, le pelage constellé de petites boules végétales piquantes et irritantes.

— *Mais qui vois-je...*

Je sursaute et me retourne en un mouvement, mes griffes déjà prêtes à lacérer quiconque m'approcherait de trop près. Je ne vois personne. Ma parure noire se gonfle pour impressionner mon potentiel assaillant, un grondement de mise en garde résonne dans ma cage thoracique.

— *Qui est là ?* je demande, sur mes gardes.

— *Tout dépend de toi, si tu m'attaques, je suis ton ennemi et si tu te calmes, je suis un ami.*

— *Sors de ta cachette que je puisse te voir, inconnu* !

Une patte tigrée sort d'un buisson de tulipes isolé à ma droite. La seule vue de cette unique patte me fait froid dans le dos : ce chat doit être immense. Je dois paraître si frêle et ridicule à côté de lui, avec ma queue coupée et ma taille de chatonne malgré mon pelage gonflé. Je recule d'un pas, ne me sentant pas en sécurité et grondant avec force pour manifester ma méfiance. Sans m'en rendre compte, j'ai déjà sorti mes crocs, et de ma mémoire jaillit mes nombreux combats contre ma sœur, les prises et les endroits où frapper.

— *On se calme, belle demoiselle.*

Il est enfin complètement à découvert. Si je n'étais pas aussi effrayée, j'aurais pu apprécier sa beauté. Sa musculature développée et ses rayures noires, blanches et grises lui donnent un air féroce. De plus, son faciès confirme une personnalité plus que prédisposée aux combats, dur et muni d'une mâchoire puissante. Ses pupilles ambrées tachées de vert sont joliment soulignées par des lignes blanches qui filent se fondre avec le reste du pelage derrière ses oreilles. Un véritable regard de tueur. Je note aussi que l'une de ses oreilles a subi quelques dommages, plusieurs trous sont visibles ainsi que la pointe complètement rabotée.

— *Qui es-tu ?* je murmure, en feignant l'assurance alors qu'en réalité je suis tétanisée par la peur.

— *Jäger pour te servir, et toi ?*

— *Kiwi*, j'annonce fièrement.

— *Enchanté, belle Kiwi. Que fais-tu dans le coin ? Ce champ est mon territoire.*

— *Je... Je suis désolée. Je me suis égarée.*

— *Tu es une domestique, toi ?*

— *Qu'est-ce que ça peut te faire ?*

— *Moi ? Rien, mais ça signifie surtout que tu as eu de la chance de tomber sur moi.*

— Je ne comprends pas. Tu pourrais me tuer d'un coup de patte, pourtant.

— Effrayant, peut-être, mais pour ton plus grand bien je suis castré et tu sens la minette en chaleur à des kilomètres à la ronde.

Je ne sais où me mettre... Je le ressens aussi et c'est la première fois que ça m'arrive. Il est vrai que depuis deux jours je me sens tiraillée par un besoin irrépressible, sans pour autant savoir ce que cela peut être. J'ignore ce que cela signifie d'être castré. Winston m'en a parlé une fois, pour m'expliquer, à sa manière, les aboiements débridés d'un chien envers ses congénères femelles qui passaient tous les matins dans le parc.

— Tu ne vas pas me faire de mal ?

— Non, tu es trop mignonne pour ça. En plus, je ne m'attaque pas aux handicapés.

— Je ne suis pas handicapée !

— Pff ! Ton petit saut était terriblement malhabile, tu t'es réceptionnée en tanguant autant qu'une grenouille sur un nénuphar.

— J'apprends encore, ce n'est pas facile de vivre sans queue !

— Calme-toi petite, je suis gentil, mais je n'accepte pas de servir de défouloir à une adolescente en pleine crise. Tu as faim ?

— Non.

— Menteuse, j'entends ton estomac depuis des heures.

— Des heures ?

— Oui, ton passage a interrompu ma chasse de ce matin. Tu me dois un lapin bien gras.

Je panique. Je ne suis même pas capable d'attraper un malheureux mulot, alors un lapin... Comment vais-je bien pouvoir payer cette dette ? Quand je pense que je me croyais apte à chasser ces proies dignes des plus grands chasseurs de notre espèce, je me trouve minable. Ces quelques heures d'errance ont au moins eu le mérite de m'apprendre une chose : l'humilité.

— *Viens petite Kiwi, on va te chasser un petit rat des champs.*

— *Je ne suis pas petite !*

— *Oh que si, tu es affreusement rikiki,* se moque Jäger.

Il se détourne et s'enfonce dans les fourrés. Je reste plantée là, complètement indécise sur la marche à suivre. Je meurs de faim et il le sait, cela peut très bien être un piège pour mieux me faire du mal dans un endroit plus tranquille. Dilemme, dilemme, si encore j'avais été plus forte et en meilleure forme, j'aurais pu me défendre en cas de revirement de situation, mais dans l'état actuel des choses, je ne pourrais qu'attendre que mon cœur cesse de battre.

— *Kiwi ! Je te laisse cinq secondes pour me rejoindre, sinon je pars sans toi et les corbeaux s'en feront une joie quand tu seras morte et grouillante de vers.*

Il a raison. Il m'agace autant qu'il me fascine.

— *J'arrive, Jäger.*

Je fonce. Si je reste seule, je suis certaine de mourir, alors qu'en le suivant, il y a au moins une chance pour qu'il soit honnête et que je survive. Je l'entends à peine se déplacer parmi les herbes mortes et ces épaisses tiges de maïs. Comment fait-il, alors qu'il est aussi imposant ? À côté de lui, on dirait que je ne vaux pas mieux que Winston, niveau discrétion.

— *Comment fais-tu pour être si discret ? Je ne t'avais même pas entendu arriver !*

— *Le talent, ma chère, le talent...*

— *Et sérieusement ?* je m'énerve, car je déteste quand on élude mes questions.

Il s'arrête d'un coup. Sa queue bat violemment les végétaux morts ainsi que la poussière, il est clairement agacé. Je me retourne et il me dévisage avec un profond mépris. Le Jäger d'il y a deux secondes n'est plus là et je me sens terriblement mal, je ne comprends pas sa réaction. Qu'ai-je fait de mal ?

Je maintiens son regard, certes j'ai besoin de lui, mais je ne compte pas me laisser faire pour autant.

— *Ton impatience m'incommode. Te rends-tu compte que sans moi, tu es morte dans les prochaines heures ?*

— *Tu pourrais être surpris !* je rétorque.

— *Alors, imaginons que si tu arrives à t'en sortir, un jour ou deux, voir même peut-être trois. Sans moi toujours, tu risques de te faire malmener par une ribambelle de comparses errants en soif de reproduction, et de mourir la gueule ouverte, tellement tu auras été asséchée pour nourrir tes petits qui, quoi que tu fasses, mourront dans la foulée !*

— *Qui es-tu pour oser me parler comme ça ?!*

— *Une personne qui veut t'aider, malgré ton sale caractère de chatte pourrie gâtée !*

— *Tu te trompes à mon propos...*

— *Tu as quel âge ?*

— *À peine six mois.*

Il ne répond pas. Il se contente simplement de repasser devant moi en me frôlant légèrement.

Il me pardonne.

— *Merci de m'aider, Jäger.*

— Avec plaisir, mais n'oublie pas ma générosité et ma patience à ton égard. Maintenant tais-toi, on arrive dans mon coin de chasse préféré.

Mon nouveau compagnon de route renifle la douce brise qui vient de se lever, il se déplace pour avoir le vent de face et attend un peu. Ses oreilles bien droites, il est à l'affût. Je reste près de lui, avide d'en apprendre plus sur l'art de la chasse. Je sens la chaleur de son corps qui émane, sa présence me réconforte. C'est la première fois depuis la disparition de mon humaine que je sens que je peux enfin envisager une vie au-delà du lendemain. J'en jubilerais presque.

— Attends Kiwi, tu es sérieuse là ?!

— Quoi ?

— Tu ronronnes.

— Oups, pardon.

— Tu sais quoi, tu es trop perturbée par la faim qui te ronge la cervelle. Tu vas rester là pour cette fois-ci, je te ramène ce qu'il faut au plus vite.

— Mais... Je voulais te voir faire !

— On ne mange pas qu'une fois, dans une vie. Demain, quand tu iras mieux, on ira chasser tous les deux.

— Tu le promets ?

— Oui, jeune insolente.

La seconde suivante, il est parti. Je reste plantée là, à me repasser en boucle son sourire à la fois mystérieux et sincère. J'ai des petits papillons dans le ventre. Serait-ce donc ce fameux sentiment dont parlait Bob ? L'amour ? Pour l'instant, je ne préfère pas savoir, je savoure tout simplement cette sensation de béatitude admirative. Dommage que la faim soit là, encore et toujours présente, seule ombre au tableau.

Pour passer le temps, je m'allonge et décide de m'offrir le luxe d'un petit roupillon, le temps paraîtra moins long en dormant. Je m'assoupis en un rien de temps, comme une masse. Cette impression de sécurité que me procure la proximité de Jäger est un vrai délice.

Peut-être que tout n'est pas perdu.

Peut-être que je ne suis plus seule.

Peut-être que je vais vivre.

Jour 210

Comme à chaque fois, je rêve... mais là, contrairement à d'habitude, ma conscience est aiguisée. Je suis de nouveau cachée derrière le pot de fleurs sur le balcon, ma queue encore entière entre mes pattes tremblantes de peur. IL est là, l'humain monstrueux responsable de tous mes malheurs et mes douleurs. Winston est présent aussi, ainsi que toute la famille. Ils dînent tous dehors dans le silence le plus total, une larme coule le long du visage si triste et déformé par la peine de ma toute petite humaine Lydia. Elle ne mange rien, elle est terriblement amaigrie, à l'instar de sa mère dont les bras sont en plus couverts d'atroces ecchymoses. J'observe Winston, il est prostré, il est nerveux, ça ne lui ressemble pas du tout. Son regard croise le mien et il ne réagit pas. Ses yeux noisette sont impassibles laissant paraître l'accablement qui le submerge. Mon bourreau se lève afin de rejoindre le salon pour une quelconque raison, sordide je présume. Mon ami canin est sur son chemin. Winston ne réagit pas assez vite et il prend un coup de pied dans les côtes. J'entends ses glapissements de douleur et de désespoir, mon cœur se brise face à tant de souffrance.

Winston... Tiens bon, j'arrive...

— *Qui est Winston ?*

— *Un vieil ami... Pourquoi ?* je lui réponds, encore à moitié endormie.

Nous nous prélassons au soleil, le ventre plein de lézards et de mulots savoureux. Jäger s'est déjà rendormi, cela lui arrive souvent de sombrer dans le sommeil quand nous sommes en pleine discussion. Je ne lui en tiens plus rigueur, monsieur est manifestement plus âgé que moi. J'ignore de combien précisément, mais sa jeunesse est un peu datée.

Voilà maintenant deux mois que nous nous côtoyons. Il me protège, me nourrit et m'enseigne la vie sauvage comme un père le ferait. Il se soucie de moi et me réprimande quand j'abuse de sa patience ou bien de sa gentillesse. Toutefois, mise à part ma profonde gratitude, je ressens pour lui une irrésistible attirance, je l'admire et le désire. Comment suis-je censée gérer ce genre d'élan émotionnel, alors que je ne suis même pas encore une véritable adulte ? Tant de tracas, alors que tout est de nouveau au beau fixe pour moi. Je sens mes muscles gagner en puissance de jour en jour, je commence à mieux appréhender le nouvel équilibre que me procure ma queue aussi courte qu'un pompon de lapin.

— *Alors Kiwi, que faisons-nous aujourd'hui ?*

— *Je ne sais pas...*

— *Tu ne m'as pas dit qui était Winston ?*

— *Si, je t'ai répondu que c'était un vieil ami.*

— *Il est mort ?*

— *Non, notre maîtresse m'a abandonnée, lui est resté chez nous.*

— *Il te manque ?*

— *Oui, un peu... On jouait bien tous les deux.*

— *Je suis navré pour ton abandon, mais, crois-moi sur parole, plus vite tu oublies les humains et ton ancienne vie, plus vite tu seras heureuse ici, avec moi.*

Je suis indécise, Jäger a raison, je le sais, à quoi bon m'accrocher à mon ancienne vie ? J'ai été presque tuée par un humain et lâchement abandonnée par ma propre humaine alors que je m'étais battue pour elle et ses enfants, afin de survivre à mes blessures et revenir auprès d'eux pour qu'ils ne pleurent plus. Mais, au plus profond de moi, je sens qu'ils sont en danger. Je ne pense qu'à ça, nuit et jour, les retrouver et les aider, à ma façon et à la hauteur de mes moyens de chatte éclopée.

— Je n'y arrive pas. Je pense tout le temps à eux...

— Tu dois alors faire ton deuil, ma douce Kiwi.

— Ils ne sont pas morts, comment faire ça ?

— Considère-les comme tels, après tout ils t'ont laissé dans ce champ en connaissance de cause.

— Je ne sais pas, elle semblait sincèrement triste ce soir-là. Peut-être cherchait-elle à me protéger ?

— Arrête de lui chercher des excuses !

— Et toi arrête de condamner sans savoir, Jäger ! Pourquoi haïs-tu autant les humains ?

— Ils sont la cause de tous nos problèmes, Kiwi. Regarde-toi, tu n'as que six mois et ton souffle est aussi rauque qu'un vieux chat, tu as des douleurs à une hanche et plus de queue ! La faute à qui ? Tu as failli mourir de faim ici, à cause de qui ?

— Mais si je t'ai rencontré, c'est grâce à eux, si j'ai pu redonner le goût à la vie au vieux Bob, c'est grâce à cet accident qui m'a mise sur son chemin.

— Comment peux-tu être aussi naïve et idiote ?

Mon compagnon d'infortune se relève et quitte notre promontoire, las de cette discussion stérile. Je le rattrape en deux trois sauts, aussi légère que le vent et rapide qu'un épervier. Je me frotte délicatement contre son cou et le lèche derrière son oreille aussi trouée qu'un gruyère.

— Pardon... Ils me manquent c'est tout, toutes les nuits je fais des mauvais rêves à leur sujet, ça me tracasse.

— Qu'est-ce qui pourrait t'aider à aller mieux ?

— Je... Je souhaiterais les voir, au moins une dernière fois, m'assurer qu'ils aillent tous bien et faire mes adieux à Winston, si possible.

— Ça fait beaucoup de souhaits en une phrase.

— Je sais, mais tu m'as demandé ce qui pourrait m'aider, et j'ai besoin de tout ça pour me sentir soulagée et aller de l'avant, avec toi...

— Je te propose un marché. Tu es prête ?

— Oui !

— On partira à la recherche de tes humains, si et seulement si tu arrives à chasser et tuer ton premier lapin, seule.

— Mais... C'est impossible ! C'est à peine si j'arrive à attraper un lézard sans ton aide.

— Il s'agit de ma condition pour qu'on y aille, c'est tout.

— C'est une ruse, car tu sais pertinemment que j'en suis incapable.

— Tu sais Kiwi, ici nous sommes en plein milieu de la campagne, dans une relative sécurité si on occulte le fait que nous sommes livrés à nous-mêmes. Le plus gros danger, c'est la route. En ville, c'est différent. La ville est dangereuse, il y a énormément d'humains, de chiens errants, et de voitures ! Ne parlons pas du fait que tu sois une femelle, tu vas attirer tous les mâles du quartier et je ne pourrai pas te défendre contre eux s'ils sont trop nombreux.

— Donc tu admets que tu ne me crois pas capable de tuer un lapin ?

— Je crois que si tu y arrives, tu seras éventuellement prête pour affronter les dangers de la ville.

Mon sang ne fait qu'un tour et je file à toute allure à la lisière du petit bois qui longe notre champ. Je suis rapidement suivie, puis rattrapée par Jäger.

— *Kiwi, tu pars où comme ça ?*

— *Chasser le lapin, pardi !*

— *Nous sommes en plein milieu de la journée, espèce de sotte.*

Je m'arrête net. Suis-je bête ! Je le regarde, honteuse, car je n'y avais même pas pensé une seconde. Comment vais-je faire si je ne suis même pas capable de réfléchir deux secondes avant de faire une idiotie et me ridiculiser face à mon ange gardien ? Il sourit, une franche moquerie illumine ses yeux attendris, habituellement si asthéniques.

— *Suis-moi, on va se trouver un petit endroit sympa où je pourrai t'enseigner l'art et la manière de chasser un gros gibier.*

Je le suis, toute guillerette.

Depuis le temps que j'attends ça.

Allons chasser le lapin !

Jour 215

— *J'en peux plus ! J'ai besoin d'une pause. Et de toute façon je n'y arriverai jamais !*

Je m'étire, fourbue à force de concentration et d'immobilité. Jäger ne rétorque rien, je pense que lui aussi est fatigué, il fait particulièrement chaud aujourd'hui, en cette fin d'automne, et cette soudaine différence de température nous épuise plus qu'à l'accoutumée. Nous étouffons sous ce pelage plus dense en prévision de froides nuits d'hiver.

— *Mais ça ne fait qu'une poignée d'heures que l'on travaille.*

— *C'est bien ce que je dis, je n'y arriverai jamais.*

— *Ton impatience m'exaspère, Kiwi !* finit-il par lâcher.

— *Désolée d'avoir hâte de croquer un de ces appétissants pompons tout blancs.*

— *On arrête pour aujourd'hui alors, mais à partir de demain j'attends de toi un peu plus de rigueur et d'application.*

— *Oui chef !*

Cela fait cinq jours que nous traquons les lapins matin et soir. Nous vivons en fonction du soleil levant et du soleil couchant, cette proie est capricieuse et nous ne devons pas rater les rares instants où ils se dégourdissent les pattes à l'air libre. En cinq jours, j'ai appris le silence, l'immobilité, l'écoute de tout ce qui m'entoure et la connaissance de mes limites. Mes blessures appartiennent au passé et, petit à petit, j'ai retrouvé ma force d'antan, si ce n'est plus. La vie sauvage n'est pas tendre avec moi et je sens mon corps se transformer en conséquence.

Jäger est patient, vraiment très patient. Contrairement à moi, qui ne peux résister à ma fougue et à mon envie de jaillir de ma cachette sans réfléchir plus d'une seconde. Pour mon mentor, je suis encore beaucoup trop chaton dans ma tête. Il est temps pour moi d'évoluer et de grandir, car sinon, mon irréfléchie hardiesse pourrait bien me coûter la vie. Par chance il est là ; quoi que je fasse comme idiotie, Jäger répond toujours présent pour recoller les morceaux et trouver de quoi nous remplir le ventre après mes échecs décevants et beaucoup trop récurrents.

Nous quittons le petit talus où, en dessous, vit une colonie bien portante de gros lapins de garenne. La période n'est pas des plus propices pour apprendre la chasse au lagomorphe, les petits sont grands et à vue de nez, aucune des femelles que nous avons pu observer n'est prête à mettre bas.

Cependant, je ne désespère par pour autant, enfin j'essaie. L'échec est si dur à vivre, d'autant plus que, quand je vois la déception dans le regard de Jäger, cela me fait mal. Je ferais n'importe quoi pour lui.

Nous arrivons dans son sanctuaire, devenu le nôtre au fil des jours où notre cohabitation progressait. Cette oasis sans eau ni berges agréables est pourtant idyllique à sa manière. En réalité, il ne s'agit que d'un arbre. Mais cet arbre est tout simplement incroyable, son immensité est incommensurable. Les plus hautes de ses branches caressent le ciel de leurs feuilles ternies par l'automne et qui tombent petit à petit. Son tronc est plus large que n'importe quelle essence qu'il m'a été donné de voir, il peut accueillir en son sein de nombreuses vies en quête d'un abri pour la nuit ou encore la journée, à l'instar de mes nouvelles amies les chauves-souris. Il s'agit d'un if. Cet arbre a dû voir naître et mourir des centaines de générations de lagomorphes, dont je désire tant entendre les cervicales se rompre sous l'étau de ma puissante mâchoire. Son écorce épaisse ne souffre pas de nos incessantes lacérations afin d'affûter nos griffes. L'étendue de son envergure empêche les plantations de pousser, nous créant ainsi un cercle presque parfait de terre pour se dorer au soleil.

— *Kiwi ?*

— *Oui ? Qu'est-ce qu'il y a ?*

Il est inquiet, mais pourquoi ? À chaque fois que je l'observe, je discerne toujours cet air soucieux dans son regard. Est-ce ma faute ? Est-ce moi qui lui cause tout ce tracas ?

— *Je te parlais des points à améliorer pour que ta chasse soit un succès. Et toi ?*

— *Comment ça, et moi ?*

— *Qu'est-ce que tu as ? Tu as eu la tête ailleurs toute la journée. Ce n'est pas comme ça que tu y arriveras, Kiwi.*

— *Je sais... Pardon.*

— *Ce n'est pas de ton pardon dont j'ai besoin, mais plutôt que ton investissement soit total.*

— *Mais pourquoi tu t'énerves comme ça ?*

— *Je ne suis pas énervé.*

Il me ment. Son corps le trahit, ses babines tremblent et sa queue fouette l'air, sans omettre ses griffes qui labourent la terre au pied du grand if.

— *À d'autres.*

L'aube teint l'atmosphère d'un orange électrique qui exacerbe notre mauvaise humeur respective.

— *Je pensais que tu t'améliorerais plus vite,* finit par avouer Jäger en un souffle.

Cette révélation me fait l'effet d'un coup puissant porté à l'estomac. Je me sens défaillir. C'est si humiliant et douloureux de décevoir un être que l'on estime tant. Une personne pour qui je ferais n'importe quoi.

Une personne que j'aime.

— *Je fais de mon mieux.*

— *Non. Tu peux faire bien mieux. Tu ne te rends tout simplement pas compte des enjeux qui se cachent derrière ce simple objectif.*

— *Il va falloir que tu choisisses, Jäger ! Soit je suis une fainéante, soit une idiote, mais les deux ça fait un peu trop à avaler en l'espace de quelques secondes !*

— *Tu me parles sur un autre ton, s'il te plaît. Ce n'est en rien ma faute si tu ne t'investis pas autant que je l'escomptais. Réussir cet exercice est capital, mais j'ai l'intime conviction que ça te passe bien au-dessus. Tu es bien trop préoccupée à ce que ton pelage soit bien ordonné et tes griffes bien léchées !*

— *C'est toujours la même rengaine avec toi ! Kiwi, concentre-toi ! Kiwi, cours plus vite ! Kiwi, plus flexe sur tes pattes arrières ! Je n'en peux plus Jäger, tu le comprends ça ?!*

— *Le danger n'attend pas que tu sois bien reposée pour s'abattre sur toi. Le danger est partout, vil et sournois. Et ce n'est pas avec un tel comportement que tu sauras y faire face.*

— *Mais de quoi tu me parles là ?! Le danger ? Aussi loin que je m'en souvienne, je m'entraîne pour la chasse au lapin, si je ne m'abuse ?*

— *Et c'est là que je me rends compte que tu n'as toujours rien compris. Je vais faire un tour, j'ai besoin de prendre l'air.*

De prendre l'air ?! Mais on est dehors ! je pense très fort, mais je me retiens de le lui dire. Il est inutile d'aggraver la situation déjà bien tendue.

Il se lève et saute avec agilité de notre perchoir pour se fondre dans les hautes herbes, toujours aussi discret. Quant à moi, je suis hébétée par ses derniers mots. En quoi n'ai-je rien compris ? Il y a quelque chose à comprendre ou encore une leçon à tirer de cet objectif qui me semble, de jour en jour, de plus en plus futile ?

Je me retrouve seule sur cet immense arbre qui abrite pourtant un éventail de vies et d'espèces différentes. Sans Jäger à mes côtés, le reste importe peu. Son départ crée un immense vide dans mon âme. Je me torture l'esprit pour comprendre où il voulait en venir, en vain. Je suis trop chamboulée pour réfléchir ne serait-ce que deux secondes d'affilée.

L'astre a désormais quitté l'horizon au profit d'une infinité d'autres à l'éclat d'une pureté inégalable. Le ciel est magnifique ce soir. C'est comme si la beauté de ce divin panorama céleste décuplait ma tristesse. Toutes mes émotions refoulées depuis le soir de ma chute rejaillissent et m'envahissent de toute leur force et de toute leur intensité. Je ne suis qu'une boule de chagrin. Sentiment si lourd et pesant qu'il fait inéluctablement naître la colère, pour petit à petit se muer en une haine profonde.

Oui, j'ai été abandonnée.

Oui, j'ai la haine.

Oui, je m'effondre.

C'est peut-être ça mon problème. Je refoule depuis trop longtemps toute cette rancœur qui me rongeait peu à peu. L'altercation avec Jäger n'a été que la blessure de trop. Un nouveau rejet. Je n'ai toujours pas accepté tous ces malheurs qui me sont tombés dessus en si peu de temps.

Je me remémore le fil de mes souffrances des derniers mois.

La chute.

La rééducation.

La mort de Bob.

Mon abandon.

Mon cœur brisé.

Le tableau est loin d'être enviable. Je me laisse donc aller à mon chagrin, toujours sur cette branche marquée par une quantité impressionnante de traces de griffes, signes du temps que Jäger a bien pu passer ici, seul, à méditer sur sa vie. Comme moi à cet instant précis. Je me demande si lui aussi perd pied parfois. Il semble si fort, si sûr de lui. Je ne représente peut-être à ses yeux qu'une lamentable petite sangsue qui vit à ses crochets.

Qu'importe où mes pensées m'emmènent, ce chemin m'enfonce encore un peu plus dans la déprime, telle une spirale infernale qui ne peut que mal finir.

Je me redresse, se morfondre n'aide en aucun cas à aller de l'avant, conseil très sage d'un ami qui l'était encore plus.

Merci Bob... J'espère que tu vas mieux maintenant, où que tu sois.

Je prends la décision de partir à la recherche de Jäger. Il est temps pour moi de m'excuser. J'espère de tout mon cœur qu'il acceptera ma demande de pardon. Il peut être si borné parfois. Me rappeler que lui a des défauts et qu'il est loin d'être parfait me remonte sensiblement le moral. C'est le cœur plus léger que je saute de la branche pour suivre les traces de mon mentor.

Traquer Jäger s'avère plus difficile que prévu. Il est doué, bien plus doué que moi, à moins que ce soit son expérience qui pèse le plus dans la balance. Mais ce n'est pas sans compter sur le temps que nous avons passé ensemble. Quand il va mal, il a besoin de prendre de la hauteur et, étant donné que je me trouvais sur l'arbre le plus grand qui puisse exister, il ne me reste plus qu'à en trouver un autre qui pourrait, lui aussi, offrir une vue apaisante.

Je quitte le champ et m'engage dans un petit bois contigu au sud de l'if. Cet endroit est paisible. Je sens de nombreuses odeurs de gibier, c'est ici que ce cachent les chevreuils et autres cervidés qui gambadent à la lisière du champ de temps à autre. Ces grandes bêtes me fascinent, elles sont si gracieuses en malgré leur grande taille et de leurs sabots fendus.

J'entends un bruit au-dessus de moi. Sur mes gardes, je lève les yeux et fouille du regard l'entremêlement de branches, dénuées de feuilles, des nombreuses essences arboricoles.

— *Jäger ? C'est toi ?*

Le silence m'oppresse. J'ai un mauvais pressentiment, le bois si grouillant de vie il y a quelques minutes, est désormais d'un calme angoissant. Un croassement sinistre fait s'envoler un couple de chardonnerets. Mes poils se hérissent contre mon gré. Je tente de me rassurer, mais c'est peine perdue, je ne connais pas bien cette forêt, je suis seule et encore toute bouleversée.

Ce cri provenait-il du Grand Corbeau qui me hante depuis notre première rencontre ? Va-t-il me laisser vivre en paix ? Sa présence me fait froid dans le dos. Maintenant, à chaque fois que je vois une ombre ailée projetée au sol, la peur m'envahit.

— *Kiwi !*

Je fais volte face, prête à en découdre contre quiconque ose m'approcher de trop près.

— *Mais Kiwi tu es folle ou quoi, c'est moi, Jäger !*

— *Dé-désolée. Tu m'as surprise.*

— *Qui t'a fait peur comme ça ?*

— *Personne.*

— *Que fais-tu ici ?*

— *Je te cherchais.*

Notre échange est tendu. Il m'en veut encore et moi je suis loin d'être à l'aise avec les mea-culpa.

— *Eh bien, tu m'as trouvé. Viens, on rentre.*

Il me passe devant et je reste plantée là. Ce n'est pas l'heure de se dégonfler, je me répète inlassablement, mais je ne peux exprimer aucune phrase cohérente. Pourquoi est-ce si dur de mettre sa fierté de côté, aussi mal placée soit-elle ?

— *Jäger, attends s'il te plaît,* je finis par bredouiller, tout en priant secrètement qu'il ne m'entende pas.

Mais Jäger étant Jäger et donc infaillible, il m'a parfaitement bien entendue malgré son avance. Il s'est arrêté. Je m'attends à ce qu'il fasse demi-tour et me rejoigne, mais je finis par comprendre qu'il compte bien rester là où il est, bien décidé à ne plus se laisser marcher sur les pattes par une idiote de mon genre. Un peu froissée, je m'en vais le rejoindre... Quelle tête de mule !

Il est négligemment allongé sur une pierre plate au bord d'un petit plan d'eau que je n'avais pas remarqué à l'aller. Il s'acharne sur une mue de l'une de ses griffes, qui reste obstinément accrochée. Je compatis, ce genre de situation est horripilant. Et je crains que cela ne l'aide pas à rester calme en vue de la discussion que nous allons avoir.

— *C'est énervant, n'est-ce pas ?*

— *De se faire prendre pour un idiot ? Oui, en effet.*

Je suis prise au dépourvu, ma note d'humour n'a pas du tout eu le résultat escompté. Mais quel vieux con ! je pense, légèrement sur les nerfs.

— *Je parlais de ta griffe.*

— *Je sais.*

Non, mais j'hallucine là ! Je respire profondément pour garder le peu d'autocontrôle que j'ai encore sous le coude. Après tout, je l'ai bien mérité.

— *Je suis désolée. Je... J'ai bien réfléchi.*

J'attends une répartie cinglante, qui ne vient pas. Jäger se contente d'ignorer royalement mes excuses en débutant une toilette, à la fois rageuse et minutieuse, de ses coussinets.

— *Je pense avoir compris quel est le véritable objectif derrière tout ça*

Toujours rien.

Autant continuer et terminer ce supplice le plus rapidement possible, alors.

— *Je pense que toute cette mascarade sur la chasse au lapin ne cache qu'un autre but. Tu passes ton temps à me mettre en garde contre les dangers de la ville. Tu fais tout pour me faire peur et pour que j'abandonne mon intention de retrouver ma famille. Je pense que tu veux tout simplement me faire réaliser que je ne suis pas assez forte pour survivre seule et encore moins sur ce type de territoire. Mais...*

— *Il était temps que tu le comprennes !* me coupe Jäger avec nonchalance, comme si tout ça n'était qu'une leçon que je devais bêtement m'incruster dans le crâne.

— *Je n'ai pas fini !* je rétorque.

— *Pourtant il n'y a rien de plus à dire. Je suis fier de toi Kiwi, on va pouvoir aller de l'avant maintenant et oublier ce projet stupide.*

— *J'en étais sûre !* je crie, désappointée.

— *Je ne te suis pas*, avoue le mâle à la carrure aussi large que Winston.

— Ces cinq derniers jours n'ont été qu'une grande mascarade où j'ai perdu mon temps ! Quand j'y repense, tes conseils ne sont pas cohérents ! Et pourquoi je ne te vois jamais chasser ? La vérité Jäger, c'est que tu ne veux pas que je m'en aille. Tu veux que je reste ici avec toi pour que tu ne sois plus jamais seul. Voilà ce que je pense réellement.

Son silence est bien plus révélateur que n'importe quelle répartie fumeuse.

— Depuis combien de temps es-tu seul ici ? je reprends, plus hargneuse que jamais. Combien de temps comptais-tu me manipuler comme ça ? Profiter du désarroi des autres... C'est minable.

Je le regarde en train de défaire un nœud dans son épaisse fourrure tigrée. J'ai l'impression de parler à un mur, c'est affligeant. Je m'apprête à reprendre mon monologue cinglant, mais c'est à ce moment-là qu'il décide de se relever et de s'asseoir de toute sa hauteur devant moi. Je me sens ridiculement petite et mon aplomb d'il y a une minute est parti en courant, me laissant comme une idiote, mon moignon entre les pattes.

— Il va vraiment falloir que tu règles ce problème d'égocentrisme, Kiwi. Tu es libre de t'en aller. Par ailleurs, ce sera bien moins contraignant pour moi. Je n'aurai plus à chasser pour deux et à t'entendre te plaindre de l'état de ton pelage tous les matins.

— *Tu te moques de moi ?* je demande, sur la défensive.

— Non, pas du tout. Tu sembles avoir bien réfléchi. Peut-être trop même. Manifestement, ça a surchauffé là-haut, pour en arriver à cette stupide théorie du complot contre Sa Majesté Kiwi.

Je le fusille du regard.

Je vois la déception dans le sien.

Aïe.

— *Bref, passons. Je vais mettre ça sur le dos de ta jeunesse et sur ce, je rentre. Sinon pour ta gouverne, la ville se trouve là où il y a un grand halo de lumière quand il fait nuit. Bonne chance pour ta quête.*

Et le voilà de nouveau parti. Je déteste cette manie que Jäger a de toujours disparaître dans les hautes herbes, après avoir dit une de ses nombreuses phrases qui me laisse seule et démunie. Je quitte à mon tour le bois et je prends la décision irréfléchie de partir à l'opposé du grand if, soit en direction de la route. Je suis bien décidée à lui montrer de quoi je suis capable, à cet idiot de prétentieux.

Remontée comme jamais, je déboule sur le béton glacé par la fraîcheur de cette fin de soirée. Aucun véhicule à l'horizon, mais une grande sphère, plus claire que le reste du ciel, surplombe le bocage. À tel point, que cette lueur efface même les astres censés parsemer la voûte céleste de leurs éclats scintillants. Seule la lune persiste à résister au mitage des humains sur le territoire inféodé des oiseaux.

J'avance mécaniquement dans cette direction, mais ma conscience, elle, est en plein rétropédalage.

Je n'ai pas besoin de lui.

Pourtant, il a raison, je ne suis pas assez forte pour survivre dans la jungle urbaine.

Mais c'est un menteur. Il m'a manipulée pour que je reste auprès de lui.

Sans lui, je serais morte.

Sans lui, je suis morte.

Que suis-je suis en train de faire... Ici, sur cette voie jonchée de cadavres. Hérisson, mulot, merle, insectes... Ai-je réellement envie d'affronter ça seule ?

Non.

Je m'arrête devant une petite couleuvre toute plate et desséchée, elle aussi a été la victime de ce boulevard de la mort. Il est temps pour moi de faire demi-tour, avant qu'il ne soit trop tard. Je suis assez gourde pour me laisser surprendre, sans Jäger pour surveiller mon derrière bien toiletté.

Je ne suis pas encore prête.

Et il le savait.

Il est peut-être temps que je grandisse.

Il est surtout temps de me faire pardonner.

Quelle plaie.

Jour 216

Je n'ai pas dormi de la nuit.

Aujourd'hui est un jour spécial.

Je le sens au plus profond de moi.

Dans l'air que je respire.

Dans les yeux mi-clos de ma proie.

Aujourd'hui, ce sera le jour de ma consécration.

Je suis tapie derrière une petite roche où une délégation de limaces se crée un laborieux chemin vers une destination inconnue. Je frissonne, ces étranges gastéropodes me débectent, mais la nature est ainsi faite et ils ont très certainement leur rôle à jouer.

Mon but, à cet instant précis, est de chasser cette petite vie. Cette jolie lapine me fait littéralement de l'œil avec cette élégante petite tache blanche sur sa joue duveteuse. Son pelage est un peu en désordre ; l'hiver a fait son œuvre. Elle n'est qu'une grosse boule de poils duveteux bonne à croquer. Son apparence lui donne une allure de rebelle, son regard est vif et alerte. Elle ne me facilitera pas la tâche.

Le soleil pointe le bout de son nez, je ne dois plus traîner. C'est l'heure. J'ai pris mon temps pour choisir correctement ma cible et si j'ai jeté mon dévolu sur elle, ce n'est pas pour rien. J'ai remarqué une légère boiterie, l'une de ses pattes arrière présente une petite infection qui l'empêche de se mouvoir correctement.

J'attends encore un peu plus qu'elle s'éloigne de son groupe. Ils sont quatre à être sortis de ce trou et je ne veux pas prendre le risque de me faire repérer par l'un de ses congénères. Cette chasse doit être une réussite totale.

Pour Jäger.

Pour me faire pardonner.

Elle s'éloigne, je vois les herbes danser à la suite de son passage. Seules les extrémités de ses oreilles sont visibles. Je ne les quitte pas des yeux. Une oreille disparaît, c'est l'heure de sa toilette. C'est le moment idéal pour attaquer.

Je me lance. Je cours tout en rampant, je dois rester invisible, je suis face au vent et le bruissement des feuilles des arbres couvre le peu de bruit que je génère. La lapine est à quelques mètres à peine. Je continue ma course, mon objectif est à portée de pattes quand, soudain, un traître de rapace effraie ma proie en plongeant à pic sur cette dernière. Nous sommes deux à la vouloir. Et ce n'est pas un oiselet de pacotille qui va ruiner mes efforts.

J'accélère pour rattraper ce pompon affolé qui fonce en direction de son terrier. Mais malheureusement pour elle, je suis sur sa route. La lapine débarque des fourrés et me tombe dessus. Je vois dans son regard une palette d'émotions allant de la surprise à la peur, tout en passant par une violente témérité. Elle va forcer le passage, elle est presque aussi grosse que moi, je dois être bien moins effrayante que cette buse qui nous surplombe.

Il se joue moins d'une seconde, mais notre échange de regards a comme figé le temps. Sa décision est prise. Son départ arrêté est impressionnant, mais j'ai anticipé sa trajectoire et, en une torsion du buste athlétique, je la fauche avec force. Le choc est violent et je me rattrape difficilement sur mes pattes, la lapine tombe sur le flanc, mais se relève aussitôt pour filer à toute allure se mettre en sécurité dans le champ. Je pars à sa poursuite, j'exulte de joie. Cette chasse est vivifiante et je sens que, cette fois-ci, je vais y arriver.

Nous évoluons dans les hautes herbes, à la vitesse du vent. Nos souffles sont de plus en plus bruyants, mais nous tenons bon, sa technique est simple : me semer et retourner dans son terrier. Mais à chaque fois, je m'interpose et l'entrée lui reste inaccessible. Je compatis à son exaspération, je l'entends grogner tandis que je jubile. Je sens l'odeur du sang, sa patte saigne, bientôt la douleur sera trop forte pour continuer à fuir de la sorte et, là, je pourrai en faire mon repas.

Malheureusement, les chats sont des sprinteurs et je fatigue. Je dois en finir vite. Nous anticipons nos réactions réciproques, nos pensées, notre fatigue. Il s'agit du dernier assaut. Ma proie sait que je suis épuisée, elle doit entendre mon cœur battre à toute allure, comme j'entends le sien. La buse attend son heure, je me méfie d'elle, je ne veux pas m'être épuisée pour simplement lui faciliter la tâche.

La lapine est de nouveau repartie et je halète d'épuisement. Mon moral commence à diminuer et je me surprends à penser à abandonner cette proie, je ne suis peut-être tout simplement pas à la hauteur. Au loin, je vois l'if, je redouble d'efforts, ragaillardie. Le bruissement des herbes se fait de plus en plus fort ainsi que la respiration rauque de la lapine. Je me rapproche.

Le voilà, ce pompon est à portée de pattes. Avec l'énergie de la dernière chance, je prends appui sur un petit monticule de terre et lui saute dessus. Nous roulons dans l'herbe et je sens mes crocs s'enfoncer profondément dans sa chair. Je tiens bon, en dépit des violents coups de patte qui me labourent les côtes. Ses cris me vrillent les tympans. Son sang commence à envahir ma bouche et son pelage s'en gorge petit à petit. J'ai eu la chance de toucher une artère, c'est bientôt fini pour elle.

Je serre si fort ma prise sur la lapine, que j'en ai des crampes à la mâchoire. Je prends le risque de lâcher prise pour tenter de lui briser la nuque afin d'abréger son agonie, mais elle en profite pour se défaire de mon emprise et s'enfuir.

— *Et merde !* je crie, à bout de souffle.

Je reprends ma course effrénée, je suis les gouttes de sang mêlées à de la terre tout en gardant un œil sur la buse. Nous prenons la même direction, elle va tenter de me la voler. Trop concentrée sur le rapace, je ne vois pas le sillon creusé par les pluies automnales et je chute lamentablement.

J'hésite à rester là, la tête dans la poussière et la langue pendante, mais je discerne au travers des herbes une silhouette couchée, comme moi. La lapine s'est effondrée. Je me redresse péniblement, je suis vidée de toute énergie, mes pattes réclament un répit en me faisant trembler comme une feuille.

Peu importe la fatigue.

Ma cible est là, agonisante.

Je m'approche d'elle, sa petite tache blanche est intacte. Je pose ma patte sur elle et je sens le tambourinement de son cœur diminuer en intensité. Elle ne cherchera plus à s'enfuir, elle est trop faible, et je vois dans son regard aux pupilles dilatées qu'elle a abandonné le combat. Je lève les yeux vers la buse, elle n'est plus là. Elle aussi a cédé face à mon talent.

Mon orgueil gonflé au maximum, j'attends patiemment que son souffle s'arrête. Ce qui ne tarde pas, au bout d'une minute ou deux, ses yeux se voilent et son esprit la quitte pour partir vers je ne sais où. Je prends un instant pour honorer sa mémoire, puis j'attrape la peau de son cou pour la ramener auprès de Jäger et ainsi lui montrer de quoi je suis capable.

Mais j'ai sous-estimé la taille de mon trophée ; j'ai vraiment beaucoup de mal à la traîner. Je suis si petite que sa carcasse ne se décolle même pas du sol, je me prends les pattes dedans et finis par tomber. Je m'entends à peine maugréer tellement le sang de la colère m'assourdit. C'est tout de même un comble !

— *Besoin d'un coup de patte ?* se moque une voix que je ne connais que trop bien.

— *Non, ça ira, je vais m'en sortir,* je grogne d'exaspération.

— *Ce n'est pas l'impression que j'ai en te regardant là.*

Je marche encore sur le pompon de la lapine et trébuche derechef. Le rire tonitruant de Jäger ne fait qu'accentuer ma colère, alors que je devrais jubiler face à ce succès inespéré.

— *Bon allez, tu as prouvé de quoi tu étais capable, Kiwi, laisse-moi prendre la relève maintenant. Tu es épuisée.*

Je lâche prise sur la dépouille et, la mâchoire et les cervicales en bouillie, je m'affale sur le sol. Jäger s'assoit à mes côtés et me regarde avec un brin d'amusement.

— *Ça faisait longtemps que tu m'observais ?*

— *Depuis le début, à vrai dire. J'étais inquiet de ne pas te voir revenir, et suis parti à ta recherche un peu avant le lever du jour.*

— *C'était laborieux, mais au moins, je l'ai eue !* je me vante, heureuse comme tout.

— *Je trouve que tu t'en es parfaitement sortie, Kiwi ! J'ai cru un moment que la buse allait te piquer ta proie.*

— *Oui, moi aussi...*

— *On est repartis ?* il me demande, impatient de déguster ma prise.

— *Oui, c'est bon, je me sens un peu mieux.*

Jäger attrape la lapine et la soulève avec facilité. Je les déteste, lui et sa taille de sanglier. Il me fait un clin d'œil et part devant. Je lui emboîte le pas tout en le traitant de sale frimeur. En guise de réponse, il part en trombe en me laissant plantée là comme une idiote. C'est facile pour lui de faire ça ! Il n'a pas passé la nuit à chasser. Tant pis pour lui, il m'attendra, je ne compte pas me presser pour ses beaux yeux, aussi hypnotisants soient-ils. Son regard plein de fourberie d'il y a quelques secondes m'a chamboulé et je sens comme des papillons dans mon estomac. Cette sensation est divine et incroyablement déstabilisante.

L'if n'est plus très loin.

J'ai comme l'impression de rentrer à la maison.

Jäger est au pied de l'arbre.

Il m'attend.

Il me sourit. Du sang macule une partie de son pelage.

On dirait un guerrier.

Mon guerrier.

— *Viens par là, championne ! J'ai faim.*

— *Et moi donc !* je lui réponds, l'eau à la bouche.

Nous mangeons tous les deux. Jamais un repas n'a été aussi animé. Nous débattons point par point des différentes étapes de ma chasse, les choix que j'aurais pu faire pour abréger la traque, ou bien les actions qui, au contraire, ont été irréprochables. Pour la première fois, je ne me vexe pas, car je le sais, il dit cela afin que je puisse m'améliorer, et développer ce talent de chasseresse miniature que je commence à peine à découvrir.

C'est la panse bien pleine que je m'endors, affalée sur une branche de l'if, sous le regard protecteur de Jäger qui termine une consciencieuse toilette. Le sang c'est bien, mais quand ça sèche, ça colle et, après, on a des nœuds !

Qui aurait cru qu'un jour j'en arriverais là ?

Est-ce que ma mère, le jour de ma venue au monde, a vu en moi une force de la nature capable de survivre et cohabiter tendrement avec un compagnon, au caractère aussi trempé que le mien ?

Mais maintenant, il est temps que je me tourne vers l'avenir. Il est temps d'aller en ville et de sauver ma famille des griffes de ce monstre qui leur veut du mal.

— *Jäger ?* je murmure, à moitié endormie.

— *Oui Kiwi ?*

— *Une promesse est une promesse... Demain, on part.*

Du coin de l'œil, je le vois se désenchanter. Malgré ma prise, il doit ne pas me penser prête. Tant pis.

— *D'accord, demain nous prendrons la route.*

Je m'endors.

Je suis partagée entre la joie et l'appréhension.

Je ne l'ai pas entendu me guetter alors que je chassais.

Je suis loin d'être prête.

Mais je ne peux pas attendre plus longtemps.

Jour 217 - matin

Jäger s'agite autour de moi, il me pousse du museau de plus en plus fort. Mais au lieu de me lever, je me pelotonne de nouveau et me rendors presque instantanément. Je suis encore toute courbaturée de mon exploit de la veille, et ma panse est bien pleine.

— *Debout, ou je pars pour la ville sans toi, jeune chatte fainéante !*

La ville ! Ni une ni deux, je suis debout, mais encore à moitié endormie.

— *Je ne dormais pas, c'est promis.*

— *C'est ça...*

Jäger attend quelques minutes, un peu blasé de mon éternelle lenteur. Sous ses yeux ternes, je m'étire et en profite pour faire un petit brin de toilette par pure coquetterie. Mon compagnon de chasse semble maussade, il ne dit rien, ne râle même pas. Le matou ne prend même pas la peine de se moquer de moi alors qu'un énième vieux réflexe de toilettage de queue, pourtant bel et bien disparue, vient de me prendre.

Puis, quand enfin je me sens prête à partir, le gros félin bougon prend la tête de notre petit convoi, débutant ainsi notre long périple qui nous mènera, je l'espère, à ma famille et m'aidera à enfin tourner la page. Je n'ai qu'une hâte, profiter de ma nouvelle vie aux côtés de mon ange gardien. Un pas après l'autre, je sens que je me rapproche de mon humaine, de Winston, de ma famille. Je déborde d'énergie et je presse l'allure sans même m'en apercevoir.

— *Kiwi, calme-toi s'il te plaît, nous ne sommes pas pressés.*

— Non, toi bouge-toi ! On dirait un vieux chat aveugle et incontinent qui rechigne à bouger du tapis au canapé.

Jäger ne relève pas. Je commence vraiment à m'inquiéter, ce n'est pas du tout son genre de traîner la patte comme ça. Je fais demi-tour et viens à sa rencontre pour lui remonter le moral. Je m'assois à côté de lui et ne le lâche pas du regard, comme le ferait un petit chaton adorable à qui on ne peut pas dire non.

— Quoi ?!

— Qu'est-ce qui ne va pas ce matin ? Je ne t'ai jamais vu comme ça, même quand il pleut et pourtant on déteste la pluie !

— Il n'y a rien Kiwi, un petit coup de fatigue c'est tout.

— Tu veux te reposer ou repousser le départ ?

— Non, une promesse est une promesse, nous partons aujourd'hui.

Et il repart, sans même me jeter un regard. Quelque chose cloche chez lui, je n'aime pas du tout ça. Jäger ne va pas bien et donc moi non plus. Je ne peux tout simplement pas vivre sans lui, ni survivre. C'est le cœur lourd que je lui emboîte donc le pas, mon moral dans les talons. Nous progressons malgré tout rapidement et, tout aussi vite, la densité des champs de jeunes pousses de seigle diminue, nous arrivons à la fin de notre territoire rassurant et protecteur. C'est incroyable à quel point les choses peuvent changer en l'espace de quelques jours, ces plants de maïs qui m'avaient semblé si étouffants, denses et propices aux embuscades et aux autres pièges sont devenus mon territoire. Cette culture à disparut pour laisser la place à une autre essence, les humains ne chôment pas. Et même si ce sont eux les artisans de ce changement, moi, je suis devenue le danger qui s'y cache, et non plus la petite cible tremblante de peur. À la suite de notre passage, les insectes se taisent et les rongeurs se carapatent. Je me sens puissante, inatteignable, impériale, ils sont tous mes proies.

— *Kiwi, que peux-tu me dire à propos du lieu où tu vivais ?*

— *Mmmh, c'était chaleureux et il y avait plein d'endroits où je pouvais faire mes griffes. Sous les meubles c'était assez sale, souvent j'en ressortais aussi blanche que ma sœur à cause de la poussière.*

— *Ce n'est pas ça que j'attendais. Je souhaite que tu me donnes des indices pour retrouver ton foyer, un bruit récurrent, des odeurs, des visiteurs, les arbres...*

— *Ah... Je n'en sais rien moi... Pourquoi ?*

— *Comment crois-tu que nous allons retrouver ta famille ?*

— *En effet, je vais y réfléchir quelques instants, mais mon temps chez eux me semble si loin maintenant.*

— *C'était avant qu'il fallait réfléchir, Kiwi, on va perdre un temps précieux et je ne veux pas passer plus d'une nuit dans ce bourbier malfamé.*

— *Ne t'énerve pas, s'il te plaît...*

— *Je ne suis pas énervé.*

— *Si, tu l'es !*

Je le fixe droit dans les yeux, j'y vois la tempête, j'y vois l'inquiétude, j'y vois de la tendresse. Mon cœur fond alors que je devrais courir pour me mettre à l'abri de sa colère.

— *En effet Kiwi, je suis énervé. Je suis même hors de moi, là, et crois-moi je me contiens, car je t'ai fait une promesse et je la tiendrai.*

— *Merci, je sais que ce n'est pas facile pour toi de garder ton calme.*

— *Ne me remercie pas. Pas encore. Ouvre grandes tes oreilles, plutôt.*

Son ton est peut-être neutre, mais ça ne change rien au fait que je vais encore en prendre pour mon grade, il aurait pu m'en parler avant, je suis prise au dépourvu. L'angoisse d'encore échouer à ses yeux m'empêche de réfléchir et de trouver des indices utilisables pour retrouver le chemin de ma maison.

— *Tu as beau être encore petite,* reprend Jäger, *ça ne te prive pas pour autant d'avoir un cerveau et de l'utiliser dans les domaines autres que la chasse et la pattucure. Tu veux devenir un vrai chat sauvage, mais tu es une petite citadine snob et imbue d'elle-même.*

— *Je n'y ai juste pas pensé, Jäger, je n'ai pas ton expérience. Tu pourrais être un peu plus indulgent...*

— *Non, Kiwi. Imagine une seconde, que tu n'aies pas pensé à regarder nos arrières à un moment donné et que l'on se trouve acculés quelque part ? Ou bien que tu ne penses pas à sentir les vibrations du sol avant de traverser une route, et que tu finisses écrasée comme cette couleuvre dont tu m'as parlé ? Tu ne peux pas te permettre de ne pas penser... Je crains que tu ne sois pas encore prête.*

— *Non Jäger, tu ne peux pas me faire ça !*

— *Je suis désolé, vraiment. Si ma défection te blesse, dis-toi que c'est pour te protéger. Si je fais ça, c'est parce que je tiens à toi, bien plus que tu ne peux te l'imaginer.*

— *N'utilise pas ton attachement à mon égard comme excuse pour me laisser en plan. Admet-le, tu as peur de sortir de ton champ.*

— *Oui, en effet. Je crains que si on quitte cet endroit sûr, je te perdrais pour toujours. Ce n'est pas ce que je veux.*

— *Ce que tu veux ? Tu ne penses pas que tu aurais dû me le dire avant que l'on parte ?*

— Me l'as-tu demandé ? T'es-tu au moins posée une seule fois la question sur ce que je souhaitais vraiment ?

Je suis déboussolée, je ne m'attendais pas à autant de réticence et de mal-être de la part de mon mentor. Je ne sais pas où me mettre, je souhaiterais être une toute petite rate des moussons et filer me cacher derrière l'une de ces mottes de terre. Jäger est assis et cette fois il me fixe dans les yeux, ses pupilles sont d'une incroyable finesse. Leurs petites taches émeraude luisent de chagrin, je ne peux tout simplement pas soutenir son regard. Je me sens comme une moins que rien. Le pire, c'est que je suis incapable de lui demander ou lui procurer ce qu'il souhaite. Au plus profond de moi, je sais ce qu'il attend de moi.

Oublier ma quête.

Rester près de lui.

— Je n'abandonnerai pas mon objectif, Jäger. Je dois aller les voir.

— Mais pourquoi t'entêtes-tu ? Tu cours à ta perte si tu entres dans cette ville. Ce n'est pas une famille aimante qui t'attend là-bas, mais la souffrance et la mort ! *C'est tout.*

Il tourne en rond et fouette l'air de sa queue tigrée, preuve plus qu'explicite de son désespoir, il ne sait plus que dire ni faire pour que je me décide à changer d'avis.

— Mais ils sont en danger !

— Comment ça, en danger ?

— J'en rêve toutes les nuits, l'homme qui est à l'origine de mes blessures est encore chez eux, je le sens, je le sais. Je dois y aller, pour les aider.

— Laisse-moi rire, tu n'es qu'une chatte minuscule, pas plus grosse qu'un chaton de trois mois. Que comptes-tu faire contre un humain qui fait trente fois ton poids ?

— Je ne sais pas, je le saurai le moment venu.

— Je ne te suivrai pas dans ta folie, Kiwi. C'est insensé ce que tu me dis là, si je dois mourir un jour, ce ne sera pas pour une idiotie pareille. Je préfère m'en aller. Tu sais où me trouver, mais dis-toi que je n'ai qu'une envie, me réveiller auprès de toi demain et les jours qui suivent...

Sans même attendre une réponse de ma part, il tourne les talons et s'enfonce dans le champ. Puis, rapidement, seul l'écho de ses tendres et douloureuses paroles résonnent dans mon esprit au bord de la folie. Je regrette de ne pas avoir essayé de le retenir, il n'attendait que ça, je ne suis pas bête, mais qu'aurais-je bien pu lui dire ? Ou faire ? Renoncer à ma quête et tourner le dos à ma famille en détresse ? Impossible, plutôt mourir là, tout de suite.

J'ai envie de pleurer, pleurer ma colère contre Jäger qui m'abandonne à son tour, pleurer mes remords de l'avoir traité de cette manière, pleurer mon impuissance. Elle est belle l'impératrice, la grande chasseresse, tueuse de lagomorphes. Je reste là, immobile, à attendre une nouvelle catastrophe qui mettra fin, peut-être, à mon déshonneur et mon désarroi.

Malgré son départ, tout espoir n'est pas encore mort et enterré. Si cela se trouve, il va jaillir des graminées et notre désaccord sera vite oublié. Nous pourrions repartir sereinement sauver ma famille sur de nouvelles et bonnes bases, bien plus saines, soudés comme jamais. Malheureusement, je crois bien que je prends mes désirs pour une réalité bien trop inaccessible. J'ai beau tendre l'oreille, je ne l'entends plus, il doit être déjà loin. De là où je suis, je vois le grand if, notre repère, où nous flânions nuit et jour quand nous ne chassions pas. Je suis un peu loin pour discerner correctement les branches et les diverses ramifications, toutefois, je crois distinguer un mouvement sur l'un des épais bras de l'arbre bicentenaire. J'ignore si c'est mon cerveau qui me joue des tours, mais j'aime à croire qu'il est retourné chez lui, en sécurité.

J'espère qu'il ne m'oubliera pas trop vite.

En tout cas, je ne l'oublierai jamais.

Avant de repartir à la conquête de la ville, je me fais la promesse de revenir un jour et de faire mon possible pour le remercier de tout ce qu'il a bien pu faire pour moi ces derniers mois.

Jour 217 - après-midi

La ville, la voilà enfin ! Après m'être fait surprendre par une voiture en traversant une route, puis passée encore par quelques champs, dont la nature des cultures variées a fait voyager mes sens, je vois enfin des habitations. J'ai bien eu le temps de réfléchir au moyen de retrouver mon foyer, de penser aux éléments reconnaissables qui pourront m'aiguiller dans la bonne direction. Il y a donc le grand frêne où j'ai failli rejoindre mon frère au paradis, la ligne de chemin de fer qui passe derrière le parc, composé d'une majestueuse roseraie très odorante au pied de l'immeuble.

Je suis maintenant plantée sur ce trottoir depuis un long moment et je ne peux m'empêcher de paniquer. La tâche est incommensurable. Par où commencer ? Où aller ? Je vois tous ces bâtiments, ce dédale infini de routes surfréquentées, et entends tous ces sons assourdissants qui me font tourner la tête. Je me cache sous le buisson le plus proche, malheureusement peuplé de nombreuses immondices, preuves que je suis bien sur le territoire humain. Ces déchets me donnent la nausée ; leur odeur est si innommable que je suffoque. Je préfère autant quitter mon abri et rester à découvert. Au moins je ne risque pas l'intoxication. Je sors, je respire de nouveau. Enfin respirer est un grand mot, car l'air est vicié par les échappements des véhicules, rien à voir avec l'atmosphère de la campagne d'où je viens. Le cri strident d'une pie perchée dans un petit bouleau me sort de ma torpeur. Ce n'est absolument pas le moment de partir en vrille...

Je recherche un arbre, le plus grand que je puisse trouver, afin de voir le plus loin possible. C'est une astuce parmi tant d'autres que Jäger m'a apprise durant le peu de temps que j'ai partagé sa vie. Je ne comprends toujours pas les raisons de son coup de colère de ce matin. Je conçois que j'ai peut-être une peu poussé les bornes avec lui, mais cela ne justifie en rien sa réaction. C'était bien trop disproportionné. Je le soupçonne d'avoir peur de quelque chose. Qu'est-ce qui pourrait autant l'effrayer, plus que de me perdre ? Il est pourtant mon modèle de force et de courage...

Alors que je progresse au sein d'un quartier résidentiel très calme, je commence à m'apercevoir que je ne connais rien de lui. Toutes mes questions à son sujet restent sans réponse. Mon égocentrisme m'a rendue aveugle : pas une seconde je me suis inquiétée de pourquoi et comment il vivait en reclus dans ce champ de blé, perché dans un arbre ancien. Si solitaire alors qu'il est empli de tant de bonnes intentions, pourquoi ?

Je dois me changer les idées. Pour le moment, cela ne sert à rien de se faire du mal en pensant au passé et à mes nombreuses négligences et erreurs à son encontre. Une chose est certaine, je n'ai plus d'autre choix que de le retrouver un jour, et lui présenter mes excuses et mon amour.

Ça y est, j'ai enfin trouvé un arbre digne de ce nom. Il dépasse de plusieurs mètres la plus haute des maisons des environs. Seule une route me sépare de ce mirador de choix. Je fonce, mais je n'aurais pas dû. Mon insouciance a bien failli me coûter la vie, une voiture m'a frôlé le derrière. Quelques centimètres de moins et c'en était fini de moi et de mes rêves insensés. Après une accélération à inscrire dans les annales, je reprends mon souffle à l'abri d'un nouveau buisson.

J'ai eu chaud, mon cœur bat la chamade et mes pattes tremblent. Le danger est partout : je ne dois pas me déconcentrer. Ici, ce n'est pas le champ de maïs où régnait la paix. Ce qui m'étonne, c'est que cette voiture était loin, bien assez pour que je puisse traverser tranquillement la route. Est-ce insensé de croire que le conducteur ait eu l'intention d'attenter à ma vie ? Non, c'est impossible. Personne n'est aussi vil, pas même les humains.

J'occulte ces pensées perturbantes et m'attelle à l'escalade de cet admirable feuillu, perchoir et refuge de nombreuses espèces citadines, qui m'observent avec méfiance et une pointe de dédain face à mon allure maigrichonne. C'est clair qu'avec ma taille chaton, je ne suis pas prête de les inquiéter et encore moins avec une queue coupée.

Après l'irritant contact de l'enrobé sous mes coussinets, je me délecte de cette sensation que mes griffes enfoncées dans son écorce tendre m'apporte. Je suis faite pour grimper. De la plus haute branche capable de supporter mon poids, j'admire en un premier temps l'immensité du territoire humain. C'est une suite sans fin de bâtisses identiques, où serpentent une multitude de routes toutes reliées les unes aux autres. Cette vue soulève tant de questions sur cette espèce si singulière ; arrivent-ils à garder leur individualité propre dans cette masse de maisons clonées ?

Peu importe, seule une famille m'intéresse. La fatigue parasite mon esprit qui divague dans des réflexions dont je n'ai au final cure. Je recherche les hauts immeubles et la voie ferrée, mais dans l'immensité de ce panorama, je me perds vite, fascinée par tout ce qui s'étale devant moi. Il est très difficile de se concentrer face à autant de couleurs et d'activités. Un frisson me traverse l'échine, comme un autre sens qui m'alerte qu'un danger est imminent. Je lève des yeux scrutateurs vers le dense feuillage orangé qui me surplombe. Un corbeau me fixe, il ne cille pas d'un pouce. Un caillou blanc est coincé dans son bec taché du sang des viscères de sa dernière charogne. Un mètre à peine nous sépare, je sens l'odeur de la mort sur lui. Cet animal me donne la chair de poule. Tels les humains, les corbeaux sont une espèce à part, pouvant transcender la mort et voyager d'un monde à l'autre impunément, en répandant peur et cadavres éventrés sur leur passage.

— Pourquoi me regardes-tu ainsi, félin à la parure aussi noire que mes funestes plumes ?

— *Tu allais me faire du mal avec ce caillou,* je devine sans grande difficulté.

— *On ne le saura jamais... Vous les félins avez un merveilleux talent, cet instinct presque prémonitoire que je désire tant.*

— *Pas de chance, tu es né corbeau, contente-toi de ce que tu as, immonde charognard.*

— *Méfie-toi. Peut-être que tu seras mon prochain repas !*

— *Que me veux-tu ? Pourquoi te vois-je tout le temps ?*

— *Qui sait ? Nos destins sont peut-être liés, ou peut-être pas...*

— *C'est ça ! Va-t'en maintenant, je suis occupée.*

— *Je te signale que j'étais ici bien avant toi.*

Saleté de corbeau, je les déteste. Jäger les respecte et je ne comprends pas pourquoi, ils sont si répugnants... Et honnêtement, je ne vois pas en quoi ils sont plus intelligents que nous les chats. Je me détourne de lui, il s'amuse avec moi et me teste... Je refuse de lui offrir le plaisir de me voir déstabilisée par ses quelques mots.

— *Que cherches-tu, jeune chatte ?*

— *Cela ne te regarde pas !*

— *Mets donc ta fierté féline de côté, mes ailes peuvent m'emmener dans des endroits dont tu ne pourrais suspecter l'existence, je connais cette bourgade par cœur, profite de mon savoir au lieu de le dénigrer.*

— *Que veux-tu en échange ? Je doute de cette fausse générosité apparente. C'est louche.*

— *Un jour ou l'autre je me repaîtrai de ton sang, cela me suffit.*

Cette déclaration me glace le sang. Je ne suis pas sans savoir que l'obsolescence de mon temps sur cette Terre est déjà bien définie, mais qu'on me le rappelle avec autant d'antipathie est d'une cruauté sans nom. Je suis tiraillée, je n'ai qu'une hâte, mettre de la distance entre cet oiseau de malheur et mon sang que je compte bien garder au chaud, mais d'un autre côté, son aide ne peut être que la bienvenue et le temps presse, je refuse de passer la nuit dehors, seule.

— Même si j'aimerais faire autrement, en effet, j'ai besoin de ton aide.

— Je t'écoute.

— Je recherche ma famille humaine. Ils vivent dans un immeuble non loin de la voie ferrée.

— As-tu autre chose pour m'aiguiller ? Il n'y a que ça, des immeubles, le long de ce fichu chemin de fer qui emporte tant de mes congénères.

— Du haut du balcon, je pouvais observer la floraison d'une magnifique roseraie. Un frêne y vit aussi, il est majestueux et abrite un bon nombre de tes frères et sœurs qui m'ont bien trop souvent privé de sommeil.

— Suis-moi du regard et tu trouveras la route à suivre, Kiwi.

Sur ces mots, il s'envole d'un puissant coup d'ailes, une plume s'échappe et vient choir sur ma tête. Avec une incroyable aisance, cette impromptue rencontre monte encore et encore dans l'immensité du ciel. Je ne peux que l'admirer. Avec cette plume, désormais coincée entre ma patte et la branche, je me trouve bouche bée devant ce si beau spectacle.

Son ombre projetée sur la route me trace la voie à suivre. Soudain, il tourne en direction du soleil couchant et disparaît dans la canopée au-delà des limites du territoire humain. Sa traversée fut courte et je suis dévorée par la jalousie, il ne lui a fallu qu'une minute ou deux pour franchir ce paysage urbanisé.

Plus de temps à perdre. Mais avant de quitter la sécurité que m'apporte cet arbre, j'admire une dernière fois cette plume noire et à la fois bien plus que ça. Elle est de toute beauté, parfaite. Que dois-je en penser... Ce présent involontaire provient d'un être que j'ai toujours considéré comme ignoble et dénué de toute élégance, mais me voilà, le regard perdu dans les reflets violacés des milliers de fibres qui la composent. Magnifique.

Je m'extrais de cette hypnotique vision et quitte mon refuge, laissant la plume dériver sous le souffle du vent. Il est temps pour moi de reprendre ma marche et de retrouver ma famille.

***

L'entêtante odeur de ces maudites roses me rend folle, il y en a partout ! Les humains doivent en être très friands. J'ai beau avancer en direction des crissements sonores du train et garder mon nez en alerte, je désespère. Je ne vais jamais réussir à rentrer chez moi s'il y a un parterre de roses dans chacun des fichus jardins que je longe. Je m'entends à peine maugréer, je suis épuisée, je marche depuis trop longtemps... Pourtant le trajet avec mon humaine avait été si court entre le vétérinaire et ce bord de chemin, triste lieu de mon abandon. Je me souviens que, le jour où elle m'avait emmené me faire piquer le cou, le trajet avait duré une dizaine de minutes à peine. Les deux cumulés ne doivent pas excéder la vingtaine de minutes. Certes, leurs boîtes roulantes qui sentent très mauvais sont véloces, mais cela reste totalement incompréhensible. Je suis jeune et rapide, et ça fait déjà une journée que j'avance tout droit... Les villes humaines sont-elles réellement aussi vastes ? Combien sont-ils ?

Tant de questions m'occupent l'esprit tandis que je découvre cet environnement incroyable. Je suis ébahie à chaque coin de rue, estomaquée par l'activité bouillonnante qui y règne. Cependant, un bruit répétitif et usant m'agace et gâche ma visite de cet endroit étonnant. Les aboiements incessants de chiens surexcités à la suite de mon passage. Moi qui me plaignais de Winston, j'étais loin de m'imaginer une telle stupidité globale.

Un nouveau train passe. Je perçois presque les vibrations du sol. Je me rapproche. Je me presse et snobe un petit toutou, aussi rikiki que moi, qui était décidé à en découdre avec la première cible de sa taille qu'il voit de sa vie, je pense. Malheureusement pour lui, je n’ai strictement rien à faire de son égo de mini chien ridicule, et je cours. Je galope en direction de chez moi, plus impatiente que jamais.

Le voila ! Enfin sous mes yeux, le chemin de fer !

Jour 218

Après avoir découvert la voie ferrée, trouver mon chemin fut un jeu d'enfant. J'ai longé la voie en direction du quartier des immeubles, toujours grâce aux précieuses indications de mon étrange guide. J'ai marché, encore et toujours, jusqu'à ce que je tombe sur la fameuse roseraie que j'ai sentie au moins une heure avant de l'atteindre. Je suis finalement arrivée en bas de mon immeuble à la tombée de la nuit. Depuis, j'attends, au pied du grand frêne, que mes humains donnent un signe de vie.

La lune est absente du ciel ce soir, mais cela m'importe peu, je suis nyctalope. Je vois tout aussi bien la nuit que le jour, et il parait que ce n'est pas le cas pour tout le monde. Je suis si fière d'appartenir à une espèce aussi incroyable que celle des chats. Ma particularité m'est fortement utile cette nuit, mes yeux de félin sont rivés sur la porte vitrée qui fait le lien entre le balcon et le salon. Même si je suis cinq étages en dessous, je distingue parfaitement les éléments présents sur le balcon, comme les pots de fleurs et des sacs plastiques. La table n'est plus là, mais avec l'hiver qui arrive, les humains ne se risqueront plus à manger dehors. Ils sont si fragiles.

À tout moment, je m'attends à voir apparaître ma tendre et cachottière Lydia, avec l'un de ces bâtons puants qui dégagent une fumée âcre et irrespirable. C'était son petit rituel nocturne. J'espère que ça l'est toujours malgré les mois écoulés. Malheureusement, les heures défilent et personne n'apparaît sur le balcon. Aucune lumière ne s'allume, rien. Mon cœur se serre, le temps est bien long sous ce frêne qui est devenu une figure importante de ma vie, si significatif et effrayant à la fois. L'attente est plus que contrariante, plus vite ils apparaîtront. Plus vite je pourrai me dévoiler à eux et les sauver de cet humain démoniaque et abject.

Je m'ennuie déjà terriblement et la faim me tient compagnie depuis que le soleil s'en est allé de l'horizon, composé de magnifiques roses blanches, rouges et jaunes. C'est le plus beau coucher de soleil qu'il m'a été permis de voir, je suis simplement triste de ne pas avoir pu le partager avec quelqu'un. La solitude me pèse et me handicape. Si je dois quitter mon poste d'observation pour aller me chasser un petit rat dodu et me remplir l'estomac, je risque de rater ma famille.

Encore un cruel dilemme.

Plus les jours passent, plus je me rends compte que la vie est en réalité une suite sans fin de compromis, de désillusions et de déceptions. Cette révélation s'impose maintenant à moi comme une garce d'évidence, qui m'enfonce encore plus dans le désespoir. Je suis bouleversée au plus haut point. Je me suis toujours vue comme une sorte de victime à qui la vie avait décidé de m'enfoncer plus bas que terre, de plus en plus chaque jour. Mes envies rarement, ou du moins très brièvement comblées, m'apparaissent maintenant comme de hideux caprices. Je ne les avais jamais considérées comme tels, mais tout devient clair et évident. La triste réalité de la personne que je suis me saute à la figure. Je repense à ce maudit bout de saucisson, que j'ai volé. Je n'étais pas sans savoir qu'il s'agissait de la nourriture des humains, mais j'en avais décidé autrement et me suis retrouvée cinq étages plus bas.

Brisée.

Jäger avait raison sur toute la ligne.

Il m'a désignée comme étant une petite snob, ce que je suis.

Comme une égocentrique, et je ne peux pas dire le contraire.

Enfin comme une égoïste, et j'en ai bien peur…

Je me dégoûte.

Seule sous cet arbre, je me sens minable. Pourquoi suis-je réellement ici ? Pour aider ma famille à se débarrasser de ce monstre ou bien, tout bêtement, pour tenter égoïstement de retrouver la vie douillette que j'avais en leur compagnie ? Cela n'en vaut-il pas le coup, finalement ? C'est l'assurance d'avoir tous les jours à manger sans s'en soucier plus d'une seconde, c'est ne plus savoir où donner de la tête quand c'est l'heure du câlin devant la télé, ou c'est encore de pouvoir se reposer sereinement sans craindre une attaque et le froid… Au fond de moi, je connais parfaitement la réponse. Mais, est-ce réellement moi le problème, ma personnalité ? Ou bien la nature même de mon espèce ultra-opportuniste ? Jäger pense que c'est l'espèce que nous sommes et notre vécu qui nous définit, et non notre caractère. Soit le parfait opposé de ce qu'a bien pu m'apprendre mon séjour en enfer au côté de Bob.

J'interromps mon déstabilisant chemin de pensées, car je ne suis pas seule. Je ne saurais dire comment, mais c'est indéniable, on m'observe. Ce sixième sens s'est peu à peu développé en compagnie de mon ami félin au pelage tigré. Il savait tout avant moi : le nombre de proies exactes dans un terrier, les changements de temps et si un danger était en approche. Il était incroyable à observer, tellement doué et inspirant.

Je me mets en position de combat, tous mes muscles tendus, prête à bondir. Mes griffes sont également parées. J'arrive à percevoir un léger bruissement au niveau du premier bosquet de roses à ma droite. Je m'approche avec confiance et avec une immense soif de vaincre, appliquant au mieux les enseignements de Jäger.

« Tes chances de victoire ou de survie à un combat augmentent nettement quand c'est toi qui attaques la première. En effet, ce ne sera pas une attaque-surprise, car ton adversaire, surtout si c'est un chat, t'entendra bondir, mais ce n'est pas une si mauvaise chose, Kiwi. Tu auras le dessus avant même que le contact se fasse,

un dessus psychologique. Ton adversaire aura peur de toi, car c'est toi qui attaque et non lui. Tu comprends ? »

Je suis à trois mètres du bosquet. Je ne prends pas le temps d'attendre une quelconque ouverture : j'attaque ! Malheureusement, tout ne se passe pas comme prévu et j'atterris dans un buisson piquant. Ma cible n'est plus là. Je me remets en question, n'ai-je pas fabulé ? Dehors, chaque petit bruit devient suspect, et plus encore quand je suis seule, une véritable paranoïa s'installe. Du coup, j'ai la truffe qui me lance, elle a été griffée jusqu'au sang par l'une des redoutables épines de roses, c'est à la limite du supportable tellement cette zone est sensible. Je reste toutefois sur mes gardes, je peux ne pas m'être trompée et risquer de me faire attaquer à tout moment. Je crains particulièrement que ce soit un mâle attiré par mes chaleurs ; je déteste ressentir en permanence ce besoin irrépressible de trouver un membre de la gent masculine pour satisfaire un besoin reproducteur. Cela va contre mon refus d'enfanter, car je suis beaucoup trop jeune. Cette envie me gâche l'existence.

Nouveau bruissement. Je fais volte-face, le souffle court et le cœur, dopé par ma peur, battant à tout rompre.

— '*lut toi !*

Ai-je une vision ? Je n'en crois pas mes yeux. Il est là, en chair et en os. Un cadavre de rat, humide de salive, coincé entre ses crocs rutilants. Il me sourit. Je ne peux m'empêcher de lui sauter dessus tellement je suis heureuse de le revoir. Il m'a horriblement manqué. Je lui mords l'oreille, le lèche partout. Jäger tombe sous la force de mon étreinte et le petit rongeur en profite pour filer.

Tant pis.

Je me frotte avec joie contre sa mâchoire et le reste de son corps. Je ne lui laisse aucun répit et il semble ne pas s'en plaindre, en dépit de son éternel air ronchon.

— Kiwi ! Tu abuses, tu m'as fait lâcher prise sur le rat que je t'avais apporté.

— On s'en fiche du rat, je suis si heureuse que tu sois là, Jäger !

— C'était un cadeau... Pour m'excuser.

Je n'ai qu'une envie, parcourir le peu de distance entre nous et me frotter contre lui de nouveau, sentir son odeur, la chaleur de son corps et les battements rassurants de son cœur. Jusqu'à maintenant, je ne m'étais pas rendue compte du vide que son absence avait créé. Nous ne nous quitterons plus, je ferai tout pour.

— Suis-moi, Kiwi. On va se poser sous ces rosiers pour discuter tranquillement.

— Je préfère rester au pied de cet arbre, j'ai une bonne vue sur l'entrée du salon de chez moi, d'ici.

— Peut-être, mais je n'aime pas être à découvert dans la ville et on verra suffisamment bien de là-bas, j'en suis certain. Sinon, on trouvera un autre endroit, c'est promis.

Je le suis, contrite. J'ai décidé de faire des efforts, donc de ne plus en faire qu'à ma tête. C'est difficile, très difficile, mais si je le fais, c'est pour lui. L'air s'est alourdi, la pluie va bientôt se joindre à nos retrouvailles, cela m'embête, car que ce soit lui ou moi, on déteste l'humidité. Nous voilà devant le bosquet dont il parlait, les roses y sont les plus belles, blanches et magnifiquement développées. Leur beauté n'en est que plus envoûtante quand on sait que bientôt les nuits se rafraîchiront, condamnant leur éphémère existence en un sommeil hivernal. Je le regarde s'installer, il boîte légèrement et s'allonge difficilement. Ça m'inquiète de le voir dans cet état. Quand je l'ai quitté, il se portait à merveille.

— Tu vas bien ?

— Le voyage a été mouvementé me concernant, mon innocente petite Kiwi. Comment crois-tu que tu n'aies pas été importunée par une ribambelle de matous en rut sur le trajet ?

— Je-Je pensais avoir eu de la chance, à vrai dire... j'avoue. *Merci, Jäger.*

Je me frotte avec tendresse et reconnaissance contre sa mâchoire puissante. Je suis si bien avec lui, sous cet élégant rosier.

— De rien, je dois un peu me reposer et demain ça ira mieux.

— Je te réveille si mes humains apparaissent, j'ai si hâte que tu fasses leur connaissance.

Mais je crois bien que mes mots n'ont pas eu le temps d'atteindre ses oreilles abîmées par la vie. J'entends déjà un doux sifflement narguer le profond silence nocturne ; il dort profondément et je suis sous le charme...

— Bonne nuit... À mon tour de veiller sur toi, maintenant.

Je me concentre de nouveau sur cette baie vitrée toujours aussi désespérément fermée. Que fait Lydia ? La faim, que l'arrivée de Jäger avait calmée, revient avec plus de hargne harceler mon estomac et ma perception du temps. Je regrette amèrement mon élan de joie à sa rencontre, par ma faute cet alléchant petit rat s'est carapaté de sa gueule. Quand finirai-je par grandir un peu ?

Sur cette réflexion, mon regard quitte le cinquième étage pour se poser sur mon ami dont les moustaches tressautent dans son sommeil, à cause d'une petite araignée agaçante qui s'y est posée. C'est toujours lui qui a veillé sur moi. Je l'imagine si bien me regarder avec un regard attendri comme je le fais actuellement, alors que je devais certainement roupiller le ventre bien plein, et ce, toujours grâce à lui. Pourquoi devrais-je attendre que ce soit lui qui retourne chasser pour nous deux, alors qu'il est au bout de rouleau ? Je le vois à l'odeur de sang séché sur sa nuque et aux marques de crocs derrière sa cuisse blessée. Heureusement pour lui qu'il a un gabarit hors norme, il aurait pu être bien plus gravement blessé. Je m'en veux de ne m'être rendue compte de rien. Bref, je dois cesser de rêvasser comme ça devant son beau minois de chat bagarreur. Il est temps pour moi de partir à la chasse, mes humains ne se montreront qu'à l'aube, leur sommeil est si long la nuit. J'en ai marre d'attendre inutilement, alors autant faire plaisir à Jäger avec un bon repas.

Je me lève doucement pour ne pas le réveiller. Son sommeil est si léger, mais je suis aussi discrète que lui dorénavant, comme quoi j'apprends deux ou trois trucs, mine de rien. Je me promène dans ce dédale de roses, leur senteur est si omniprésente que je peine à discerner celle d'une proie potentielle. Toutefois, je sais aujourd'hui reconnaître les traces d'un passage récent et, à quelques pas de ma position, je vois un petit peu de terre retournée et plusieurs crottes encore légèrement humides. Enfin, humides pour un rongeur, rien à voir avec les excréments radioactifs de Winston, que je sentais du balcon quand notre humaine le sortait en promenade dans la roseraie.

Je me poste tout près de l'entrée d'un petit terrier. Ils sont malins ces rats, les pieds des rosiers m’empêchent de trop m'approcher et de les déterrer. J'attends, mais ce que j'entends m'indique que je ne resterai pas bien longtemps ici, car ça grouille en dessous. Une petite truffe toute agitée sort de la minuscule ouverture que je guette depuis peu. Je suis toute excitée. Ils sont deux gros rats bien portants à jaillir du trou pour aller chaparder je ne sais quoi en direction des poubelles humaines. Je les suis avec les yeux dilatés au maximum. Inconscients du danger qui les guette, ils passent à un rien de mes griffes pressées d'en découdre. J'attends le moment parfait pour, pourquoi pas, attraper les deux. Un muret, à peu près aussi haut qu'un gros chien de taille moyenne, délimite la roseraie. Les rats seront obligés de le longer pour atteindre les déchets humains, ils ne pourront pas s'enfuir de ce côté-ci, ce qui augmente mes chances de succès. Je me déplace avec légèreté entres les plans de roses sans les perdre du regard. Ça y est, ils sont au muret, je fonce, il s'agit de mon unique fenêtre d'attaque.

Mon assaut est mortellement efficace. Je n'ai pas le temps de m'amuser avec mes proies cette nuit, j'ai trop faim et ne veux pas laisser Jäger seul et vulnérable dans son sommeil. Je sens la colonne du plus gros rongeur se briser en morceaux sous l'étau de ma mâchoire, je le tiens fermement tandis que j'envoie le second s'écraser contre le muret d'un violent coup de patte. Son crâne se brise sous l'effet du choc. Les deux sont morts en l'espace d'une poignée de secondes, une exécution terriblement efficace. Mon poitrail gonflé par la fierté, je retourne en direction de notre rosier blanc, mes deux prises bien coincées dans ma gueule à peine essoufflée.

— *Quelle fulgurante offensive, belle demoiselle,* susurre une voix invisible. *J'en suis tout retourné.*

Je grogne et me maudis à la fois : « Kiwi, quand tu chasses, pense à toujours avoir une oreille derrière toi, tu pourrais devenir la proie en un rien de temps si tu ne fais pas attention. »

— *Qui que tu sois, va-t'en ! Ces proies sont les miennes !*

— *Ce ne sont pas tes proies qui m'intéressent... Quel est ton petit nom ?*

— *Kiwi, et je ne suis pas intéressée. Alors passe ton chemin.*

— *Kiwi, tu sens merveilleusement bon.*

— *Je te répète que je ne suis pas intéressée, dégage de mon territoire.*

— *Ton territoire ? Tu n'es là que depuis quelques heures, moi je suis né ici, parmi ces roses.*

— *Qui es-tu ?*

— *On m'appelle Corbeau.*

— Pourtant tu n'as rien d'un corbeau.

— C'est parce que je suis le meilleur de la ville pour les tuer, voyons. Et toi, tu tues des kiwis ? Qu'est-ce que c'est, d'ailleurs ? Je ne crois pas connaître cette proie.

— C'est le nom que m'a donné mon humaine !

— Oh... Une domestique... Intéressant. Remarque, avec un si joli collier autour du cou, cela semble logique.

Corbeau s'approche de moi, la queue tantôt bien droite, tantôt battant l'air avec excitation. Mon corps entier est partagé entre la peur et cet instinct de reproduction qui me débecte tant. Je ne veux pas qu'il me touche ou même m'approche. J'hésite à lâcher mes prises et à filer en direction de Jäger qui m'aidera à me défaire de cet inconnu. Mais mon corps refuse de bouger. Je ne suis capable que d'une chose, grogner et parader. Quel grotesque spectacle.

Alors que je pensais que tout était perdu, un éclair tigré me survole et s'abat avec toute la rage du monde sur cet étranger, tel un rapace aux griffes acérées. Ils roulent tous deux dans un nuage de poils et de poussière, et leurs cris haineux me font sortir de ma torpeur. Je lâche mes proies à quelques pas et je fonce dans le tas. Sans que je puisse la parer, une patte puissante me stoppe net dans mon élan et je suis éjectée du combat avant même d'y être entrée.

— Bon sang, Kiwi! Cache-toi, idiote !!!

Corbeau profite du minuscule intervalle de déconcentration de son assaillant pour reprendre ses esprits et attaquer à son tour, mais ce n'était pas sans compter sur l'expérience du combat de Jäger et son envie de me protéger. Il scarifie Corbeau alors qu'il était en plein saut, ce dernier s'écroule et va finir sa course le long du muret en pierre, où j'entends un bruit sinistre de craquement. Un de ses os n'a pas résisté à la violence du choc, tout comme le second rat peu de temps auparavant. Son corps est inerte et son visage est maculé de sang. Son œil droit est touché et je peux voir le sang s'écouler lentement de son orbite. Jäger s'approche avec prudence de Corbeau, mais que ce soit lui ou moi, nous savons qu'il ne bougera plus ; du sang s'échappe de sa gueule entrouverte, un de ses poumons est touché. Les battements de son cœur s'amenuisent et s'arrêtent, avant même que je ne réalise que je suis sauvée.

— *Merci...* je murmure, reconnaissante.

— *Ne me remercie pas d'avoir tué l'un des nôtres, Kiwi !*

— *Il n'était pas des nôtres, Jäger, il me voulait du mal et tu m'as sauvée !*

Mon ami s'approche de moi, le regard à la fois triste, aimant et méprisant. Il attrape les proies et me fait signe de le suivre d'un coup de tête. Cette bataille ne l'a pas aidé à aller mieux, il saigne abondamment de la cuisse, et je pourrais le retrouver rien qu'en suivant la piste des gouttes de sang sur le sol.

J'appréhende, sa réaction est incompréhensible. Il semble m'en vouloir, mais je n'en suis pas si certaine que ça. Bref, c'est le bazar dans ma tête et toutes ces émotions n'ont pas aidé mon estomac à se remplir.

Nous sommes de retour au rosier blanc où une branche est brisée, Jäger ayant dû partir en trombe quand il m'a entendue grogner.

— *Mange, s'il te plaît.*

— *Mais...*

— *Non, Kiwi ! Mange et on parlera après.*

— *Je t'en laisse un, il y en a assez pour deux.*

— *Merci.*

— *Ne devrions-nous pas manger nos proies ailleurs ? C'est risqué ici, leur odeur pourrait attirer de dangereux visiteurs.*

— C'est notre territoire maintenant. Nous sommes relativement en sécurité ici, enfin, pour l'instant.

— Ça va durer longtemps, tu penses ? Une nuit ? Ou plus ?

Il ne me répond pas, mais dévore avec appétit le plus petit des deux. Même dans ce genre de conditions, il reste un gentleman. Nous finissons notre repas aussi vite qu'il m'a fallu pour le chasser. Maintenant, j'attends qu'il prenne la parole. Je veux comprendre ce qui se trame dans sa tête.

— Je suis étonné que tu n'aies pas pris les devants en me harcelant de questions, grogne Jäger, totalement harassé par la fatigue et le contrecoup de son combat.

— Je pense t'avoir suffisamment déçu pour aujourd'hui.

— Déçu ? Non, tu as eu deux belles prises en très peu de temps, je suis fier de toi. Tu dois simplement penser à garder une oreille pour surveiller tes arrières, mais je pense que cette escarmouche te l'aura appris pour de bon, n'est-ce pas ?

— C'est le cas, promis.

— Mais ce que tu dois comprendre, Kiwi... C'est que ce chat...

— Corbeau, c'était son nom.

— D'accord, alors je disais, ce Corbeau, il n'était pas plus méchant qu'un autre, tu sais. Il est comme toi, bousculé et malmené par ses instincts reproductifs. C'est un fléau contre lequel aucun chat mâle ne peut lutter, c'est un appel continuel qui te rend presque dingue et terriblement agressif.

— Mais il allait me faire du mal !

— Oui, et je suis venu te protéger.

— Où est le problème, alors ?!

— Tu m'as remercié, Kiwi... Je l'ai tué, car je n'avais pas le choix et qu'il serait revenu. Mais ce n'était pas de gaieté de cœur ! J'ai tué l'un des nôtres et on ne dit pas merci pour ça, on fait profil bas et c'est tout.

Je prends le temps de digérer et de comprendre toute l'ampleur de ce qu'il vient de me dire. Ces quelques mots m'en apprennent bien plus sur Jäger que les mois passés ensemble avant. Il est si sage et respectueux. De même que ses révélations sur le comportement de Corbeau à mon égard me font me sentir au plus mal. Moi qui me plaignais de chaleurs un peu perturbantes, mais seulement lors de courtes périodes.

— Tu as connu ça ? Cette irrésistible envie ? je demande.

— Oui, mais heureusement pour moi cela n'a pas duré très longtemps. Un jour, on m'a emmené voir un homme avec une seconde peau blanche dans un endroit très effrayant, on m'a endormi et, quelques jours plus tard, je me sentais soulagé de ce poids et cette insidieuse envie n'est jamais revenue. Ma vie est, depuis ce jour, beaucoup plus sereine.

— C'est donc ça que tu me disais le jour de notre rencontre, tu es castré c'est ça ?

— Les humains appellent ça comme ils le souhaitent, mais pour moi ce fut une résurrection, au moins, pour un temps.

— Explique-moi, s'il te plaît ... D'où viens-tu ? Parle-moi de ton passé. Tu sais tout de moi, mais tu es une véritable énigme pour moi, Jäger.

— Rien de bien original, Kiwi. Je suis né dans une famille humaine, il y avait mon père, ma mère et mes nombreux frères et sœurs, ainsi que d'autres chats de différentes races. J'ai été vite vendu par mes humains pour arriver dans une autre famille. Je me souviens, c'était en hiver et ils m'avaient mis dans une sorte de boîte avec un papier brillant et un gros nœud en tissu autour du

cou. Il y avait un sapin coupé dans le salon, une multitude de petites lumières l'illuminait, Kiwi, tout était si magnifique. Le plus beau jour de ma vie. J'étais le centre de l'attention et tous les visages de ma nouvelle famille resplendissaient de bonheur.

— Que s'est-il passé ? Ils avaient l'air d'être de bons humains !

— Au début oui, mais les jours, les semaines et les mois ont passé... Je suis devenu grand, beaucoup trop grand, je passais mon temps dans le jardin à courir après les femelles et je pouvais de moins en moins rentrer chez moi. Ma gamelle a fini par être mise dehors sans que je ne puisse plus mettre une patte au chaud. Les rares fois où je parvenais à entrer, on m'ignorait ou on me donnait des coups pour que je retourne dehors.

— Tu es donc parti ?

— Même pas... Un jour, ils ont fait leurs valises alors que nous étions le début de l'été, et ils sont partis en ne me laissant qu'un bol d'eau et une poignée de croquettes. J'ai cru mourir les jours qui ont suivi. Puis leur voisine m'a attrapé et c'est elle qui m'a emmené chez le vétérinaire. Les jours suivants, elle m'avait enfermé seul dans une pièce le temps que je me remette de l'opération, puis elle m'a relâché dans son jardin.

— Tu es rentré chez tes humains ensuite ?

— Oui, c'est la première chose que j'ai faite, comme toi actuellement. Ce fut une erreur des plus déchirantes.

— Pourquoi ?!

— Ils étaient rentrés, mais ils m'avaient remplacé. Un chaton, d'à peine quelques semaines, se prélassait au soleil sur la terrasse qui fut la mienne un mois plus tôt. Je me suis avancé et j'ai fait mon possible pour rentrer chez moi, cela m'était égal qu'il y ait un nouveau chat. On aurait pu devenir amis, mais mes humains n'ont pas vu la situation du même œil... Je n'ai pas eu le temps de comprendre ce qui m'arrivait, qu'ils m'ont mis dans une boîte en

carton, comme au jour de mon arrivée chez eux. Sauf que, cette fois-ci, ils m'ont abandonné dans un parc en plein milieu de la ville.

— *Toi aussi, ils t'ont abandonné... Pourquoi les humains font-ils ça ?!* je m'énerve.

— *Je l'ignore, Kiwi...*

— *Mais pourquoi vis-tu dans ce champ ? Pourquoi ne pas rester dans ce parc ?*

— *C'était partir ou mourir. Il y avait trop de chats errants ou domestiques dans la ville, qui protégeaient leurs territoires bec et ongles, c'est la loi du plus fort et chaque jour que j'ai passé dans la rue était un combat de plus à gagner. C'est au bout d'une semaine à peine que j'ai choisi l'exil. Quelques jours plus tard, j'ai découvert le grand if et je n'en suis plus jamais parti.*

— *Jusqu'à hier...*

— *Oui, jusqu'à ce que je courre sauver tes fesses de ce merdier.*

— *Désolée.*

— *Non, c'est moi qui suis désolé. Désolé que tu aies été abandonnée toi aussi. Désolé de t'avoir laissée tomber.*

Voilà, je sais tout maintenant. Jäger est comme moi, j'ignore si cela me fait peur ou bien me conforte dans le fait que je vais m'en sortir. Il est devenu un chat des rues, ou plutôt des champs, puissant et autonome. Je pourrais, peut-être, à mon tour le devenir. Malheureusement, je pars avec un handicap. Vais-je toujours être traquée de la sorte ? Ou bien dois-je m'enfuir, à l'instar de Jäger, dans un champ où l'on me fichera la paix ?

Tant de questions qui me trottent dans la tête tandis que le soleil se lève enfin, ses rayons encore timides me léchant agréablement le visage. Ils mettent fin à cette nuit des plus étranges, pleine de rebondissements. Mon compagnon s'est de nouveau endormi et je me suis remise à guetter avec obstination la baie vitrée du cinquième étage.

J'espère ne pas trop attendre.

Je ne m'étais rarement aussi trompée.

Jour 223

Je déambule sans réel but ni conviction. Je suis brisée et comme morte à l'intérieur. Ils ne sont plus là, j'ai attendu au pied du bosquet de roses blanches cinq jours et cinq nuits durant. Mais rien ni personne n'est apparu sur le balcon. Il n'y avait âme qui vive dans mon ancien foyer, désormais totalement vide. Tout comme mon cœur, qui saigne de douleur de savoir que je ne les verrai plus. Mon espoir de présenter Jäger à Winston n'est plus qu'un rêve brisé. C'est sur cette pensée que je me suis fait la promesse de ne plus vivre dans le passé, mais plutôt d'affronter le présent avec panache, de le savourer et de débuter une nouvelle vie, où mes rêves se seront plus parasités par mes anciennes vies.

Jäger marche à mes côtés, il est muet, sa présence me réconforte dans mon chagrin. Je lui dois tellement. Sans lui, je serais certainement toujours à attendre désespérément qu'une lumière s'allume dans le salon, ou bien que la douce Lydia sorte fumer une cigarette en cachette sur le balcon. C'est lui qui me prodiguait de quoi me sustenter alors que manger était la dernière chose au monde qui m'importait, tandis que mes yeux ne perdaient pas une miette de cette scène éperdument figée.

— *Ça va ?* me demande-t-il, les yeux inquiets.

— *Pas vraiment.*

— *Un deuil, c'est long ma belle. Tu iras mieux un jour, j'en suis certain.*

— *Merci. Merci pour tout, sincèrement.*

— *Ne t'en fais pas pour ça, Kiwi, c'est normal.*

J'en ai gros sur le cœur, je me sens affreusement mal à marcher sur ce trottoir parsemé de déjections canines. Cette vision me débecte. Je tourne dans une petite venelle sans prévenir Jäger, qui marche en tête de notre minuscule délégation errante. C'est limite si je ne cours pas dans ce petit chemin pavé surmonté de belles et majestueuses haies. Des portillons mènent à de nombreux jardins humains où une multitude de chats obèses profitent du soleil, à peine perturbés par mon passage. Je finis par m'arrêter sur un tronçon agréablement ombragé par une arcade, faite de bois peint en blanc, grossièrement entrelacé. De magnifiques vignes chargées de raisins ont somptueusement conquis, au fil des ans, cette arche. Vue d'en dessous, la langoureuse danse des rayons du soleil dans les grains de raisins fait comme des gouttes d'eau figées telles des orbes violines. C'est magique, presque poétique.

Jäger arrive et interrompt ma contemplation, de la vie de cette vigne qui doit être si paisible.

— *Kiwi, ne pars plus comme ça toute seule !*

— *Je ne me sentais pas bien, excuse-moi.*

Il s'allonge à côté de moi et commence à me lécher la nuque pour me manifester sa profonde affection et son soutien sans faille. Je sens son cœur battre la chamade, tout comme le mien quand une telle proximité a lieu entre nous. Je pose ma tête sur mes pattes avant croisées, telle une duchesse. Mes yeux se closent presque instantanément, mon besoin d'évasion est si puissant. Je me suis tellement rattachée aux souvenirs de ma vie antérieure d'avec Winston et mes petits humains... Peut-être suis-je une éternelle nostalgique ? À toujours regretter le passé, sans profiter de l'instant présent ou bien imaginer un avenir radieux. Je me rappelle ma promesse d'il y a à peine quelques minutes et me force à ne plus y penser.

— *Et si nous rentrions chez nous ?*

— *Chez nous ?*

— *Oui chez nous, ma douce, tu sais le champ que tu aimes tant détester et ce grand if que nous avons marqué avec passion, à force d'y faire nos griffes.*

— *Il y a donc un nous ?* je demande avec légèreté, le cœur empli d'espoir et de rêves nouveaux, qui affluent sans que je ne puisse les contrôler.

— *Ne sois pas stupide. Il y a eu un nous le jour où je t'ai vue à moitié couverte de boue et au bord du désespoir, la raison dévorée par la faim qui te taraudait.*

— *Que ferais-je sans toi,* je le taquine, touchée par ses paroles.

— *Bonne question, profitons de ce sublime endroit pour faire une petite sieste.*

Il pose sa tête sur mes côtes, comme si, même dans le sommeil, il me protégeait contre tous les dangers de ce monde. Je profite de son immobilité pour graver à tout jamais dans ma mémoire chacun des détails de son visage, qui le rendent si unique. Ces moments de vulnérabilité sont si rares, il est tel le faucon toujours en perpétuelle agitation à surveiller son domaine. Le voir dormir ainsi, aussi paisible qu'un chaton assoupi contre le flanc de sa mère, me bouleverse. Ce que je ressens est indescriptible. Les sentiments se bousculent comme le courant d'une rivière déchaînée, amour, angoisse, joie, peur, excitation...

— *Je t'aime, Jäger...* j'avoue à demi-mot. *Même si cela me fait peur, nos vies sont liées maintenant. Retournons chez nous, tu as raison.*

Je me mets en boule, ma tête contre son cœur. Boum, boum, boum, sa régularité me berce, petit à petit, mes propres battements s'alignent pour ne former qu'une palpitation unique. Puissante. Indestructible. Nous sommes si bien, cet instant est parfait. La lumière tamisée par la voûte verdoyante au-dessus de nos têtes crée un halo coloré sur les pavés clairs. La brise est douce et apporte avec elle un arc-en-ciel de senteurs comme l'herbe fraîchement tondue, la viande bien grasse en train de cuire à quelques mètres de nous, les chats...

Des chats ?! Ce ne sont pas les domestiques de tout à l'heure, je ressens leur faim, la maladie qui les ronge, la putréfaction d'un des leurs.

— *Jäger ! Réveille-toi, nous ne nous pas seuls.*

— *Kiwi détends-toi, c'est la ville ici, le vent charrie des tonnes de merdes.*

— *Tu te trompes ! On doit partir, tout de suite !*

Jäger se lève à contrecœur. Je le comprends, il est rincé. Ces derniers jours ont été tout sauf reposants pour lui. Mais le temps presse, les risques sont faibles, mais autant être prudents, car la ville regorge de dangers. C'est lui qui me l'a appris. Doucement, nous nous mettons en marche pour rejoindre le trottoir miné par les chiens. Je regrette mon emportement. Mon odorat est fin, mais je ne suis pas non plus infaillible. Je jette de timides coups d'œil gênés en direction de l'être devenu le plus important à mes yeux.

— *Détends-toi. Je ne t'en veux pas, prudence est mère de sûreté, mais je dois admettre que j'étais bien contre toi. Pour une fois que les rôles sont échangés*, rit-il, moqueur.

— *Je profite de toi, quand tu seras tout vieux, édenté et à moitié aveugle, ce sera à mon tour de prendre soin de toi.*

— *Tu es mauvaise, je ne suis pas si vieux que ça !*

— *Laisse-moi deviner... Vu ton caractère de papy rabat-joie, je te donne au moins quinze ans.*

— *Tu me fais rire, espèce de petite espiègle. Je n'ai que trois ans, désolé de te décevoir, mais je risque de t'embêter encore de nombreuses années.*

— Je pense qu'il y a pire, comme perspective d'avenir.

Je me retourne. Le Jäger insouciant et taquin d'il y a quelques secondes a désormais les traits durs et le regard inquiet, ses oreilles sont bien droites, à l'affût d'un frémissement que je n'ai manifestement pas entendu.

— Qu'est-ce qu'il y a ?

— Je n'en suis pas certain, mais je crois que tu avais raison. J'ai cru entendre quelque chose, mais nous sommes face au vent, s'ils sont derrière nous je ne peux rien sentir.

— Dans le doute, filons d'ici.

— Suis-moi Kiwi, nous ne sommes pas loin de la maison de mes anciens humains.

Jäger file comme le vent, il saute par-dessus une petite haie de buissons bas en laissant au passage une petite touffe de poils. Si nous sommes réellement suivis, laisser de telles preuves de notre passage n'est pas prudent.

— Jäger, attends, tu laisses des poils partout !

— C'est la ruse, Kiwi, une dizaine de maisons plus loin on va faire demi-tour dans une canalisation, ni vu ni connu. Ils suivront notre piste et quand ils comprendront qu'on les a bernés, nous serons déjà bien loin.

— Tu as appris ça où ?

— La rue est la meilleure des enseignantes.

Nous continuons notre fuite. Je me frotte ici et là contre un poteau en bois ou bien une gouttière. Je suis impressionnée par l'intelligence dont peut faire preuve Jäger, ce stratagème est très ingénieux. Nous ralentissons devant une jolie petite maison en brique rouge, le gazon y est parfaitement taillé et une balançoire en bois récemment lasurée y trône fièrement, Deux enfants d'une dizaine d'années s'amusent à courir après un jeune chien à peine plus âgé que moi. À la vue de cet écœurant portrait de famille dégoulinant de bonheur éphémère, nous repartons de plus belle. Mon compagnon n'a pas besoin de me dire quoi que ce soit, j'ai très bien compris toute seule. Le chaton qui lui avait servi de remplaçant a, à son tour, été remplacé par un domestique plus jeune, plus joueur, plus distrayant... Ces humains mériteraient de finir à la rue, de vivre le même sort que celui auquel ils ont condamné tous leurs anciens compagnons.

C'est le ventre noué par la haine et la rancœur que j'emboîte le pas à Jäger, après avoir jeté un dernier regard vindicatif à ce détestable foyer. Nous nous approchons des limites de la ville, nous traversons une petite parcelle enherbée où un poney et une chèvre paissent en toute tranquillité, simplement dérangés par le rapide passage de deux petits félins en fuite.

— *Pourquoi ne filons-nous pas directement dans la campagne ? Nous y sommes presque.*

— *Il n'y a que des champs à perte de vue de ce côté-ci, trop peu de cachettes et je ne m'y risquerais pas sans en connaître les moindres recoins.*

— *Où est ta canalisation ?*

— *Elle commence dans le fossé au bout de cette pâture.*

Je jette un dernier coup d'œil au majestueux poney. Ce n'est que la seconde fois que j'en vois un et je suis toujours autant subjuguée par leur apparence. Moi qui croyais que les humains étaient les plus grands sur cette Terre, je me suis bien fourvoyée. Je continue à méditer sur les vies qui peuplent notre monde et me demande même s'il en existe d'encore plus volumineuses. Cela me paraît peu probable, car ce poney est monstrueusement grand.

Une violente détonation me fait sursauter et une motte de terre explose à quelques mètres de nous. Nous courons nous mettre à l'abri derrière un petit bosquet de ronces, non loin de la limite du pré. Le *bang* a été d'une telle violence que j'en ai perdu l'ouïe. Un sifflement entêtant perturbe mon équilibre, je serre les dents pour ne pas perdre pied, mais je suis complètement désorientée. Je rejoins Jäger qui se frotte le crâne contre un poteau en bois. Du sang ruisselle de l'une de ses oreilles. La violence de la détonation l'a bien plus affecté que moi. Je commence déjà à distinguer les beuglements d'un groupe d'humains armés de longs bâtons métalliques et de chiens, qui s'approchent de notre ancienne position.

Des chiens !

Je presse Jäger, qui est encore sonné. Cependant, son odorat est toujours intact et il comprend rapidement l'origine de mon affolement. Nous nous faufilons sous un barbelé, en faisant bien attention cette fois-ci à ne pas y laisser de preuve de notre passage, et nous pénétrons, non sans un temps d'hésitation pour ma part, dans cet épais tuyau où l'eau est croupie et l'odeur nauséabonde.

Sans traîner, Jäger s'enfonce dans ce boyau lugubre et très peu praticable, malgré sa haute stature. J'ignore comment il fait pour être aussi à l'aise, sa taille exceptionnelle pour un chat n'est pas très compatible avec l'étroitesse de notre issue de secours... Moi, qui suis bien trois fois plus petite, je commence à sentir monter une sournoise sensation de claustrophobie, qui fait accroître cette sensation d'être prise au piège. Je commence à haleter et fais de mon mieux pour ne pas perdre mon sang-froid.

— *Ça ne va pas ?*

J'ai du mal à décrypter sa gestuelle, qui n'est autre que notre langage. Il est plus touché que je ne le pensais.

— *Si, si... C'est moi, ou les parois se rapprochent ?*

— *Je ne pense pas non, tu veux que l'on s'arrête un peu ?*

— *Non, ça ira. Je suis encore un peu chamboulée. C'était quoi, ça ?*

— *Des chasseurs, ils ont dû nous prendre pour des lapins. Ou bien c'était délibéré, on ne sait jamais vraiment avec les humains.*

Nous avançons péniblement. Des aboiements furieux résonnent sur les parois en béton de notre tombeau. Les chiens ont réussi à suivre notre trace. Je prie pour qu'ils ne nous suivent pas, mais vu leur taille, je ne pense pas qu'ils puissent y entrer.

— *Nous sommes en sécurité ici*, me promet Jäger, une étincelle dans le regard.

— *Nous sommes bientôt arrivés ? Car plus vite nous sortons de là, plus vite je me sentirai mieux.*

— *On vient à peine d'y rentrer, Kiwi.*

— *Tu me promets qu'on sortira un jour ?*

— *Arrête donc d'exagérer comme ça, petite froussarde.*

Je me concentre sur les mouvements de queue de Jäger. J'essaie d'occulter le fait que nous sommes sous terre dans un conduit sans fin, puant et grouillant d'êtres ignobles tels que des crapauds. Mes pupilles dilatées au maximum, j'arrive à capter les quelques rayons lumineux du chaleureux soleil hivernal qui proviennent de la sortie. Jäger ne m'a pas menti, ce tunnel a bien un sortie !

— *Kiwi, on va sortir au niveau d'un petit chemin de terre. je te demande de courir à toute allure dans un second tuyau de l'autre côté, qui est un peu caché dans le talus.*

— *Il y en a un autre ?!*

— *Oui, je pense que c'est plus sûr d'aller un peu plus loin, on se sait jamais.*

— *Tu ne penses pas que les chasseurs les ont fait partir ?*

— *Autant rester prudents, jeune fille.*

Je fais de mon mieux pour ne pas céder à la panique. J'ai beau voir dans le noir, je frissonne de peur. J'aurais presque préféré ne rien y voir et surtout ne rien sentir, car les végétaux en décomposition, mélangés à l'eau des champs contaminée par des produits très odorants, me retournent le cœur. Pour entrer là-dedans, il faut être plus que désespéré.

Nous sommes plus que désespérés.

Voilà la sortie.

Jäger me laisse passer devant et je ne peux m'empêcher de freiner des quatre fers. Mon anxiété me paralyse, c'est tout simplement impossible pour moi de sortir de cet enfer. Je préfère autant rester une vie ici, que sortir au risque de me faire surprendre par ces individus aux intentions obscènes.

— *Tu attends quoi ?*

— *Je n'y arrive pas. J'ai trop peur.*

Jäger s'approche de moi pour me donner un peu de son courage. Je plonge ma truffe dans l'épais pelage de son poitrail que je respire à pleins poumons. Son odeur imprègne mes sens. Son souffle sur mes oreilles me chatouille, mais ça m'est égal, j'adore cette sensation.

Quoi qu'il arrive, il me protégera.

— *Tu ne peux pas passer devant, plutôt ?* je chuchote.

— *Non, je préfère sauver tes fesses s'ils nous attendent. Ce sera plus simple si tu passes en premier.*

— *Pourquoi ?! Si je déboule, ils me sauteront dessus !*

— *Il n'en auront pas le temps, je te le promets. Je vais te protéger, c'est une promesse.*

Ces mots résonnent étrangement en moi. J'ai comme l'impression de les avoir déjà entendus, cette intonation, cette tendresse, ce désespoir. Le petit humain. Quand j'agonisais sous le frêne. Je me souviens maintenant, il tenait à bout de bras une toile pour me protéger de la pluie. Lui aussi ne voulait pas m'abandonner et pourtant, me voilà ici... À me faire traquer.

Je souris à mon bien-aimé et je l'embrasse à la manière si artistique et mystérieuse des chats. Je clos mes yeux alors que nos regards sont intensément liés. Une tendre langue râpeuse me recoiffe entre les oreilles et me voilà prête à partir. Je suis face à la sortie. J'aperçois le bitume, des bouteilles en plastique qui gisent dans le fossé, et des ronces. Cette vue est beaucoup trop angoissante, je sens que ça va mal finir.

Mon corps tremble. Je ne contrôle plus grand chose.

— *Bon, ce n'est pas grave, je vais y aller.*

Jäger fonce sans hésiter une seconde, je tente de le retenir mais ma griffe ne réussit qu'à attraper une petite boule de poils dont je n'arrive pas à me dépêtrer. Je ne le vois plus. Est-ce bon signe ou pas ? Il ne m'a pas dit ce que je devais faire ensuite. Dois-je le rejoindre ? Ou attendre un signe ? Oui, mais quoi comme signe ? C'est une tempête dans mon esprit.

Ma décision est prise.

Je sors.

Mais au dernier moment, juste avant de poser ma petite patte noire souillée par les immondices du boyau, j'entends de l'agitation au-dessus de ma tête, même si mon ouïe est encore un peu approximative. Quelqu'un est assis sur le tronçon du tuyau qui émerge du sous-sol. Les crissements de quelques griffes sur le béton me font froid dans le dos et je me tapis de nouveau dans la noirceur des entrailles de la terre.

Une tête rayée de noir et de gris apparaît à l'envers, une petite araignée verte se prélassant sur une des oreilles ensanglantées par la rude vie sauvage.

— *Bon, tu attends quoi ?!* me lance Jäger, fier de sa blague.

— *Tu m'as fais une peur bleue, idiot !*

— *Ça t'apprendra à être une froussarde. Tu peux sortir, j'ai fait le tour du coin, il n'y a personne.*

— *Direction chez nous ?*

— *Direction chez nous, ma belle.*

La peur envolée, je sors en toute sérénité de ma cachette. La chaleur du soleil me remonte le moral. Je n'ai qu'une hâte maintenant, retrouver l'if et passer au moins une journée entière à faire une minutieuse toilette. Autant de saleté, c'est indécent.

— *C'est par où, chez nous ?*

— *Bonne question*, me répond Jäger, penaud.

Je me retourne pour le fusiller du regard.

— *Comment ça : « bonne question » ?!*

— *Eh bien, je ne sais pas dans quelle direction aller. Je crois que j'ai dû me tromper de canalisation car je ne reconnais absolument pas cet endroit, il n'y avait pas de route avant.*

— *On est perdus ?*

— *Non, je propose que l'on retourne dans la ville et de là, je pourrai mieux me repérer.*

— *Où est la ville ?*

Il me fait signe de le suivre et nous entamons notre dernier voyage. Le cœur léger, je lui emboîte le pas. Nous sommes sur la route, à notre gauche une vue magnifique sur la vallée ensoleillée nous éblouit.

Plus rien ne peut nous arriver.

Puis, soudain, le sol tremble.

Un klaxon en colère résonne.

La voiture me frôle.

J'ai reculé à temps.

Mais pas Jäger.

Jour 224

Jäger est inconscient. Il gît sur le bitume depuis l'impact. Le bruit du heurt contre le pare-chocs de la voiture me hante et résonne sans répit dans mon esprit torturé. J'ai réussi, avec toute la peine du monde, à le traîner pour nous mettre en sécurité sur le bord de la route, sur un coin enherbé un peu plus agréable.

Il fait nuit.

Il fait froid.

Je n'ai jamais eu aussi peur de ma vie.

C'est quelque chose de souffrir soi-même de terribles blessures, mais observer l'être le plus important de votre vie s'éteindre à petit feu sous vos yeux impuissants est juste incomparable. La douleur est indescriptible. Je suis partagée entre l'espoir et le désespoir, la colère et l'amour, la rage de vivre et l'abandon.

Ses yeux s'ouvrent enfin. Sa respiration est un peu moins sifflante, mais il ne bouge toujours pas.

— *Salut toi*, je murmure tendrement, en faisant de mon mieux pour ne rien laisser paraître.

— *Kiwi...*

Son râle me tétanise. Le peu d'espoir qu'il me restait commence à se déliter.

— *Ça va aller Jäger, tu vas aller mieux. Ce n'est qu'un petit coup de rien du tout à la tête.*

— *J'ai mal partout, la douleur est si forte...*

Je m'en veux terriblement. Qu'il n'ait pas entendu la voiture arriver est une chose, mais moi, mes tympans allaient déjà bien mieux. J'aurais dû l'entendre, j'aurais pu éviter ça. J'aurais pu le sauver.

— *Je-je suis désolée, je ne l'ai pas entendue arriver, mes oreilles sifflaient encore un peu, mais rien de bien handicapant ! Je m'en veux tellement, pardon.*

— *Ce n'est pas ta faute. Tu es si belle, Kiwi. Je suis triste de ne pas avoir plus de temps avec toi...*

— *Ne dis pas ça ! Je te l'interdis. Tu vas survivre.*

— *Ne joue pas à l'enfant. Tu le sais aussi bien que moi. La vie me quitte.*

Il a raison. Je respire profondément et je lui souris. Il essaie de me le rendre, mais son corps est brisé, en plus de sa tête qui saigne abondamment.

— *Qu'est-ce-que je peux faire pour te soulager ?* je demande avec tendresse, sans laisser la moindre émotion négative transparaître dans mon intonation.

— *J'ai froid. Viens près de moi, que je sente battre ton cœur.*

Je m'allonge derrière lui, son corps est beaucoup trop grand pour ma petite carcasse de chaton qui a oublié de grandir. Je pose avec délicatesse ma tête sur son cou et je ferme les yeux. J'ai envie de tout ressentir de lui. Le rythme lent de son cœur, le va-et-vient de l'air dans ses poumons, la course de son sang dans ses veines.

— *Ton cœur bat si vite, ma douce...*

— *Je vais lui dire de se calmer alors,* je lui réponds.

Mais ce n'est pas mon cœur qui bat vite, plutôt le sien qui est terriblement lent et ça ne fait qu'empirer...

— *Quand je serai mort,* commence Jäger, essoufflé.

— Ne dis pas ça, je t'en prie.

— Écoute-moi, s'il te plaît.

Son intonation ne souffre pas de discussion et je me contente d'attendre avec appréhension ses dernières paroles. Car autant se l'avouer, Jäger va mourir. Pas dans un an. Pas demain. Mais dans l'heure, si ce n'est moins.

— Regarde le ciel, Kiwi. Tu peux y voir des centaines d'étoiles radieuses, enfin en général. Sais-tu pourquoi nous ne les voyons pas cette nuit ?

— Non, je l'ignore.

— Et bien, ce sont les nuages qui les cachent. Et sais-tu pourquoi ils sont là ?

— Non, je ne sais pas.

— Ce sont mes ancêtres... Nos ancêtres, tous nos défunts sont là-haut. Ils sont les nuages, ils prennent différentes formes et couleurs, ils ne sont plus limités par une fragile enveloppe charnelle.

— Tu veux dire que mon frère et Bob sont parmi ces nuages ?

— Non, ils ne sont pas parmi les nuages, mais ils sont les nuages. Ils nous surveillent et nous protègent. Parfois, ils pleurent ou sont en colère. La mort exacerbe les émotions d'où, parfois, la violence des intempéries.

— Où sont-ils quand le ciel est radieux et vierge de toute nébulosité ?

— Ailleurs. Le monde est vaste.

— Nous aurions pu le visiter, ensemble..., je souffle, dévastée.

Je lutte pour ne pas m'effondrer, le chagrin est si lourd à porter.

— Nous le ferons quand la vie te quittera. Nous parcourrons le monde dans le ciel. Je te le jure, mais tu dois me promettre de vivre, le plus longtemps possible. Promets-le-moi, Kiwi.

Une quinte de toux secoue son corps brisé. La dignité est un luxe qu'aucun mourant ne peut se permettre. Ses gémissements me brisent le cœur, ils sont si révélateurs de sa souffrance. J'en suis presque à espérer que son supplice cesse le plus vite possible. Personne ne devrait autant souffrir.

— Je te le promets, Jäger.

— Je t'aime... Merci pour ces merveilleux souvenirs que je vais pouvoir emporter.

Son cœur s'est tu.

Ses poumons se vident pour la dernière fois.

Ses yeux ont perdu leur éclat.

Ses muscles se sont relâchés.

Ma peine est une souffrance insupportable. Trop, c'est trop. Trop d'émotion, trop de tristesse. Je ne peux, moi non plus, rester digne. Je hurle ma peine et ma douleur. Je crie ma colère. Je secoue son cadavre déjà froid. Sa mort est inconcevable. Mon corps même rejette cette éventualité et je dois me faire violence pour aller vomir un peu plus loin. Mes pattes tremblent et l'air glacial ne m'aide en rien à ne pas sombrer dans l'inconscience.

Je me retourne et vois son corps de dos, le long du talus. De là où je suis, on dirait presque qu'il dort. Malheureusement, la vision de ses globes sans vie s'est imprimée sur mes rétines. Je vomis de nouveau. Ce n'est que de la bile, notre dernier repas remonte à un moment déjà. Je parviens à peine à me souvenir de ce que nous avions chassé. Je suis horrifiée, c'était son dernier repas. C'est fini maintenant.

Je sais qu'il est parti.

Mais je ne saisis toujours pas tout ce que cela implique.

Je ne réalise tout simplement pas.

Je me traîne vers ce corps que j'ai tant aimé observer, que j'ai tant chéri. Nous commencions à peine à nous dompter l'un l'autre, nous sommes si différents. Nous étions si différents.

Du sang coule de sa gueule grande ouverte. La mort est quelque chose d'immonde, mais de pourtant si naturel. J'en veux à l'humanité et à leurs inventions destructrices. Sans eux, mon âme sœur serait en vie et nous serions peut-être déjà rentrés à la maison.

J'aurais tant aimé qu'il repose en paix au pied du majestueux if, seul et unique arbre digne d'honorer sa mémoire et sa grandeur d'âme.

Je me rallonge près de lui. C'est encore trop tôt pour moi. Toutefois, un bruit retient mon attention. La nuit est traîtresse, en dépit de ma vision nocturne, les bruits sont plus déstabilisants qu'à la lumière du jour. Je tente de me calmer, mais mes émotions me jouent des tours et entraînent avec elles mes sens dans leur folie.

— *Qui est là ?* je lance, avec un ton que j'espère le plus menaçant possible.

Je prie pour que personne ne me réponde.

— *Te voilà enfin...,* susurre une voix mielleuse.

Une tête émerge du tuyau où nous nous étions réfugiés. Le chat est fin, sans être maigre. Ses yeux jaunes me reluquent de haut en bas, et un sourire moqueur naît quand il remarque le corps sans vie de mon défunt Jäger et les traînées de sang sur le bitume.

Je hume l'air. C'est l'un de nos poursuivants. Je feule.

— *Range-moi ces petites quenottes. Ce sera plus simple pour tout le monde.*

— *Comment m'as-tu retrouvée ?* je grogne.

— *Ton odeur est aussi tenace que délectable. Et tes cris... Tes cris de désespoir nous ont chatouillé les oreilles.*

Nous ?!

Deux autres chats émergent du tunnel.

Je suis perdue.

— *Laissez-moi tranquille. Je suis en deuil.*

Autant jouer le tout pour le tout. Jäger, pardonne-moi...

— *Je suis presque déçu*, se plaint l'un des nouveaux venus, un chat roux avec un œil en moins. *Moi qui n'avais qu'une hâte, me venger de ce merdeux de Jäger.*

— *Je suis d'accord avec toi,* lui répond le troisième, un chat noir avec un médaillon blanc sur le poitrail.

— *J'ignore ce qu'il vous a fait, mais il est mort maintenant. Vous pouvez vous en aller.*

Je maudis ma petite taille. Même en gonflant mon pelage, je suis ridicule comparée aux trois matous qui lorgnent mon corps avec avidité.

— *Et c'est là que tu te trompes, jeune chatte.*

— *Si nous sommes là, c'est pour toi...*

Je ne veux pas abandonner Jäger, même s'il est mort. J'ai besoin de me recueillir auprès de lui, mais je n'ai plus le choix. Je dois déguerpir et sauver ma peau.

Je saute sur le talus, et je cours. Je cours en direction de la ville. Je cours pour ma vie. Je cours vers un endroit où mon odeur disparaîtra dans la pestilence humaine. Je cours aussi vite qu'un corbeau en plein vol. Je cours désespérément.

Mais ils sont forts, ils sont rapides, ils ne meurent pas de faim, ils n'ont pas le poids de la perte d'un être aimé sur les épaules. Ils ont la rage de vivre. Cette rage qui me fait tant défaut.

Ils me rattrapent.

L'un d'eux me fauche en pleine course.

Je tombe.

Trois paires d'yeux me surplombent.

Ils me semblent démoniaques.

Déformés par leur concupiscence.

Je clos les miens.

Je m'abandonne à mon triste sort.

Mon corps n'est plus qu'une coquille vide.

Mon esprit est auprès de Jäger.

Adieu, mon amour.

Je t'aimerai toujours.

Jour 255

Un mois a passé.

La mort dans l'âme, j'ai dû me résoudre à quitter le corps sans vie de Jäger. Au bout de quelques jours, la nature a logiquement repris ses droits sur son enveloppe charnelle. Je ne pouvais rester plus longtemps auprès de lui, surtout si je voulais garder une belle image de notre amour, désormais impossible, en mémoire. Mes larmes se sont taries et ma soif de vengeance s'est envolée pour laisser place à un vide encore plus effrayant. Je ne suis plus qu'une coquille vide, affamée, déshydratée et très certainement malade. J'erre dorénavant sans but ni conviction dans un champ en jachère. Mon corps réagit de façon étrange ; malgré les rats et les oiseaux engourdis par le froid que j'engloutis, je me sens toujours aussi faible. Je suis comme morte, moi aussi. Est-ce le deuil qui me tue à petit feu ?

J'ai traversé au moins trente de ces champs de terre battue et glacée par les récentes gelées, avant d'arriver dans celui-ci. Des jours durant, j'ai parcouru la vallée en quête de notre petit paradis où je pourrais honorer la mémoire de mon bien-aimé en paix, loin, très loin, de ces êtres malveillants. Qu'ils soient animaux ou humains, je ne veux plus rien avoir à faire avec eux.

Mais l'objet de mon désir, aussi simple soit-il, reste introuvable. C'est comme si ce vénérable if avait disparu, en même temps que la vie de Jäger. J'aime à croire qu'ils étaient, à leur manière, liés. Tous deux sont des forces de la nature, des êtres exceptionnels de par leur taille et leur aura chaleureuse.

Malheureusement pour moi, je me retrouve sans abri, sans territoire, sans rien ni personne à aimer. Je prends donc la grave décision de faire demi-tour. Je n'ai plus le choix, tous ces autres champs ne sont pas des lieux sûrs pour moi puisque je ne les connais pas et surtout, je n'ai pas l'expérience de mes aînés. Je ne sais pas distinguer un endroit sûr de ceux qui, au contraire, regorgent de dangers.

Direction la roseraie, depuis la mort de Corbeau le territoire est à prendre, Jäger l'avait défendu lors de mon interminable attente au pied de mon immeuble. Il s'agit peut-être de son seul et unique héritage. Ce petit bout de terre, à l'odeur enchanteresse et au petit bois citadin, où il fera très certainement bon vivre.

Vivre...

Quel grand mot. Chaque chose en son temps. Pour le moment j'aspire à un peu de repos, survivre peut-être et idéalement mourir sans trop souffrir avant, pour rejoindre au plus vite l'âme sœur qui m'a été arrachée avant l'heure.

Toutefois, je dois avant tout me reposer. J'ignore si c'est la tristesse qui épuise chacune des fibres de mon corps, mais la fatigue accompagne mes pas, tous plus lourds, les uns après les autres. Je déniche une suite luxueuse dans un buisson de ronces, qui me protégeront pour le reste de la journée. Je reprendrai ma route à la nuit tombée. Je m'endors en une poignée de secondes, exténuée malgré le peu d'effort des derniers jours. Comme lors de toutes mes siestes, je rêve de lui, du "nous" qu'il aurait pu y avoir, si l'humanité n'avait pas ôté la vie à Jäger. Je me surprends au réveil à espérer que ces trente derniers jours ne fussent qu'un mauvais rêve, mais la dure réalité revient toujours plus vite. Toujours plus violente, toujours plus sadique.

Le réveil est désagréable au possible. Je suis courbaturée et le manque d'eau se fait ressentir, mes yeux sont secs et ma bouche a un goût de sang. Mon crâne tambourine inlassablement, c'est une véritable torture. Cependant, je ne me lève pas, ni ne décide de continuer ma route. L'abattement a pris possession de ma volonté et de mon envie de vivre. Ces ronces vont certainement être mon linceul. Ce n'est pas si mal... Je referme mes yeux douloureux, en paix avec ma conscience.

Boum Boum Boum.

Ces bruits m'agacent alors que je suis en route pour mon voyage funèbre. Sont-ce de nouveau ces hallucinations, où j'entendais le cœur de Jäger battre dans sa poitrine immobile à la fraîcheur cadavérique, ou bien mon mal de tête s'aggrave-t-il ?

Boum Boum Boum.

Non. Ce n'est pas ça, mais alors d'où viennent-ils ? J'ouvre un œil et tends l'oreille. Je ne vois rien et ce son semble provenir de nulle part, palpitant de la même intensité, que ce soit à droite, à gauche ou partout ailleurs.

Boum Boum Boum.

Je me contorsionne et pose délicatement l'oreille contre mon propre flanc.

BOUM Boum Boum BOUM Boum BOUM Boum Boum Boum.

C'est mon cœur que j'entends, puissant, régulier. Cependant, au-delà de toute vraisemblance, il n'est pas le seul à battre dans mon abdomen. Une multitude de petits martèlements résonnent en moi. Cette mélodie est envoûtante. Elle est synonyme de tant de choses, autant de questions que de perspectives à la fois.

Ces bruits, encore agaçants il y a à peine quelques minutes, me bercent dorénavant. Je prends le temps de respirer, afin de digérer la nouvelle. Ces simples pulsations chamboulent tout. La peur est omniprésente, mais elle n'est pas seule, la joie gagne du chemin, accompagnée de bonheur. Ce profond sentiment de bonheur, insufflé par ces vies en mon sein, me donne du courage, ainsi qu'une hargne, qui croît encore et encore. L'envie de vivre refait surface, comme si j'avais beaucoup trop longtemps retenu ma respiration.

Puis, vient la désillusion. Je vais être mère, non par choix ni par envie, mais parce que l'on m'a agressée alors que le cadavre de l'amour de ma vie était souillé d'urine à une centaine de mètres. Ces êtres ne sont qu'un énième rappel de cette atroce nuit. Je ne veux pas les mettre au monde. Ils me rappelleront sans cesse que je n'ai jamais contrôlé ma vie. De toute manière, qu'aurai-je à leur offrir ? Mises à part l'errance, la faim, la soif et la maladie ?

Je ne suis pas prête.

Je ne veux pas être mère.

Mais ils ne m'ont pas laissé le choix.

Je referme les yeux.

La mort est peut-être le seul paradis que je puisse leur offrir.

Jour 285

Depuis le jour où j'ai pris conscience de ma condition, je n'ai plus quitté ce bosquet de ronces. Il est devenu mon protecteur, mon chez-moi, malgré son apparence austère et ses effrayantes épines. J'ai profité de cette mince période, où mon ventre n'était pas encore trop handicapant, pour m'assurer que les lieux étaient sûrs afin d'élever des petits. Je suis dorénavant la régente de ce champ et des haies qui l'entourent. Par bonheur les terriers de rongeurs ne manquent pas, la chasse est bonne et, à deux pas de mon logis de fortune, une petite marre d'eau claire me procure toute l'hydratation dont j'ai besoin.

Cela aurait pu être un petit paradis si je n'avais pas été désespérément seule...

Je m'allonge dans mon coin préféré. La terre est sèche et le vent soulève et fait virevolter la fine couche de poussière. Je profite du soleil de ce début de printemps qui chauffe agréablement mon ventre dorénavant bien rebondi. Quant au reste de mon corps… Je suis cadavérique. Toute mon énergie est happée par ces sangsues qui grandissent en mon être. La chasse est fatigante et, à mon plus grand désarroi, elle ne me remplit jamais entièrement l'estomac. Je n'arrive pas à me nourrir en assez bonne quantité pour subvenir aux besoins de tout le monde. J'appréhende réellement la prochaine étape, la plus éprouvante. La naissance.

Je ne me souviens pas très bien de la mienne, mais je sais à quel point ma mère était présente et vitale pour ma survie, à tous les instants. Un de mes frères est mort, alors que la nourriture abondait pour elle. Comment vais-je faire pour être à la fois présente, chasser pour me nourrir, et que mon lait ne se tarisse pas trop vite ? Tant d'angoisses m'assaillent, alors que je suis supposée me reposer après une aurore où la chasse fut rapide et fructueuse. Je remercie au fond de moi Jäger, je sais que c'est grâce à lui si je suis toujours en vie ici, car il m'a tout appris sur la survie en tant que chat errant... Le plus important est qu'il m'a enseigné la vie, savourer ces petits plaisirs du quotidien et voir chaque journée comme l'occasion de vivre heureuse, avec espoir et courage.

J'observe les nuages et je repense à notre dernière discussion alors qu'il agonisait par une nuit sans lune. J'ignore si ce qu'il m'a dit est la réalité ou bien une folie née de son esprit aux portes de la mort, mais j'aime à croire que c'est vrai. C'est agréable de penser que mes ancêtres, quels qu'ils soient, me protègent du soleil qui tape lors des fortes chaleurs, ou encore me procurent toute l'eau nécessaire pour ma survie. Régulièrement, je vois Jäger m'observer de là-haut, sa silhouette se dessine dans le coton au-dessus de ma tête. Il doit certainement savoir que presque tous les jours je recherche sa présence. Malgré la mort nous restons liés. Cette pensée me fait me sentir mieux quand rien ne va. Je ne suis pas seule et c'est tout ce qui compte.

Aïe !

Me revoilà sur terre, un des petits m'a donné un coup. Ils sont cinq en mon sein. Cinq à me marteler le corps de leurs petites pattes en formation. Ils prennent en force, chaque salve est plus puissante que la précédente. Ils ne sont pas encore nés, mais ils sont déjà très présents. Mes sentiments à leur égard sont toujours aussi conflictuels. Toutefois, l'amour commence à gagner de plus en plus de terrain sur la colère et le rejet. La manière dont ces vies ont été conçues commence à importer de moins en moins à mes yeux. Ils sont l'occasion de tout recommencer à zéro, de débuter une nouvelle vie, d'avoir de nouveau une famille.

Aïe !

Cette fois-ci, ce n'est pas un coup, c'est trop fort, trop violent, trop douloureux. Je ne suis pas surprise. Mon corps n'a pas été avare de signes ces deux derniers jours et j'ai agi en conséquence. Tout est prêt. Exceptée moi. Tels les flots qui se précipitent du ciel pour s'abattre avec violence sur le sol, la dure réalité de ma situation me tombe dessus, lourde et étouffante.

Que dois-je faire maintenant ?

Ce n'est hélas plus de moment de penser à ça.

L'heure est arrivée.

Mon corps est soudainement pris d'une puissante convulsion. Tous les muscles de mon abdomen se sont contractés, m'arrachant un cri de souffrance mêlé de surprise et d'impuissance.

Le travail commence.

La crise passée, je me lève péniblement pour rejoindre mon refuge de ronces. Il n'est pas loin, je quitte mon espace de sieste favori au bord de la mare, et suis le clapotis de l'eau. Il s'agit d'un tout petit ruisseau qui prend naissance dans cette étendue paradisiaque. Je me suis souvent demandée pourquoi personne n'avait jamais élu domicile ici, tous les éléments sont pourtant réunis. Je n'ai pour l'instant croisé que des sortes de chiens au pelage orangé et de grosses bêtes hideuses, munies de courtes défenses, qui se roulent dans la terre. Je n'ai perçu aucun signe de mes congénères, ni de prédateurs et encore moins d'humains. Je m'arrête un instant, une nouvelle vague de douleur s'empare de tout mon être et manque de me faire chuter dans le lit du ruisseau. Je halète, je suis déjà épuisée alors que le travail ne fait que commencer. Je reprends la marche en direction de mon abri, qui n'est qu'à quelques pas, mais cela me semble infranchissable. Tout comme survivre à la mort de Jäger et, pourtant, me voilà en train de donner la vie.

Tout est possible.

Je presse l'allure.

Me voilà en sécurité, enfin, tout est relatif, donner la vie n'est pas ce qu'il y a de plus aisé. Mais je reste positive, je paniquerai plus tard.

Je m'allonge sur le lit de feuilles mortes, que j'ai laborieusement réussi à rendre confortable, et j'attends. J'attends que la vague de douleur refasse surface. Et l'attente n'est pas longue. Les décharges de douleur m'arrachent des cris. Mais ma souffrance importe peu, j'ai connu pire, j'ai connu la mort d'un être cher. Donner la vie est un cadeau, c'est pourquoi je fais abstraction de la peine et je pousse, encore et encore.

Je ne saurais expliquer ce qu'il s'est passé ensuite. Tout est brouillé, mélangé et incohérent dans mon esprit. Mes yeux ont vu toutes sortes de choses que je ne pourrais interpréter, est-ce la douleur qui m'a fait halluciner ? Ai-je vraiment vu ces êtres sortir de mon corps ? Je suis perdue. L'accouchement est trop long et, pourtant, je sens encore les nombreuses contractions. J'en suis à quatre petits de nés, ils sont là, tout humides, agglutinés les uns contre les autres à attendre de moi quelque chose que je ne suis actuellement pas capable de faire ; je dois faire sortir le dernier.

Pourquoi je n'arrive pas à l'expulser de mon corps ? Je suis à bout et, si cela continue, nous allons mourir tous les deux. Cela implique aussi que les quatre nés dépériront dans les heures qui suivent. Je ne peux pas baisser les bras. Je me redresse, chancelante, mais bien droite sur mes pattes, déterminée à survivre. Je mets une patte devant l'autre et je tourne en rond, peut-être que le mouvement l'aidera à sortir... Les minutes passent et je sens que ça ne fonctionne pas. Mon corps abandonne petit à petit, les contractions se font plus rares. Le désespoir et l'instinct me font faire des mouvements ridicules pour que mon dernier petit à naître puisse pousser son premier cri en dehors de mon enveloppe charnelle en souffrance. Je me jette à même le sol, je roule et me frotte sur l'unique petit tronc d'un églantier présent dans mon roncier. Je me démène pour créer une pression suffisante sur mon ventre.

Et là, je le sens. Je le sais, la contraction qui arrive est la dernière. Je dois tout donner, sinon nous mourrons tous avant le crépuscule. La voilà. Je me contracte comme jamais, mes griffes s'enfoncent loin dans le sol que j'ai déjà bien labouré depuis le début du travail. Je sens une épine déchirer l'une de mes oreilles, mais ça m'est égal, je pousse encore plus fort. Je retiens ma respiration depuis si longtemps qu'un voile noir commence à me brouiller la vue, et mon cœur palpite tellement qu'il m'assourdit. Il pourrait tout aussi bien jaillir de ma poitrine que je ne serais même pas étonnée. Néanmoins, ce n'est pas lui qui quitte mon corps, mais une petite boule de poils rayée de gris et de noir. Son cri est une renaissance, il est puissant et résonne comme une promesse de vigueur et de force.

Le soulagement à peine passé, je n'aspire maintenant qu'à me reposer, mais il y a encore tant à faire. L'impératif est de les sécher, en nettoyant à grands coups de langue les souillures dont ils sont recouverts. Derniers vestiges de leur naissance. Et je m'exécute. Un par un, tous les cinq. J'aurai tout le temps de me reposer quand je serai morte.

Mes petits sont en vie, et moi aussi. C'est un petit miracle. Je sens leur impatience, ils meurent de faim. Je préférerais tant aller boire un peu avant, mais dorénavant je dois me sacrifier pour eux. Ils sont devenus la priorité, ma raison de vivre, que je le veuille ou non. À les regarder ainsi téter goulûment, mes yeux brillent certainement d'un amour inconditionnel. D'un amour aussi handicapant qu'une laisse, car je ne peux que les aimer, vouloir le mieux pour eux. Toutefois, je me sens prise au piège, quelle situation grotesque...

Je m'endors d'un sommeil plus que léger, tandis qu'ils étanchent leur soif. Plus jamais je ne pourrai dormir profondément, l'inquiétude m'en empêchera. Quoi qu'il en soit, demain sera un autre jour, et je pense en avoir assez fait aujourd'hui.

Demain, je m'inquiéterai s'il le faut.

Jour 315

C'est le printemps, époque de renouveau et de naissances. Je ne suis pas la seule ici à vivre cette épreuve qu'est la maternité : ce sont des lapereaux, encore maladroits et inconscients du danger, qui m'ont permis de tenir depuis que cinq petites créatures affamées de lait sont arrivées dans ma vie. L'allaitement me pompe toute mon énergie, c'était prévisible et je mange en conséquence. J'ai presque de la peine quand je pense aux mères de tous ces pompons et campagnols apeurés que j'ingurgite, mais c'est la loi du plus fort ici.

À mon grand désarroi, la chair de ma chair a déjà bien grandi. Leurs yeux sont ouverts et ils rampent désormais avec témérité. Je suis obligée de courir dans tous les sens pour les réinstaller en sécurité dans les ronces. L'appel du vagabondage les invite, chaque jour un peu plus, à quitter notre petit nid bien protégé.

Le doux et affectueux Hiro dort en ce moment même contre moi, tandis que les quatre autres se chamaillent mollement et maladroitement le luxe de me grimper dessus, leur jeu préféré. Hiro est mon cinquième petit, celui qui m'a tant fait peur lors de sa naissance. J'ignore si c'est la proximité de notre mort mutuelle qui a créé un hypothétique lien, mais je me sens beaucoup plus proche de lui. Sa parure tigrée est dans les mêmes tons que celle de Jäger. Je sais pertinemment qu'il ne peut être son fils, mais j'aime à penser qu'il y a une sorte de réincarnation. Une partie de mon défunt amour a peut-être été mêlée à cette petite âme fragile. Hiro est le seul de la fratrie à avoir un tel pelage, tous les autres sont aussi noirs que moi, excepté Lou, la plus téméraire, qui porte avec fierté un médaillon blanc au poitrail. Elle me fait penser à son géniteur, j'en ai froid dans le dos et, comme à chaque fois, je dois détourner le regard d'elle. Peut-être qu'un jour, je saurai passer outre cette sensation. Après Hiro et Lou, il y a Miril et Jily, leurs sœurs, et Koloua leur frère. À nous six, nous formons une grande famille, pouilleuse certes, mais une famille malgré tout. Petit à petit, j'ai la nette sensation que mon existence commence à avoir de nouveau un sens. C'est si agréable. Leur arrivée m'a apporté bien plus que je ne l'aurais cru.

Les heures défilent et la luminosité commence à laisser place à une douce atmosphère orangée pigmentée de raies rosées. La vue est sublime ici, en bas de la vallée. Ce spectacle me rappelle qu'il est temps pour moi de partir chasser. Je m'étire avec bonheur, j'ai hâte de pouvoir enfin me dégourdir les pattes. En me levant, je fais chuter Miril et Koloua qui ne cachent pas leur mécontentement, à grand renfort de cris courroucés.

— *Je reviens vite, mes petits. Vous restez bien sagement ici pendant mon absence, pas de vadrouille !*

— *Oui, maman !* répondent-ils en chœur.

Ils sont si mignons...

Aussi silencieusement que ma mère à l'époque, je quitte la tanière et cours à travers les fourrés dont je connais chaque recoin à la perfection. Tous les soirs, je me délecte de ces moments d'évasion solitaire, je cours et respire à pleins poumons cet air, particulièrement frais et humide comparé aux nuits précédentes. Déjà, les herbes hautes sont couvertes de rosée, la partie supérieure de mon pelage est détrempée, mais j'ai encore une belle épaisseur hivernale qui me protège de l'humidité.

— *Quelle plaie !* je grogne malgré tout entre mes dents, car je déteste l'eau.

Je sens que la chasse va être longue. Simple instinct. Cependant, je ne m'inquiète pas trop, mes petits sont moins fragiles qu'à la naissance, ils peuvent supporter une absence de quelques heures. Il va de leur intérêt que je rentre le ventre plein. Je me poste à l'endroit habituel, je saute sans un bruit sur la tôle couverte de mousse qui devait très certainement servir d'abri à quelque chose qui n'est manifestement plus là. Ce cabanon est suffisamment haut pour que je puisse voir l'entrée de nombreux terriers présents dans un talus, qui dessine la limite de mon territoire. De ma position, j'aperçois aisément aussi notre cachette. En résumé, je suis comme les rapaces que je crains tant pour mes petits, je guette, je vois tout. Je suis concentrée, à l'affût de tous les mouvements aussi imperceptibles qu'un passage de petits rongeurs, ou d'un alléchant lapereau, dans les hautes herbes.

Malheureusement, ce soir les conditions pour une chasse fructueuse ne sont pas au rendez-vous. Le vent se lève peu à peu, les rafales s'intensifient et l'air est d'une lourdeur étouffante. Je n'aime pas ça, pas du tout même. Avec un temps pareil, toutes mes proies vont rester terrées. Si les circonstances avaient été différentes, j'aurais très probablement abandonné pour ce soir et retenté ma chance le lendemain, mais je suis affamée. L'allaitement demande beaucoup d'énergie et si je romps la chaîne, je vais être trop fatiguée pour chasser demain. Ce sera le début de la descente aux enfers.

Je ne peux pas rentrer le ventre vide, c'est une certitude. Je saute de mon perchoir, je dois aller plus loin, ici je risque de ne rien attraper. Je slalome entre les pierres, qui ont chuté des murs du cabanon à cause de l'invasion du lierre, à la recherche de lézards. Cette ruine est ma solution de secours en cas de pénurie de proies plus conséquentes. Je débusque un premier reptile que je croque sans attendre. Je reprends ma ronde, persuadée d'en dénicher encore toute une ribambelle, mais ce n'est pas le cas. J'ai beau longer encore et encore les parois en pierre, je ne vois rien, pas un mouvement.

Que faire ?!

Je choisis de quitter exceptionnellement mon territoire pour trouver une autre bâtisse de ce type et, je l'espère, y dénicher de quoi me sustenter au mieux. Je jette un dernier regard inquiet en direction du roncier. Je ne distingue aucune agitation. Tant mieux, pour une fois qu'ils sont calmes.

Je quitte donc mon champ et j'évolue avec prudence de plus en plus loin, trop loin pour quelqu'un de raisonnable. Jäger ne m'aurait jamais laissé faire ça, mais je n'ai pas le choix et, de toute façon, il n'est plus là.

Excuse-moi, Jäger...

Je ne saurais dire depuis combien de temps je suis partie, mais ma conscience commence vraiment à se sentir mal. Mes petits doivent s'inquiéter, ils risquent de s'agiter s'ils se sentent délaissés trop longtemps. Je suis à un rien de prendre la décision d'enfin rebrousser chemin, quand je vois un muret de pierres long de plus d'une centaine de mètres. Cet amoncellement de rocailles est une source inépuisable de lézards, rapidement, je me remplis le ventre au grand dam de tous ces petits sauriens.

Je me repose un peu avant de repartir, car je suis épuisée, la digestion alourdit mes pas et l'envie de dormir me décroche la mâchoire. Quand soudain, je vois, au-delà du muret, une maison humaine. Elle est habitée. Je ne peux m'empêcher de m'approcher un peu et d'observer par l'une des fenêtres, l'espace d'un instant, leur vie entre les murs épais. Je me surprends à m'imaginer évoluer et tout simplement vivre parmi eux. Je me vois sans problème dormir sur cette chaise molletonnée ou bien chiper un bout de viande négligemment oublié dans la cuisine. J'ai tellement envie de rester ici, à attendre qu'ils s'aperçoivent de ma présence et m'accueillent chaleureusement.

Telle est la triste vérité, je m'étais pourtant promise de ne plus penser aux humains, de les oublier pour de bon et me voilà, à attendre qu'ils fassent je ne sais quoi pour me sortir de cet enfer. Je suis si pathétique.

Une goutte d'eau, puis deux me font reprendre mes esprits, et je m'en vais. Soudain, je n'ai pas eu le temps de faire cinq pas qu'un dense rideau de pluie s'abat sur moi et sur tout le reste de la vallée. Je cours aussi vite que possible, mais la pluie change un paysage et charrie toutes les odeurs qui auraient pu me guider jusqu'à mes petits. Comme si la situation n'était pas déjà catastrophique, un éclair aveuglant illumine brièvement la campagne. Sous mes yeux, un panorama de désolation s'est incrusté dans mes rétines dilatées par l'angoisse et la noirceur opaque de cette nuit sans lune. J'ai beau voir dans la nuit, la pluie, le vent et l'orage me désorientent beaucoup trop. Je déambule dans tous les sens à la recherche du cabanon en ruine, mais je retombe sans cesse sur cette maison habitée.

Je suis tiraillée, la raison m'ordonne de me mettre à l'abri et d'attendre que le temps soit plus clément, mais au fond de moi je sais que mes petits sont en danger. Peu importe si je dois rentrer en rampant ou en mourant gelée par la morsure de l'eau glacée. Je fonce.

Je fais la course avec l'eau qui ruisselle sur la terre dénaturée par l'agriculture, n'ayant plus d'arbre ni de relief pour la stopper dans sa course infernale. D'un petit ruissellement, ma rivale devient rapidement un torrent qui emporte tout sur son passage, feuilles mortes, petits cailloux et déchets en plastique.

Je cours à en prendre haleine, je saute, je rampe sous une barrière puis repars en trombe. Je descends encore et toujours, je dois retrouver le cours d'eau et le longer pour retomber sur la mare, et, de là, je retrouverai facilement notre cachette. Je croise une petite harde de sangliers en panique, et manque de me faire piétiner par un marcassin effrayé. Je suis si petite et invisible dans cette obscurité que je doute qu'il m'ait remarquée.

En dépit des monstrueuses rafales de vent qui me plaquent systématiquement au sol, je pense entendre le clapotis d'un ruisseau gonflé par les précipitations, à moins que ce soit un énième torrent qui dévale le versant de la vallée.

Une nouvelle bourrasque doublée d'un grondement tonitruant du ciel me laisse pantoise, mon corps est au bout du rouleau, je suis si trempée que mon apparence doit maintenant être plus proche du rat que de celle du chat. Je glisse sur une pierre bancale et je retombe, encore, sur le sol boueux. Mes pattes tremblent si fort que j'ai du mal à me relever, j'ai la bouche pleine de terre et une de mes oreilles me fait terriblement souffrir. Cependant, je ne m'arrête pas pour autant, je suis une mère courage qui compte bien remuer ciel et terre pour sauver son propre sang. Progressivement, le sol est de moins en moins pentu et je me retrouve les coussinets dans l'eau. Je ne comprends pas, pourquoi cette eau est-elle ici ? J'aperçois l'imposant églantier qui trône et ploie dangereusement sous l'effet du vent au-dessus de notre roncier. Notre refuge.

Mon cerveau ne comprend pas ce qui se passe sous mes yeux. Pourquoi une gigantesque nappe d'eau me sépare-t-elle de notre tanière ?!

La pluie ! Bien sûr.

La pluie diluvienne a gonflé le petit ruisseau, si lent et si calme en temps normal, pour le transformer en une entité pleine de rage et assoiffée de dévastation. Il est sorti de son lit et maintenant, il noie tout sur son passage.

— *Mes bébés !*

Je ne sais pas nager, mais cela m'est complètement égal. Je m'avance dans cet étang gelé, un pas après l'autre. Tout mon être rejette ce que je suis en train de faire, mais je n'ai pas le choix. Voilà que je n'ai plus pied, je nage, enfin j'essaie. Mes mouvements ne sont pas coordonnés et, sans ma queue, cela doit être encore plus compliqué que pour un chat normal. Je suis essoufflée et mon cœur tambourine dans ma poitrine comprimée par la peur. Je m'en veux tellement de les avoir laissés seuls dans ce guet-apens.

Un nouvel éclair zèbre le ciel et me dévoile lugubrement le roncier. Il n'est plus loin, mais il est envahi par les flots. Le tableau est dantesque. L'entremêlement des ronces est reflété dans le miroir d'eau, le mouvement de la surface aqueuse dénature totalement la réalité, la rendant encore plus angoissante et apocalyptique. Je suis dans le plus profond des dénis, je me persuade que, d'une manière ou d'une autre, mes cinq enfants ont réussi à se mettre à l'abri. Je suis si stupide et grotesque.

Le courant me fait dévier de ma route, je lutte encore et encore, je bois la tasse, une fois, deux fois, mais je ne flanche pas. Je ne me suis jamais sentie aussi vivante, aussi déterminée, un second souffle s'empare de moi, je n'ai plus mal nulle part. Est-ce ça, l'amour maternel ? Est-ce cela qui me pousse à me dépasser, encore et encore ?

Même dans cet état d'inébranlable détermination, une dépression sous mes pattes me fait plonger à pic. Je me débats de toutes mes forces pour remonter à la surface, je dois être au-dessus de la mare, car je me cogne contre les roches qui la délimitent. J'en profite pour y prendre appui et me projeter en hauteur. J'aspire avec soulagement cet air si vivifiant, j'ai pied ici. Je me hisse difficilement sur cette butte de terre insoupçonnée, puis la joie m'envahit quand j'aperçois l'entrée de mon nid accessible par la voie terrestre. Tout n'est peut-être pas encore perdu ! Je m'y engouffre à toute allure, le cœur débordant d'espoir.

— *Mes enfants, je suis de retour, où êtes-vous ?!*

Personne ne me répond, ce silence est tel une pierre qui m'assomme. Je renifle avidement l'air de notre tanière, toutes les odeurs y sont corrompues par l'orage et ses sbires annihilateurs de vie.

— *Hiro ?!*

Je recherche son pelage, qui est probablement le plus reconnaissable dans cet entrelacs de branches épineuses. Mais je ne vois rien. La vision de notre nid vide me hante, l'eau n'est qu'à un pas de moi et elle progresse. Ils ont dû bouger comme à chaque fois et se faire emporter par la force ravageuse du courant. Néanmoins, mon esprit refuse cette éventualité, tant que je ne retrouve pas leur corps et que je les voie morts de mes propres yeux.

Ils sont vivants quelque part, c'est certain.

— *Hiro, Lou, Miril, Jily, Koloua ?!*

Je réitère désespérément mes appels, tout en tentant de suivre d'hypothétiques pistes, qui me mènent toutes vers cet odieux océan de boue. Je retiens mes larmes, car si je cède au désespoir tout sera définitivement perdu.

— *Maman !*

L'espoir renaît, soit je deviens folle, soit j'ai bien entendu la voix de mon tendre Hiro.

— *Hiro ! Où es-tu ? Je viens te chercher.*

— *Dans l'arbre, maman.*

Je lève les yeux et je vois deux petites queues agitées, dont les propriétaires sont agrippés à une des branches de l'églantier comme l'on pourrait s'accrocher à la vie. Je me redresse de toute ma longueur et prend appui sur le tronc fin de leur radeau. À l'aide de mon nez, je pousse leurs petits derrières afin qu'ils s'installent le plus confortablement possible.

— *Tu fais quoi, maman ?* me demande Jily, inquiète.

— *Je vous laisse ici, vous êtes en sécurité pour l'instant. Je dois partir à la recherche de votre frère et de vos sœurs.*

— *Ils ont voulu suivre une petite souris qui est passée sous notre nez après que tu sois partie, maman.*

— *Dans quelle direction ?*

— En direction du cimetière aux escargots. Ils sont restés dans la haie de ronces, au couvert de la végétation, comme tu nous l'as appris.

— Merci, Hiro. Je reviens vite.

Je pars immédiatement à la recherche des trois autres. Je me force à ne pas écouter les cris apeurés de Hiro et Jily. Ma concentration doit être sans faille pour distinguer trois minuscules chatons, aussi noirs qu'une plume de corbeau, dans ce bourbier. Je parcours inlassablement le peu de terres encore émergées, soit à peu près une bande d'une quinzaine de mètres de long sur un mètre de large.

J'atteins aisément la zone où s'amoncelle une quantité de coquilles d'escargots vides, mais pour l'instant je n'ai retrouvé aucune trace de mes trois petits chasseurs en herbe. La pluie est drue et elle n'est pas prête de s'arrêter, l'orage continue de cracher sa colère et me handicape dans mes recherches. Je n'oublie pas de regarder au-dessus de ma tête cette fois-ci, mais aucun chaton ne s'y est réfugié. L'eau monte, inarrêtable, implacable. Je me sens prise entre deux feux. Je prends l'une des décisions les plus déchirantes de ma vie, j'abandonne les recherches pour l'instant. Je dois mettre en sécurité Hiro et Jily, au moins eux, je sais où ils sont.

Je me presse sur le chemin du retour, l'eau est déjà au niveau de mes coudes et le courant s'accélère pernicieusement, me fauchant à plusieurs reprises.

Je vois Jily qui lutte pour rester en dehors de l'eau, que fait-elle si bas ? Je l'avais pourtant mise en sécurité bien plus haut sur une autre branche.

— Jily tiens bon, j'arrive.

— Maman ! J'ai glissé à cause de la pluie, désolée.

J'arrive à son niveau et attrape avec fermeté la peau de son cou entre mes crocs. De toutes mes forces, je la propulse pour qu'elle s'agrippe sur mon dos. Je sens ses petites griffes s'enfoncer dans ma peau, je serre les dents pour endurer la douleur.

— *Surtout, reste bien accrochée, ma chérie.*

— *Oui maman.*

Je lève les yeux à la recherche de Hiro, qui n'a heureusement pas bougé d'un pouce. Mais cela ne me rassure pas pour autant, il tremble comme une feuille. Idem pour Jily, son corps est gelé sur mon dos.

— *Hiro, mon bébé, lâche tout, je te rattrape.*

— *Non, j'ai trop peur.*

— *Allez, aie confiance en moi.*

Hiro s'entête, ses petits yeux sont fermés avec obstination et ses griffes sont bien enfoncées dans la fine écorce de l'églantier. Il me fait penser à moi, une vraie tête de mule. Je me dresse sur mes pattes arrière, après avoir averti la petite bien cramponnée entre mes omoplates. Je saisis mon petit sans lui laisser le choix, mais il tient bon. Je grogne d'exaspération, le temps nous est compté, nous ne pouvons pas nous donner le luxe d'en perdre.

Quelque chose vient se heurter contre ma patte droite puis se coincer sur le tronc où est perché Hiro. Je tente de reprendre mon équilibre et, sans le vouloir, je prends appui sur l'objet qui m'a bousculé. C'est mou sous mes coussinets, la stupeur m'envahit, je perds patience et j'arrache mon fils de là-haut. Il va rejoindre sa sœur sur mon dos et, le cœur au bord des lèvres, je plonge la tête sous l'eau qui atteint désormais mes mamelles pleines de lait. Du bout du museau, je tâtonne le corps sans vie de mon enfant. La peine qui m'envahit est irréelle, inconcevable. J'ignore comment je fais, mais je l'occulte, il y a un temps pour survivre et un temps pour faire son deuil.

Toutefois, je ne peux me résoudre à laisser son corps pourrir ici. Je l'extrais de l'eau et le dépose tendrement en hauteur, sur une solide fourche de l'églantier. C'est Lou, ma sublime, courageuse et intelligente Lou. Son petit médaillon blanc est terni par la mort. Chienne de vie !

— *Maman ! Que fais-tu ? Il faut que tu la sauves !*

— *Son souffle s'est arrêté, mes enfants, je ne peux plus rien faire pour elle.*

Jily pleure, elle est dévastée. J'entends les douces paroles réconfortantes que son frère lui murmure, je lui en suis reconnaissante. Je suis actuellement incapable de dire quoi que ce soit d'apaisant. Je jette un dernier regard sur le corps sans vie de mon enfant. J'espère que son âme a désormais rejoint celle de Jäger et qu'il prendra soin de ma petite Lou. Ils formeront un duo infernal, c'est indéniable. Nous partons, pour de bon, je l'espère. Je quitte péniblement le roncier par un autre endroit très peu dégagé, puisque mon passage habituel est inondé et nous risquerions la noyade en l'empruntant.

J'émerge de la broussaille et l'eau s'étend à perte de vue. Le vent s'est calmé ainsi que la virulence de la pluie. Les rayons lunaires parviennent enfin à traverser la couche nuageuse bien moins menaçante. Le pire de la tempête est derrière nous. Pourtant, l'eau continue de monter, elle s'accumule dans la vallée qui accueille les ruissellements des nombreux hectares qui nous encerclent.

J'ai beau aller dans tous les sens, je ne vois aucune issue. Nous nous trouvons pris au piège sur une île des plus inhospitalières.

— *Maman, j'ai peur...*

— *Je sais ma puce, je fais ce que je peux pour trouver un endroit où nous réfugier.*

Le cabanon me fait de l'œil, nous serions en sécurité là-haut. En plus, il s'agit de la distance en eau la plus courte à parcourir, c'est jouable. Enfin, ça l'aurait été si je n'étais pas aussi exténuée et si je n'avais pas deux poids en plus sur le dos.

Il est trop tard pour réfléchir, je me lance.

— *Tu fais quoi maman ?!*

— *Je nous sauve, Hiro.*

— *C'est trop loin, tu n'y arriveras jamais !*

— *Tu ignores de quoi est capable une mère désespérée. Maintenant, accrochez-vous à moi comme si votre vie en dépendait.*

— *On va te faire mal...*

— *Ce n'est pas grave mes bébés, plantez vos griffes le plus fort possible et cramponnez-vous.*

Je nage, enfin j'essaie, car mon équilibre est plus que compromis. Toutefois, mes enfants sont mes ailes et je me débats comme un beau diable dans cette eau boueuse et avide de cadavres. Ce qui est sûr, c'est que je ne la laisserai pas emporter un autre de mes enfants. Autant mourir.

Je sens des objets frôler mon corps immergé, et à chaque reprise, j'ai l'horrible impression qu'il s'agit des corps de Koloua et Miril. Cette sensation de cadavre gorgé d'eau sous ma patte arrière me hante l'esprit et me donne la nausée. Je tente de me focaliser sur mon objectif : atteindre le cabanon, notre refuge. Le reste importe peu pour l'instant.

Coup de patte à gauche et coup de patte à droite sont répétés inlassablement. La fatigue n'est pas une option pour mes membres qui se meuvent docilement. J'ai la nette sensation que Hiro desserre son étreinte, il doit tenir bon.

— *Hiro, reste concentré !* j'ordonne, tout en buvant encore une fois la tasse.

— *Je ne sens plus mes pattes, maman...*

— *Cela m'est égal, tu ne lâches rien ! Nous sommes presque arrivés.*

En lui disant cela, je tente de me persuader moi-même. Je suis également à bout et Jily doit le ressentir, car elle s'agite sur mon dos.

— *Tiens-toi au collier de maman, dis toi, que c'est encore plus dur pour elle, alors reste fort,* lui murmure sa sœur, elle aussi épuisée.

— *Merci Jily, j'ai si froid...* souffle Hiro entre ses dents.

Encore quelques mètres, la pluie a cessé, mon moral remonte un peu. Peut-être que nous allons survivre, après tout...

Sous mes pattes, je sens enfin le sol. Je commençais à désespérer. Je nage depuis si longtemps qu'elles ne me portent plus. Je m'effondre sur une motte d'herbe humide, à bout de souffle, le corps fourbu et pris de tremblements convulsifs. J'ai dû perdre connaissance, car deux petites langues chaudes et râpeuses me harcèlent inlassablement. Je ressens l'inquiétude de mes petits, mais je n'ai tout simplement plus la force. Plus la force de vivre, même respirer est devenu pour moi un supplice.

— *Maman, réveille-toi. Je t'en supplie, l'eau monte encore.*

Une tête m'assaille de coups pour me maintenir éveillée, mais la chaleur de l'inconscience me tend les bras et son appel est si attrayant, si tentant.

— *Kiwi, lève-toi maintenant !*

Cette voix, serait-ce Jäger ?!

— *Jäger, tu me manques tellement...*

— *Et alors ?! Est-ce une raison pour abandonner tes deux enfants encore en vie ?*

— Désolée, je suis épuisée... Je pense qu'il est temps pour moi de te rejoindre, mon amour.

— N'y pense même pas, tu as une tâche à accomplir, tu dois sauver la chair de ta chair, Kiwi. Maintenant !

Ces derniers mots sont comme un électrochoc. J'ouvre subitement les yeux et me redresse dans la foulée. Hiro et Jily s'agrippent et, ensemble, nous nous réfugions sur le toit en tôles, dont la mousse gorgée d'eau nous accueille avec un certain confort. Cet effort me laisse pantelante. Avec prudence, je m'allonge sur le flanc droit, dos à la pente de l'appentis, et mes petits se pelotonnent contre mon ventre détrempé, mais chaud. Ils se mettent presque immédiatement à téter. Ils devaient être affamés pour se jeter sur moi avec une telle avidité.

Je ne leur en veux pas de m'épuiser encore un peu plus. Pour le moment, je me contente d'admirer l'horizon que dessine la crête. Le soleil se lève sur la vallée qui ressemble désormais à un vaste étang, comme celui où nous avions passé un après-midi avec Jäger lors de mon apprentissage de la chasse. Je peux enfin lâcher prise. Toutefois, maintenant que je peux enfin me détendre et fermer les yeux, le sommeil se refuse à moi.

Je pleure la perte de mes trois premiers-nés, les plus fougueux, les plus téméraires.

Je ne les reverrai plus jouer ensemble.

Je ne les entendrai plus se chamailler.

Je ne sentirai plus leur souffle chaud sur mon visage.

Ils sont morts et mon cœur saigne.

Pourquoi l'amour est-il si douloureux ?

Adieu Miril.

Adieu Lou.

Adieu Koloua.

Jäger, veille sur eux, je t'en prie.

Je vous ai tant aimé.

Je vous aimerai pour toujours.

Nous ne vous oublierons pas.

Jour 350

— Hiro ! Ne pars pas trop loin, la ville est dangereuse.

— Tu t'inquiètes pour rien maman, il n'y a personne ici.

— Tu n'es qu'un idiot, Hiro, à cause de toi maman se fait un sang d'encre ! Regarde, elle a des poils blancs qui apparaissent de partout !

— Maman est juste vieille, Jily !

— Bon ça va, les enfants ! Je n'ai même pas un an...

Je suis allongée à l'ombre des rosiers. C'était peut être de la folie de revenir ici, mais je me sens bien dans cette roseraie. La présence de Jäger y est palpable, je le sens dans le doux parfum des fleurs qui embaume notre air. J'entends ses murmures apaisants dans le vent et, parfois, je le vois dans le ballet dansant des pétales de roses animé par la brise estivale.

Notre long périple m'a beaucoup amaigrie, j'ai du mal à remonter la pente. Le décès de mes trois enfants pèse sur mon cœur et celui de Hiro et Jily. Cependant, à leur manière, ils sont plus forts que moi. Je suis si fière d'eux. Nuit et jour, ils se soutiennent mutuellement et participent à notre survie.

Mais si je suis venue ici, ce n'est pas non plus par hasard. Au plus profond de moi, j'ai la nette certitude que les humains seront les seuls capables d'assurer la survie de mes deux bébés. Tous les jours, je prie pour que l'un des promeneurs qui déambulent régulièrement dans la roseraie remarque notre errance et nous vienne en aide. J'ai fini par laisser ma fierté de côté et pris la décision de demander de l'aide. Seule, je ne peux leur promettre ni leur offrir une vie fastueuse et sans puces, ni autres maladies qui les rongeront jusqu'à la moelle un jour ou l'autre.

Des pas traînants avancent dans notre direction. La nouvelle venue est âgée, je l'entends à sa respiration sifflante et au grincement de ses articulations vieillissantes. Son parfum atteint mes narines sensibles. Il me dit vaguement quelque chose, mais je suis incapable de me souvenir où et quand.

— Jily, Hiro, venez par là.

— Mais maman, on joue avec une sauterelle !

— Vous en trouverez d'autres. On ne discute pas, ramenez vos fesses, sinon c'est par la peau du cou que je vous attraperai.

— Pas besoin de montrer les crocs...

Je lance une nouvelle fois l'opération séduction, en donnant quelques coups de langue par-ci par-là sur les visages pleins de poussière de mes deux garnements.

— Arrête ! On peut se toiletter nous-mêmes.

— Une vieille humaine va bientôt passer devant nous, Hiro, j'ai l'intime conviction qu'elle a le cœur sur la main, elle pourra vous sortir de la rue, toi et ta sœur.

— Mais on veut rester avec toi, maman.

— Et moi, je veux que vous ayez un bel avenir et ce n'est pas compatible avec la vie dans la rue.

Je croque l'une des puces présentes sur le sommet du crâne de Jily, puis je les pousse doucement tous deux vers le chemin qui serpente dans la roseraie. Ils me jettent des regards mêlés de peur, de tristesse et d'une pointe de colère à mon égard. Ça me blesse, mais je me blinde, les voir partir me brisera le cœur, mais si je fais ça, c'est pour eux. Un jour peut-être, ils comprendront.

Je slalome entre les plans de rosiers et me place pour observer la rencontre fortuite entre cette humaine et mes amours. Tant d'espoirs reposent sur cette vieille femme dont je n'arrive pas à me souvenir, j'espère qu'elle sera l'ange-gardienne que je cherche tant pour Hiro et Jily. Je n'ai pas pu sauver Miril, Koloua et Lou, la rude vie de chat errant a eu raison de leur frêle et courte existence. Je suis également coupable de cette tragédie, comment ai-je pu ignorer un fait aussi basique que la montée des eaux ? Cela explique pourquoi il n'y avait personne dans ce champ, alors qu'il avait tout de paradisiaque. J'ai encore tant à apprendre. Comment puis-je élever mes petits correctement, alors que je ne suis moi-même pas complètement une adulte...

C'est sur cette pensée que se dévoile devant mes yeux ahuris l'humaine aux rotules rouillées. C'est elle, elle qui m'a sauvée alors que j'agonisais au pied du grand frêne centenaire après ma chute du cinquième étage. Je me souviens du pull en laine chaud qu'elle avait déposé avec délicatesse sur mon corps en miettes, et de ses paroles si réconfortantes. Je ne m'étais jamais sentie autant en sécurité qu'entre ses mains expertes. C'est la providence qui nous l'envoie, c'est certain.

Sans hésiter une seconde, je sors de ma cachette et me montre à cette femme à qui je dois la vie. Je m'assieds au beau milieu du chemin, sous les exclamations interloquées de mes petits. Sans ciller, je la fixe droit dans les yeux et quand enfin elle me remarque, elle s'arrête, tout simplement. Nous nous observons mutuellement, dans ce simple échange de regards, nous rattrapons le temps qui s'est passé depuis notre dernière et unique rencontre. Le soleil fait chatoyer ses cheveux blancs et ses yeux bleus sont souriants et bienveillants.

— Je savais que tu étais quelque part, magnifique et courageuse Kiwi.

Elle s'assoit sur un banc à proximité, me regarde et tapote légèrement sur sa cuisse. J'ai toujours vu les humains faire ça quand ils souhaitent que je m'approche. Je m'exécute. Nous pourrions croire que je suis docile, mais cela n'a rien à voir avec la docilité, la confiance nous lie et c'est avec joie que je m'assois à ses côtés. C'est soucieux face à mon comportement irrationnel que Hiro et Jily me rejoignent aussi sur le banc.

— *Mes petits, je vous présente une vieille amie à maman. Elle m'a sauvé la vie.*

— *Merci madame*, disent-ils à l'unisson.

— *Vous le savez, elle ne vous comprend pas.*

C'est en disant ces quelques mots que je vois une larme naître au coin des yeux aux pourtours ridés de cette aïeule. L'ai-je vexée ? A-t-elle réussi à me comprendre ? Je ne veux pas qu'elle pleure, je me sens terriblement mal. Pour me faire pardonner, je frotte ma tête et tout mon corps contre sa cuisse maigrelette.

— Tu as meilleure mine que la dernière fois, ma jolie. Même si ce n'est toujours pas très glorieux...

Elle me caresse tandis que je suis confortablement allongée sur ses jambes. Je surveille d'un œil Hiro et Jily, qui s'amusent avec une nouvelle sauterelle sur le chemin, sous le regard rieur de la vieille femme.

— Si petite et déjà mère... Tu en as que deux ? C'est assez peu commun chez les minettes. Les autres sont morts, c'est ça ?

Je ne comprends pas ses paroles mais son intonation est douce et rassurante. Je me laisse aller à fermer les yeux contre elle, mon ronronnement refait surface. Je l'avais presque oublié, ce son si reposant.

— Je suis étonnée de ne pas t'avoir vue plus tôt, ma belle. Je me promène ici presque tous les jours pourtant.

Je lui lèche les doigts, c'est un moyen pour moi de lui témoigner mon affection, ma reconnaissance pour ce doux instant de répit.

— Tu sais Kiwi, tu n'es pas tombée dans une bonne famille. J'ai pourtant cru, l'espace d'un instant, qu'Anne-Sophie s'occupait bien de sa famille... Elle s'est battue pour toi quand tu étais chez le vétérinaire. Mais... Cet homme lui a retourné le cerveau et pour couronner le tout, il l'a mise en cloque ! Quelle idiote d'être restée avec lui pour un enfant à naître, elle s'en sortait bien avec les deux premiers, un troisième n'aurait pas changé beaucoup de choses.

Je sens la colère de la vieille femme enfler alors qu'elle continue de parler. J'aimerais tellement comprendre ses paroles, peut-être sait-elle où est ma famille et ce qu'elle est devenue...

— Ils sont partis il y a quelques temps maintenant. J'entendais le chien hurler à la mort et se prendre des raclées par cette enflure. Les pauvres enfants... Comment une mère peut-elle imposer une pareille vie à ses enfants ? La chair de sa chair ? Je n'ai jamais eu la chance d'enfanter alors que j'avais mis la main sur l'homme parfait. La vie prend parfois une drôle de tournure.

Je la vois tendre une main vers Hiro, qui me regarde, perplexe face à ce geste si inattendu. Je comprends sa réaction, je les ai tant mis en garde contre les humains.

— *C'est bon, Hiro, elle est là pour nous aider.*

Alors, c'est avec toute la prudence du monde qu'il s'approche vers cette invitation à la rencontre. Il renifle les doigts fins de notre amie et recule. Ce petit cinéma est si attendrissant, les humains sont nouveaux pour eux. Jily, quant à elle, vient de me rejoindre sur le banc et me pousse avec insistance pour me signifier qu'elle aimerait téter.

— *Non, ma belle Jily. Tu commences à être trop grande pour cela.*

— *Mais ton lait est si bon et plein de forces.*

— *J'ai dit non, n'insiste pas.*

Vexée, elle redescend du banc et part faire je ne sais quoi dans les rosiers.

— *Ne pars pas trop loin,* je m'exclame.

— Tu dois être épuisée, ma belle. Nourrir des petits en vivant dans la rue, quelle tâche surhumaine ! Ils sont grands et bien portants, si on oublie l'invasion de puces que je peux deviner sur la tête du petit tigré, c'est un miracle. J'ai une amie qui recherche un chat pour lui tenir compagnie, son mari vient de mourir. J'ignore si tu comprendras un jour, mais je vais devoir emporter tes enfants, Kiwi. Ils sont assez grands pour vivre sans toi maintenant et je sais que Maggie saura bien s'occuper d'eux.

Un fin ruisseau coule désormais sur son visage tanné par les années, pourquoi autant de tristesse ? Je me redresse pour la débarrasser de ces vilaines larmes, je n'aime pas la voir ainsi.

— Je dois partir, maintenant. Je vais appeler Maggie pour avoir son avis et le cas échéant, je viendrai les chercher. Tu dois comprendre Kiwi, tu es adulte, les gens sont si... consommateurs. Tu es abîmée de partout et tu n'es plus un chaton. Un chaton, c'est mignon, joueur, vierge de toute expérience. Je ne peux pas t'accueillir chez moi et ça me brise le cœur, si tu savais...

Elle me prend dans ses bras, je déteste ça mais pour elle je peux bien faire l'effort de ne pas sortir mes griffes. Ses bras pourtant si frêles me serrent avec force contre sa poitrine, elle niche sa petite truffe dans mon cou et je l'entends prendre une profonde inspiration.

— Je te promets de remuer ciel et terre pour te trouver une famille, Kiwi.... Mais en attendant, tu dois être forte et patiente, ton tour viendra, j'en suis certaine.

Ces murmures chuchotés au creux de mon oreille sont pleins de promesses, je le sais. Cependant, le câlin commence à être long. Je tente de lui faire comprendre mon agacement sans pour autant la vexer, car les humains sont si caractériels.

— D'accord, d'accord, ça va, je te libère.

Avec agilité, je saute de ses genoux pour atterrir légèrement sur le chemin. Dans la foulée, je me frotte contre ses pieds. J'ai la profonde certitude qu'elle va nous aider, autant s'en assurer en jouant un peu plus de mon charme. Elle se lève et, après une dernière caresse, s'en va.

— Je reviens vite, mes chatons, dit-elle avant de disparaître à l'angle du chemin.

***

— *Non, maman ! Je ne veux pas te quitter !*

— *Tu n'as pas le choix ma chérie, la rue n'est une maison ni pour toi, ni pour ton frère.*

— *Elle ne l'est pas pour toi non plus, maman !*

— *Il y aura une autre boîte de transport après celle-ci et je partirai à mon tour dans une nouvelle famille qui s'occupera bien de moi.*

— *Viens avec nous,* me supplie Hiro.

— *Vous êtes grands maintenant, vous devez vivre votre vie.*

— *Non ! Je refuse,* hurle Jily.

Je m'approche de la caisse de transport où ils sont enfermés, j'ai le cœur qui bat la chamade, j'ai beau me répéter que c'est pour leur bien, c'est comme si on m'arrachait des bouts de mon âme. Je prends à part Hiro, mon bébé qui m'a tant fait souffrir à la naissance. Ce petit chaton tout fragile qui est aujourd'hui devenu un beau mâle élancé, et qui souffrira bientôt de ses instincts reproductifs. Je ne veux de ça ni pour lui, ni pour Jily.

— Hiro, mon ange, mon si généreux et intelligent enfant, je sais qu'au fond de toi tu comprends ma décision. Nous avons toujours été plus proches, toi et moi. Tu le ressens et moi aussi, il est temps pour vous de partir et de construire votre avenir.

— Mais maman... Que vas-tu faire sans nous ?

— Survivre et attendre mon tour.

— Tu es si fragile et petite, maman, je suis déjà plus grand que toi.

— Tu me sous-estimes, mon amour pour vous m'aidera à tenir et vous savoir en sécurité est tout ce qui compte.

— Il n'y aura pas d'autre boîte pour toi, c'est ça ?

— Je... Je ne pense pas, en effet.

Son corps pleure, il sait que ces quelques mots volés sont les derniers, et qu'il s'agit en réalité de déchirants adieux. Sa petite truffe tremblante s'approche de la porte aux barreaux métalliques, je m'avance à mon tour avec tendresse et nous restons ainsi unis par ce simple contact qui traduit tout l'amour que nous avons l'un pour l'autre. Son petit nez tout gris est humide et sa respiration rapide, ses yeux sont clos, comme s'il refusait de voir la réalité en face.

— Mon ange, ouvre tes yeux, je veux les voir une dernière fois.

Il s'exécute. Ses deux orbes d'un bleu océan brillent du désespoir qu'engendre notre inévitable séparation.

— Peux-tu me faire une promesse ?

— Tout ce que tu voudras, maman...

— Protège ta sœur des autres et d'elle-même, elle est si tête en l'air parfois.

— Toi aussi tu l'es maman, je n'aime pas l'idée que tu sois seule de nouveau. C'est injuste.

— Je l'ai été avant votre venue, ça ira pour moi. Adieu, Hiro.

Je lui lèche affectueusement la truffe puis me détourne de lui. Je suis de marbre, mes émotions sont comme éteintes. Ces au-revoir ne doivent pas s'éterniser, je ne tiendrai plus très longtemps ainsi sans m'écrouler sous le poids de la tristesse.

— Jily, sois forte. Tu vas voir à quel point la vie dans une famille est douce et agréable. Quoi qu'il arrive, reste avec ton frère, ensemble vous êtes plus forts et vous vous protégerez l'un l'autre. Promets-le-moi.

Sa petite patte est posée sur l'un des barreaux, j'y frotte ma mâchoire pour lui laisser un peu de mon odeur, en guise d'au-revoir.

— C'est promis, maman.

— Je t'aime Jily, croque la vie à pleines dents.

— Je le ferai.

Je m'extirpe de leur étreinte incorporelle et m'assois un peu plus loin. Dans les yeux verts de Jily, je me vois quelques mois plus tôt, quand on m'arrachait à ma propre mère. La même incompréhension, la même colère et cette irréductible peur de l'inconnu.

Je les embrasse d'un clignement des yeux. L'un me le rend avec amour et reconnaissance, l'autre se détourne de moi, blessée par ce qu'elle pense être un abandon. Je fais de mon mieux pour ne rien laisser paraître mais cela me brise le cœur, si je fais ça, c'est pour eux, pour leur assurer un avenir. J'espère sincèrement qu'un jour elle le comprendra et que, quand on se retrouvera parmi les nuages, nous pourrons en reparler et profiter de notre réunion dans l'éternité de la mort.

Mes regards dérivent vers la vieille femme qui s'était de nouveau assise sur le banc. Une larme coule sur sa joue ridée alors qu'elle devait observer nos déchirants adieux.

— Tu es courageuse, Kiwi, et une excellente mère. Nous allons prendre le relai, maintenant...

Elle se relève péniblement et saisit la boîte où mes enfants, le fruit de mes entrailles, ma raison de vivre de ces derniers mois, sont enfermés. Je les vois brinquebalés de gauche à droite, malmenés par la démarche claudicante de la vieille femme.

Les yeux bleus d'Hiro ne m'ont pas lâchée une seconde, nous grappillons le peu de temps encore en contact, ce temps si précieux.

— *Je t'aime, maman... Merci pour tout, promis je prendrai soin de Jily.*

— *Vous serez à jamais dans mon cœur...*

Puis ils disparaissent.

Cette dernière image d'eux est à jamais gravée dans ma mémoire.

Ce déchirement est accompagné d'espoirs.

Une page se tourne.

Je retourne à mon errance solitaire.

Jour 420

Aujourd'hui, il fait beau. Cette chaleur estivale me réchauffe le cœur. Je flâne allègrement sur un muret en pierre. Les rayons du soleil font briller le peu de pelage sain qu'il me reste. Je suis en piteux état. Des croûtes recouvrent une partie de mon corps dévoré par les puces. Mes mamelles pendantes sont écorchées à force de frotter sur les rudes surfaces où je me repose, et de taquiner les ronces qui me protègent des chiens errants ainsi que des humains.

Voilà un moment que je suis seule et, depuis le départ de mes petits mes mamelles n'ont pas désenflé. Bien au contraire, de petites protubérances sont apparues et les poils tombent à vue d'œil. J'ai beau lécher encore et encore, rien n'y fait, la maladie gagne du terrain. Ce mal me fait atrocement souffrir et je suis malheureusement impuissante face à son irrésistible progression.

Le vent se lève petit à petit et, de ma position, je sens l'agréable senteur de mes anciennes compagnes les roses. J'ai dû me contraindre à quitter la roseraie. Il y avait trop de chats errants dans les environs et l'absence de mes enfants a déclenché de nouveau mes chaleurs, qui attirent comme des mouches les mâles des environs. Je dois avouer que ma santé plus que douteuse m'aide, nous sommes nombreuses en ville et je ne suis pas leur premier choix, ni la meilleure candidate à la reproduction.

Malgré cette épée de Damoclès qui pèse au-dessus de mon crâne, je suis actuellement ce qu'il y a de plus détendu, enfin pour une ancienne chatte domestique sans toit ni famille. Je procrastine même si, dans ma situation, c'est synonyme de mort. Pourtant, je suis si bien là, allongée, simplement occupée à me dorer la pilule.

Je me lève malgré tout. L'expérience de la rue m'a appris la souffrance, la solitude, le froid et l'insécurité. Cependant, une leçon parmi toutes reste la plus importante, c'est de ne jamais se laisser aller. Je ne dois pas attendre d'avoir faim ou soif pour partir en quête de vivres, ni d'avoir froid pour débusquer un abri.

Je quitte donc, non sans quelques regrets, mon promontoire et pars tranquillement à la recherche de nourriture. Direction, les ignobles poubelles humaines.

Je n'ai pas à aller bien loin, les humains sont si sales et répugnants... Mais je continue encore ma marche, car je sens la présence d'un mâle, alors autant rester prudente. Je fais le tour du quartier que je connais maintenant comme ma poche. Je croise Étienne, le chat domestique le plus égoïste et le plus snob du coin. C'est un magnifique British Shorthair qui préférerait mourir que de toucher un lézard ou une petite souris. Il se toilette en ce moment même sur l'une des chaises longues de sa vieille humaine, en compagnie de son amie Potache, une petite chienne dans la fleur de l'âge, très bruyante. Cette dernière me voit longer leur haie de thuyas. Ni une ni deux, elle est partie pour des heures d'aboiements frénétiques et surexcités particulièrement agaçants, de sa petite voix fluette qui vrille dans les aiguës. Étienne me jette un regard noir, que je lui renvois avec véhémence et mépris. Il a refusé de me laisser grignoter un peu de ses croquettes en libre service il y a quelques jours, je ne lui rends que ce qu'il mérite.

Et voilà, au détour de ce jardin, via un portillon de bois, j'accède au local poubelle bien plein du pâté de maisons, surplombé par un grand chêne. L'endroit est idéalement situé, et aucun signe de chiens errants ou de quiconque pourrait me vouloir ou me faire du mal. C'est ainsi qu'avec la satisfaction d'une quête menée à bien, je saute avec aisance sur le tronc, que j'escalade à l'aide de mes griffes, pour m'installer le plus précautionneusement possible sur une branche où l'on ne me verra pas me reposer. Il est encore un peu tôt pour chasser le rat, ils ne sortent qu'à nuit tombée pour fouiller dans les immondices humaines. J'ai donc une poignée d'heures devant moi pour dormir et toiletter le peu de poils encore dignes de mériter mon attention. Quelle douce perspective.

Toutefois, le sommeil ne vient pas. L'acharnement incessant des puces sur ma peau sale et infectée me fait presque perdre la tête, et crée aussi une dette de sommeil des plus insupportables. Cela a au moins le mérite de ne plus me faire revivre la terrible mort de mes petits encore et toujours, dans mes cauchemars. Chaque jour qui passe, je pense que je vais mieux, qu'ils me manquent de moins en moins, mais ce n'est qu'un énième mensonge que je me fais pour tenir le coup. D'un côté, heureusement que je dois lutter pour vivre dans cette jungle urbaine, cela m'occupe l'esprit et éloigne la vision des cadavres de mes petits, charriés par les flots, qui hante mes cauchemars. Pour m'aider à tenir, je me remémore les doux adieux que j'ai eu la chance d'avoir avec Hiro et Jily.

Le soleil quitte l'horizon composé de toits en tuiles orange et de haies rectilignes parfaitement taillées. Bientôt, la petite vermine de la nuit en profitera pour se remplir le ventre aux crochets du gaspillage des humains. Je hume l'air frais de ce crépuscule aux multitudes de nuances de couleurs, rose, orange, bleu. C'est si beau. Jäger aurait tant aimé admirer ce spectacle, j'aurais tant souhaité qu'il soit ici à mes côtés, et je l'aurais écouté toute la nuit narrer ses merveilleuses histoires inventées, où nous vivrions dans un monde en paix. Un monde où nous aurions pu vivre notre idylle paisiblement... Penser à lui me fend le cœur, sans lui je n'ai plus d'avenir, plus rien. Je survis au jour le jour en errant sans réelle conviction ni but. Parfois, je me surprends à me dire que j'aurais dû mourir à sa place, car il était bien plus fort et courageux que moi. Après ma mort, je suis certaine qu'il aurait trouvé une autre âme égarée à secourir comme il avait pu le faire avec moi.

Un petit couinement interrompt mes lugubres pensées. Ma future victime est là, à un saut de ma cachette. Avec une lenteur calculée, je me redresse et m'approche le plus possible du point à la verticale de ma cible, juste au-dessus de sa position. Ma respiration est calme et mesurée, je suis concentrée comme jamais. Je suis comme en transe, imperturbable, la chasse est l'unique moment encore délectable de ma vie, qui n'est faite que misère et de peine. Je n'entends plus le chant crépusculaire des oiseaux ni le bruit constant des voitures.

J'observe avec intensité les mouvements chaotiques de mon prochain repas. Il s'agit d'un gros rat bien dodu. Il fouille avec frénésie un sac tout juste éventré. Je le regarde avec appétit, les yeux dilatés au maximum, ses cris me mettent encore plus l'eau à la bouche. J'attends patiemment qu'il trouve son bonheur et s'immobilise pour grignoter un peu sa trouvaille. J'ai appris par expérience que les rats emportent toujours leur trophée s'il est à leur goût, compromettant de ce fait ma chasse s'il s'en va. Le court instant où le rat goûte la nourriture, est le moment que je guette, si fugace, si précis. La seconde où son attention est focalisée sur autre chose que les bruits qui l'entourent.

Le voilà, cet instant.

Je saute.

Je suis coincée.

Le rat s'enfuit.

Je suffoque.

Je perds connaissance.

***

Le réveil est terriblement dur et violent.

Je suis déboussolée, que m'arrive-t-il ? Depuis combien de temps suis-je ainsi ? Mon corps est pendu dans le vide, je me balance de droite à gauche, impuissante. Je suis coincée, une branche s'est immiscée entre mon cou et mon collier. Mon propre poids est en train de me tuer, je peine à respirer, comme la fois où la chaleur de la voiture m'asphyxiait.

Je me démène pour me libérer de cette terrible entrave. Je refuse de mourir aussi bêtement ! Quelle situation ironique ; c'est l'unique souvenir de mon humaine, objet que je chéris depuis que je suis à la rue, qui va finalement m'ôter la vie. Par chance, je suis aussi maigre qu'un cadavre, un gros matou bien portant serait déjà mort. La mort n'est pas une option pour moi. Je me suis battue beaucoup trop longtemps pour finir de la sorte.

Je hurle à la mort pour que l'on m'entende et me sorte de ce guêpier. J'ai beau m'agiter, je n'arrive pas à me défaire de mon entrave. J'en suis au même point que ce fameux jour où elle me l'avait fixé dans la voiture, quelques aurores après mon arrivée dans son foyer.

Mes cris finissent par réveiller Potache, la petite chienne qui vit avec Étienne, et qui dormait dans le jardin après avoir aboyé à la suite de mon passage quelques heures plus tôt. Pour une fois, je suis heureuse qu'elle fasse son boucan. Rapidement, je vois les lumières des maisons humaines s'allumer et l'agitation se faire dans les jardins. Mais mon temps est compté, ma respiration se fait sifflante et un voile noir commence à occulter ma vision. Ma trachée est comprimée par le collier qui est en train de me pendre, et j'arrive à peine à faire entrer de l'air dans mes poumons en feu.

— Potache ! Mais qu'est-ce qu'il y a, ma fille ?

Je distingue un faisceau lumineux qui balaie la pelouse de gauche à droite et, au bout de cette lumière, une vieille main à la peau translucide et veinée s'agite. La grand-mère traîne des pieds, dans sa longue robe de chambre couverte de poils de chat, vers son petit chien en rogne.

La chienne hurle toujours à la mort, les deux pattes avant sur les planches latérales du petit portillon en bois qui mène au local poubelle, elle aboie à perdre haleine dans la direction où je suis en train d'asphyxier. Elle me fixe avec ses yeux noirs empreints de cette folie des chiens que je n'ai jamais pu saisir.

La vieille humaine est désormais elle aussi à mon niveau, mais avec sa minable vue de primate aveugle, elle ne me voit pas. C'est avec la force du désespoir que je couine, à défaut de hurler, pour qu'elle me trouve.

— Oh ! Qu'est-ce que j'entends là ?!

Sa voix ne m'atteint à peine.

Je ne vois plus rien.

Je me sens partir.

Je ne lutte plus.

Et, enfin, vient la libération. Je n'ai plus mal et l'étau autour de mon cou a disparu. Je respire de nouveau. Au loin, dans un halo de lumière, au pied de notre chêne centenaire, je vois Jäger qui me sourit à sa manière de chat filou sûr de lui. Je ne peux m'empêcher de lui sourire en retour, malgré l'incongruité de la situation ; il est mort, mon compagnon ne devrait pas être là, sous mes yeux. Mais cela m'est égal, je l'aime tellement et chaque seconde de sursis en sa présence est une bénédiction.

— *Jäger...*

— *Il va encore falloir que tu tiennes bon, ma douce et belle Kiwi. On se reverra, c'est promis. Pars maintenant, retourne d'où tu viens.*

— *Et mes petits, comment vont-ils ?*

— *Je m'en occupe, ils vont bien.*

— *Merci...*

— *Je t'aime.*

Je suis rassurée.

Je m'abandonne à l'inconscience.

Jour 421

— Allez debout, jeune demoiselle, murmure une voix d'homme que je pense reconnaître. Je sais, il est presque une heure du matin, mais c'est pour ton bien, ma jolie.

La mélodie de sa voix rocailleuse me sort petit à petit des limbes, mais mon esprit est encore loin, accroché à ce souvenir que je refuse de laisser partir.

— *Jäger, ne pars pas...*

Je le supplie, je hurle, je pleure.

En vain.

— Ah ! Me voilà rassurée, tu te réveilles enfin, petite fripouille. Ton collier a bien failli te tuer, s'inquiète l'humaine qui m'a décrochée de cette maudite branche.

Petit à petit, je reprends mes esprits. La lumière artificielle du plafonnier est aveuglante et me brûle les yeux qui ont souffert lors de mon accidentelle pendaison. Les grésillements des néons sont assourdissants et la nausée s'empare de tout mon corps. Mon enveloppe charnelle se vide du peu de nourriture que j'ai pu ingurgiter depuis les deux derniers jours.

— Oh, mon dieu, tes yeux sont rouge sang ! Ma pauvre petite chose, je vais éteindre la lumière et me contenter de la lampe de bureau.

Le soulagement est immédiat, les nausées se calment et je peux enfin me détendre un tant soit peu. Ma gorge est douloureuse et chaque inspiration me vaut un éclair de souffrance, mais je suis en vie, c'est le principal.

— Madame Lacroix, je pense qu'il faut l'endormir.

La voix de l'homme est navrée et compatissante, le cœur de la vieille femme manque un battement et je ressens son déchirement intérieur. Ils sont penchés sur ma carcasse infectée. Fais-je tant de peine que ça à voir ?

— Non, Germinal. On va sauver cette petite, on doit le faire.

Son ton est ferme et résolu. Le doute n'a plus sa place. Cette femme est incroyable.

— Elle est en piteux état, sincèrement, ça ne vaut pas la peine de s'acharner sur elle.

— On la sauve ! Si je dois manger des pâtes pendant six mois ou vendre mes bijoux, je le ferai avec plaisir.

— Bon, en espérant ne pas en arriver là, je vais faire mon possible pour elle. Vous pouvez la remettre dans la boîte maintenant. Je la garde pour le reste de la nuit en observation et pour faire les soins. Mon assistante va s'y atteler de suite, il y a du travail.

— Je reviens en fin de matinée, alors ?

— Essayez de vous reposer un minimum, vous paraissez aussi fatiguée que la minette.

— Oh mon cher Germinal, c'est le lot de toutes les vieilles loques de mon âge de ressembler à un cadavre.

— Bonne nuit Madame Lacroix, je vous appelle en cas de changement.

Je vois la petite femme toute rabougrie et ridée quitter la pièce à la lumière tamisée, toujours vêtue de sa robe de chambre et de chaussures en plastique trouées très hideuses. Je hume difficilement mon nouvel environnement. L'air est chargé d'une odeur que je connais, mais je suis encore trop dans le gaz pour mesurer et comprendre dans quel endroit je me trouve.

— Vous ne la soignez pas tout de suite ? s'inquiète une autre femme.

Ça y est ! Je reconnais cette voix, elle m'est si familière. Je me secoue pour sortir de cette mortelle torpeur, je tangue comme un nouveau-né jusqu'à la grille de ma boîte de transport et j'observe la pièce où je me trouve.

— Tu ne l'as pas reconnue, Mégane ?

— Je devrais ? Des chats noirs, c'est monnaie courante, Germinal.

— Une minette noire à la queue coupée, qui porte un collier rouge avec Kiwi écrit dessus ? Ça commence à faire beaucoup d'indices.

— Mais non ? Ce n'est pas vrai... Tu rigoles là ! C'est Kiwi ?! Notre Kiwi tombée du cinquième étage ?

— Je le crains, oui.

— Je vais regarder dans la base de données pour appeler sa propriétaire et la prévenir que sa minette est chez nous. Mais on la soigne malgré tout, n'est-ce pas ?

— Tout dépend de ce que dira la propriétaire.

— Mais Madame Lacroix est prête à payer s'il le faut !

— Si vraiment c'est le cas, on l'appellera pour la mettre au courant de la situation.

J'ai du mal à y croire, je suis de retour dans cet enfer, chez le vétérinaire. Je commence à paniquer, mais plus j'y pense plus je me rends compte qu'ici, j'ai toujours eu chaud et à manger et j'avais de la compagnie. En réalité, je venais de quitter le véritable enfer, la rue.

J'ignore depuis combien de temps j'ai quitté cet endroit, tout semble plus long quand on vit au jour le jour dans une perpétuelle agonie. Bob était encore là. Bob et Winston, les derniers amis qui me restent... J'espère les revoir un jour, mais savoir qu'ils sont là, quelque part, à peut-être penser à moi, me réchauffe le cœur.

J'observe l'assistante vétérinaire, celle-là même qui, matin et soir, me plongeait dans ce bain où je devais réapprendre à marcher. À cette époque je la détestais. Haïr est, je crois, plus proche de la réalité, mais maintenant, quand je la vois hurler au téléphone, je ressens comme un élan de sympathie à son égard. À sa manière, elle m'a sauvée, sans son implication et son entêtement, bien plus forts que les miens, je n'aurais jamais survécu dehors, à trembloter comme un nouveau-né sans équilibre ni force. Toutefois, ce n'est pas que grâce à elle. J'ai une dette envers Bob.

Bob...

Je vois son box, il y a un autre chien à sa place, mais la présence de Bob est encore ancrée dans l'enceinte de ce minuscule endroit. Au moins, parmi les nuages, il n'y a pas de barreaux ni de souffrance. C'est tout ce qu'il mérite, la paix et le repos.

Un poing s'effondre sur la table en acier, c'est encore Mégane. Pourquoi est-elle aussi en colère et désemparée ? Ses yeux humides se braquent sur moi, et son émotion me transperce.

— Tu dois vraiment apprendre à contrôler tes émotions et à te détacher, Meg', déclare le vétérinaire, penaud, en se lavant les mains.

— Cette pute refuse de la récupérer ! Madame aurait accouché d'un chiard et affirme que la minette est "encore" tombée du balcon. Elle m'assure qu'ils l'ont cherchée, mais je pense surtout qu'elle l'a larguée au moment où elle a appris sa grossesse.

— Il serait temps que les gens assument leurs actes... Surtout qu'un bébé et un chat ne sont pas du tout incompatibles, au contraire, ça forge le système immunitaire du petit.

— Et ne parlons pas du balcon ! Ça se protège facilement, de nos jours... Bref. On appelle Madame Lacroix ?

— Non, ce n'est pas utile. Toi et moi savons qu'elle nous donnera carte blanche, autant la laisser se reposer. C'est que cette vieille dame ne rajeunit pas !

Le vétérinaire s'approche de moi, je me tapis au fond de ma boîte pour, à défaut de l'empêcher de m'attraper, au moins lui compliquer la tâche. La bataille est rude, mais je finis par me faire avoir, comme à chaque fois.

— Viens par là, petite fripouille pouilleuse. Je ne t'avais pas pourtant dit que je ne voulais plus jamais te revoir, sauf pour tes petits vaccins ?

Mais qu'est-ce qu'il me chante avec sa petite voix aguicheuse ? AÏÏÏE ! Quelque chose de froid vient de s'immiscer dans mon arrière-train. Je suis sous le choc, et le peu de fierté qu'il me restait vient de disparaître. Je fais de mon mieux pour me soustraire à cette étreinte extrêmement désagréable, mais ces humains sont si forts !

— Quarante degrés, mademoiselle a un peu de température.

— Je vais chercher des antibiotiques.

— Merci, Meg'.

Mon examen continue encore un bon moment et je finis par me détendre un peu. De toute manière je ne peux rien y faire, alors autant que ça se finisse le plus vite possible. Tous mes orifices y passent ainsi que ma peau, mon ventre a été tondu et un liquide visqueux horriblement froid y a été étalé. Après l'homme, c'est au tour de la femme. Me revoilà dans le bain d'eau tiède, couverte d'un produit moussant sur la totalité du corps. Je vois l'eau se noircir petit à petit de mes poils et puces morts, ainsi que des nombreuses croûtes qui recouvraient une partie de mon abdomen.

Elle m'a ensuite brossée des heures durant. J'ai pris un peu de temps avant de comprendre qu'en réalité, elle menait une guerre sans merci à la colonie de puces qui avaient survécu au bain et élu domicile sur mon derme. Mon inspection se termine, alors que le soleil commence à poindre le bout de son nez par l'unique fenêtre de la salle de consultation, enfin c'est ce que je crois. On me tartine les yeux, les oreilles et la nuque de divers produits aux odeurs fortes et répugnantes, et c'est seulement là que je regagne enfin un box.

— Repose-toi bien, petite battante, tu reviens de loin. Tu as vraiment eu de la chance qu'elle t'ait retrouvée.

Je sombre doucement et sereinement dans le sommeil sous les tendres caresses de l'assistante vétérinaire, qui est assise à côté de moi dans mon box, le même que la dernière fois. Je me sens bien à ses côtés, je pensais ne jamais me sentir ainsi de nouveau, détendue et soulagée de ce poids qu'incombe sa propre survie.

Je suis sauvée.

Et je peux enfin dormir.

***

Une odeur de parfum bon marché me sort d'un sommeil sans rêves. J'ouvre un œil, encore un peu somnolente. La vieille dame est de retour. Je vois sous l'espace entre le sol et le bas de la porte ses chaussures-chaussons en plastique rose, c'est toujours aussi laid. Mes bienfaiteurs viennent à sa rencontre, après avoir terminé les soins sur une petite furette à l'odeur inconvenante.

— Madame Lacroix ! J'espère que vous vous êtes bien reposée.

— En effet, merci Germinal. Comment va la pépète ?

— Kiwi va bien, mais on a passé une bonne partie de la nuit à la remettre sur pattes et à la nettoyer.

— Kiwi ?

— Oui, elle est une de nos anciennes patientes, on l'a reconnue avec sa queue coupée et son nom était inscrit sur son collier.

— Ce prénom est empreint d'une magnifique douceur, j'aime beaucoup. Vous avez appelé ses maîtres ?

— Oui... Et elle n'en veut, ni ne souhaite en entendre parler.

— Connasse.

— De votre bouche, on dirait presque qu'il s'agit d'un compliment.

— Vous êtes un charmeur, Germinal ! Pourriez-vous me faire un petit bilan de son état ?

— Bien sûr. Alors, autant être honnête, elle avait la totale : coryza, gale, puces, quelques tiques, des tissus infectés et, plus étonnant, une mammite la ronge. C'est assez rare chez les chattes, mais bon, vu ses conditions de vie...

— Pas de typhus ?

— Non et heureusement, son pronostic vital aurait été engagé sinon. On a fait une écho, elle n'est pas pleine, mais je vous conseille fortement de la faire stériliser au plus vite, j'ai vu une masse dans l'utérus.

— Je vous l'amènerai dans quelques semaines, le temps qu'elle se requinque un peu.

La porte s'ouvre et les deux humains entrent dans la pièce. Les autres patients s'agitent un peu face à leur venue, quant à moi, je ne bouge pas d'un cil, je suis si bien ici.

— Coucou, Kiwi ! Comment ça va, ce matin ?

Le vétérinaire ouvre la grille de mon box et, tous les trois, nous nous regardons dans l'attente que l'un d'entre nous fasse le premier pas. C'est l'humaine qui commence, elle me tend une main décharnée, mais pleine d'assurance.

— Tu as meilleure mine dis donc, approche ma belle...

Face à mon refus de bouger, elle retire sa main et sort de son sac à main une petite chose à l'odeur délectable. Par réflexe, je me lèche les babines et la salive afflue dans ma bouche affamée qui n'a pas accueilli de nourriture depuis des siècles. Avec prudence, je m'approche. Ma démarche fait pitié, je rampe presque à cause de cette collerette très désagréable. Tel un serpent, je donne un coup de patte pour lui faire lâcher ce savoureux bout de viande séchée. Sans même attendre ou prendre le temps de le renifler par prudence, je le gobe et le mastique avec appétit. Que c'est bon ! En moins de deux, je l'ai fini et je file avec plus d'entrain en réclamer un autre. Je suis assise avec une patte avant posée sur un des genoux de la femme, qui est accroupie.

— En voilà une petite gourmande.

— Elle a de l'appétit, c'est bon signe. Vous pouvez repartir avec Kiwi dès maintenant, même si ça va briser le cœur de Mégane.

— Je suis une tendre, enchérit cette dernière qui vient d'arriver dans la pièce.

— Je vous revois dans une semaine pour la visite de contrôle.

— À propos de la mammite ?

— Oui, elle a encore de la température, c'est à surveiller.

— Très bien docteur, je vous remercie pour tout ce que vous avez fait.

Sans me faire prier, je rentre dans la caisse de transport en tissu rose où une multitude de petits plaids et coussins m'attendent. Je sens la présence d'une gourmandise, du même type que celle que je viens de dévorer. C'est donc avec un certain engouement que je retourne tout à l'intérieur pour mettre la patte dessus.

— Elle est pleine d'énergie, pour une minette mourante il y a encore quelques heures !

— En effet, Madame Lacroix, Kiwi est pleine de ressources.

— Avant de partir, pourriez-vous me donner une estimation de son âge ?

— Elle a un peu plus d'un an.

— Un an ?! Et elle n'a déjà plus de queue, une ribambelle de maladies et au moins une portée à son actif... Pauvre âme...

— La rue est terrible pour les chats errants et vous le savez tout aussi bien que moi.

— Je ne peux m'empêcher d'espérer qu'ils aient une vie paisible malgré le manque de nourriture...

— Si seulement. Au revoir Kiwi, à dans une semaine !

Me voilà de nouveau dans une voiture à rouler vers je ne sais où, une nouvelle maison peut-être, une nouvelle vie certainement, c'est tout ce que j'espère. Du moment que je ne retourne pas dans la rue, cela m'est égal. Toutefois, j'aurais une nette préférence pour l'endroit où je pourrais trouver d'autres de ces merveilleuses friandises.

J'ai une boule dans l'estomac, j'ai peur malgré tout. Vais-je vivre chez cette humaine ? Si c'est le cas, il y aura Étienne et Potache, et peut-être d'autres congénères dont j'ignore l'existence. Tant de questions qui maltraitent mes méninges épuisées. Je ne peux rien faire de plus, ici, dans cette caisse de transport. Autant me reposer.

Mes paupières se ferment instantanément et je rêve de Jäger, ainsi que de mes petits et de la vie que nous aurions pu avoir ensemble.

Jour 450

— Kiwi ! Viens là, ma princesse, c'est l'heure de ton traitement.

J'entends mon son favori, celui de LA boîte, celle qui renferme la réserve de friandises de ma maîtresse. Je ne peux m'empêcher d'accourir quand cette divine sonorité atteint mes oreilles sensibles, même si je sais pertinemment qu'elle fait ça afin de m'appâter et me faire subir mes soins journaliers. C'est pourquoi, malgré une position bien confortable au chaud contre le radiateur, allumé en cette semaine étrangement fraîche pour cette période de l'année, je me lève. Je m'étire de tout mon long en piétinant au passage Nouki, ma meilleure amie entre ces murs couverts de papier peint défraîchis par les années.

— *Tu es lourde, Kiwi !*

— *Ne me fais pas rire, Nouki, je suis deux fois plus petite que toi.*

— *Tu es deux fois plus petite que tout le monde, minuscule chose toute noire.*

Je quitte la seconde chambre, notre pièce dédiée aux siestes, après avoir martelé une dernière fois de mes pattes de velours le corps étendu avec nonchalance de Nouki, qui sourit à la manière des chats. Je l'adore, même si physiquement, elle me fait énormément penser à ma sœur, magnifique et gracieuse. À côté, je fais tache. Une toute petite tache toute noire avec des trous dans le pelage, qui ne peut lutter contre une grande duchesse haute sur pattes, à la fourrure immaculée et aux extrémités d'un doux chocolat. Ses yeux sont à la fois apaisants et empreints d'une certaine sournoiserie possessive, caractéristique de la race des siamois. Seul son menton n'est pas parfait, il est blanc alors que son masque chocolaté est parfaitement régulier sur tout son délicat faciès.

Sur la route vers la cuisine où m'attend notre bienfaitrice, je traverse le couloir et je croise Biscuit, le rival d'Étienne sous ce toit. Ce gros matou, au pelage composé d'une palette de nuance de roux, maltraite un des nombreux arbres à chat de la maison, de ses griffes minutieusement entretenues en prévision d'une prochaine rixe avec Étienne.

— *Coucou, Biscuit !*

— *Casse-toi, Kiwi ! Je suis occupé.*

— *Je pense qu'il est l'heure de tes médicaments, Biscuit, viens avec moi s'il te plaît.*

Ce dernier ne rechigne pas, enfin pour un chat toujours ronchon. Je ne suis là que depuis peu de temps, mais j'ai rapidement endossé le rôle de la maman poule, ici. J'aime m'occuper d'eux, et Nouki pense que c'est à cause de mes nombreuses pertes. J'ai besoin de protéger mon entourage, de m'assurer qu'il ne manque de rien et que cela restera ainsi le plus longtemps possible.

— *Tu ressembles de moins en moins à un petit rat galeux, dis donc !*

— *Tu as vu, et ces maudites puces ont enfin disparu.*

— *Je suis content que tu sois ici avec nous, Kiwi...*

— *Pourquoi dis-tu cela ?*

— *Étienne est fou de rage quand il te voit et ça, ça n'a pas de prix !*

— *Tu es un emmerdeur, Biscuit, tu le sais ça ?*

— *Non, je n'aime pas les cons, c'est différent.*

— *Et un jour, ça va mal finir, j'aimerais que vous cessiez de vous chercher comme ça !*

Nous arrivons à la cuisine et mon interlocuteur en profite pour fuir la conversation en sautant avec agilité sur le genou de la vieille femme, qui nous attendait patiemment devant son feuilleton télévisé matinal. Je le reconnais au jingle particulier qui accompagne mes soins depuis mon arrivée.

— *Voilà la galeuse... et l'obèse...* nous accueille Étienne avec sa continuelle perfidie, du haut de la couchette sur l'étagère.

— *Ta gueule, Étienne* ! je lance, avant même que Biscuit n'ait eu le temps de réagir.

Ce dernier me regarde, interrogateur, tandis que le matou au pelage gris bleuté quitte la maison par la fenêtre, vexé de s'être fait moucher par la dernière venue. Je souris.

— *Je déteste quand vous vous battez, mais ce n'est pas pour autant que je l'apprécie,* je lui avoue.

— *Je t'adore, toi ! Méfiez-vous de la Kiwi qui sourit...*

Biscuit avale sa pilule sans faire de cinéma et s'échappe de l'étreinte de sa maîtresse pour sortir à son tour à la poursuite d'Étienne. Du coin de l'œil, je vois son ennemi juré se carapater à toute vitesse et se mettre en sécurité sur la plus haute branche du plus grand arbre du jardin. Ce même jardin que j'ai si souvent traversé lors de mes journées de triste errance.

— À ton tour, ma belle.

Je saute sans me faire prier sur ses genoux chaleureux, au passage je récolte de tendres caresses derrière la nuque, ces attentions m'avaient tant manqué. Je la vois sortir, avec précaution, les différents tubes de pommade à l'odeur entêtante. Elle me pose sur le bar qui fait la démarcation entre la cuisine et le salon. Je n'aime pas être ici, je suis beaucoup trop exposée, à la vue de tous.

Je ronchonne, mais je fais de mon mieux pour rester immobile malgré mes vieux réflexes de chat errant qui a la peau dure.

— On commence par la pommade pour les petites noreilles de madame Kiwi.

Elle me tartine les oreilles et, je dois l'avouer, j'ai connu des attentions plus agréables. À la suite de ce soin, je ne ressemble vraiment à rien et j'essuie les moqueries de ma nouvelle famille.

— Les yeux de madame Kiwi. Hop hop, on se calme ma princesse, je sais que ce n'est pas drôle, mais c'est pour ton bien.

Je ne vois plus rien avec cette crème sur les yeux. Quelle plaie !

— Maintenant, on s'allonge gentiment sur le bar, que je regarde ces jolies petites mamelles. Oh ! Je vois que c'est bientôt réglé, ça aussi.

Elle me libère enfin et je file m'asseoir à côté de la boîte en aluminium au contenu si délectable.

— Tu ne perds jamais le nord, toi.

Je m'impatiente, cette humaine est si lente, tous ses mouvements sont mous et exaspérants à observer, surtout quand j'attends LA friandise.

— Et en voilà deux pour toi, tu as été parfaite aujourd'hui, comme à chaque fois, petit ange.

Ni une ni deux, je file avec mes trophées me cacher sous le lit pour les manger en paix. Je n'apprécie guère ces soins, mais ils me font du bien. Je sens le changement au plus profond de moi, malgré cet insidieux appel qui me retourne le ventre et m'oblige presque à me rouler au sol quand je sens qu'un mâle est dans les parages. Saletés d'instincts reproductifs...

Mes friandises englouties, je sors de ma cachette pour enfin profiter de cette nouvelle journée. Entre ces murs, tout le monde a ses petites habitudes. Étienne passe le plus clair de son temps à flâner dans le jardin en compagnie de Potache qui, pour l'instant, prolonge sa nuit sur la chaise à bascule de notre humaine, intelligemment disposée de long d'un radiateur qui diffuse juste ce qu'il faut en chaleur. Nouki, quant à elle, a un quotidien un peu plus aléatoire, elle peut passer une matinée entière à se toiletter et à dormir, tout comme elle peut accompagner Biscuit dans ses aventures au-delà du jardin. Ces deux-là sont inséparables, de véritables âmes sœurs. Ils me font penser à Jäger et moi il n'y a pas si longtemps que ça, même si notre relation était unique et exceptionnelle.

Je n'ai pas envie d'être seule ce matin. Je file à la recherche de Nouki que je retrouve à sa place d'origine, dans la même position à buller et très certainement en train de rêver, vu l'agitation de ses pattes gantées. Je suis rassurée de la voir, car je sentais que cette journée allait être une de celles où la morosité me gagne pour ne plus me quitter avant le coucher du soleil. Elle est mon amie, ma confidente, la seule ici que je ne materne pas, car elle est mon pilier. Si, petit à petit, je me relève et retrouve le goût à la vie, c'est grâce à sa patience lors des mes déprimes et sa bonhomie le reste du temps. Je m'en veux de la monopoliser ainsi. Biscuit lui manque, c'est certain, mais je l'avoue, j'ai décidé d'être égoïste. J'en ai besoin.

— *Tu vas bien ?* murmure-t-elle, encore à moitié endormie.

— *Ça va, oui.*

— *Arrête de me mentir, je t'ai entendue souffler alors que je rêvais de tout, sauf d'une Kiwi déprimée.*

— *Désolée.*

Je ne le suis pas du tout en réalité, le fait qu'elle soit réveillée me comble de bonheur.

— *Tu veux faire quoi, aujourd'hui ?*

— J'aimerais grimper dans le grand chêne au fond du jardin...

— Tu ne peux pas sortir, Kiwi ! Tu n'es pas encore totalement rétablie et tu empestes la chatte en chaleur.

— Je me tiendrai tranquille, c'est promis. Je veux juste retrouver cette sensation que j'avais avec Jäger dans notre arbre. Sentir la sève circuler dans l'arbre, ou encore le doux craquement de l'écorce et le délicat bruissement des feuilles.

— Ce n'est pas négociable.

— Je suis en train de l'oublier, Nouki. J'oublie Jäger, c'est à peine si je me souviens du son de sa voix et de la texture de son pelage. C'est une question de vie ou de mort, si je l'oublie, ma vie ne vaut plus la peine d'être vécue.

— Tu exagères, ma belle...

— Imagine-toi une seconde sans Biscuit. Et que la seule chose qui te garde liée à lui est un arbre qui se trouve à une journée de marche exténuante d'où tu te trouves, inatteignable, et que cet arbre à quelques mètres peut, malgré tout, t'aider à supporter ce deuil un jour de plus.

— Notre humaine t'emmènera te faire stériliser quand tu seras guérie, c'est pour bientôt. Ne prends pas le risque de te blesser ou de disparaître, ce qui compromettrait tous tes efforts et ceux de notre maîtresse qui a fait tout son possible pour te sauver. Tu penses à elle un peu ? Et au mal que cela lui ferait si tu venais à t'enfuir ou à être de nouveau blessée et mourante ?

Je reste muette. Nouki a raison et à cet instant précis, je la déteste. Ne devrait-elle pas être de mon côté ? Me soutenir dans cette monstrueuse épreuve qu'est le deuil ? Maintenant que je suis sauvée et que ma survie n'est plus ce qui m'obsède et me fait avancer nuit et jour, j'ai tout le temps de penser à Jäger et je sens que je commence à perdre pied.

— Kiwi, j'ai une question...

— Oui ?

— Tu me parles beaucoup de Jäger, mais pourtant tu as été mère. Pourquoi tu n'évoques pas tes petits plus que ça ?

— Je... C'est difficile à dire...

— Pardon, je suis allée trop loin. Mais, c'est qu'avec Biscuit on en a parlé et ça nous inquiète, on a peur que tu refoules la tristesse de leur perte.

— Il n'y a rien à refouler ! Ils sont le fruit de la souffrance et du désespoir. J'ai été violée à plusieurs reprises ce soir-là... Alors que le corps de Jäger était encore tiède un peu plus loin au même instant, il est mort pour me protéger de ça ! Me protéger de la faim décuplée, des douleurs de la mise bas, de cet asservissement que cela crée et cet amour inconditionnel que tu ressens sans même le vouloir, car ils sont le fruit de la souffrance. Leur mort m'a anéantie, mais ce n'est pas comparable. Tu comprendrais si tu avais connu cette situation, Nouki ! Alors au lieu de parler dans mon dos avec Biscuit, contentez-vous de vivre votre amour bien loin de mes yeux, car ça, oui en effet, ça me rend malade de tristesse.

Je m'en vais aussitôt ma tirade terminée. Je ne pouvais plus la regarder en face, pas à cause de ce qu'elle venait de me dire, mais de ce que moi je venais de lui faire subir. Nouki n'a pas mérité la haine que je viens de lui cracher à la figure, cette même haine engendrée par la jalousie sournoise qui me ronge. Aveuglée par tous ces sentiments négatifs et oppressants, je prends l'irrationnelle décision de m'enfuir, quitter cette maison chaleureuse et pleine d'amour. Je n'ai pas ma place ici, je ne mérite pas tout ce confort et ces attentions, si j'ai terminé dans la rue, ce n'est pas pour rien. Je suis mauvaise, une vermine bonne à crever la gueule ouverte entre deux sacs-poubelle puants de déchets en décomposition.

Sans prendre le temps de jeter un dernier regard à l'endroit où j'ai vécu pendant plus de deux semaines, je me faufile par la fenêtre entre-ouverte. J'entends à peine les cris de panique de ma bienfaitrice. Celle qui s'est saignée pour payer mes soins, celle qui a passé des nuits blanches à me veiller, inquiète de me retrouver sans vie le lendemain matin. Ce qu'elle ne comprend pas, est que c'est mieux ainsi, je la soulage d'un poids en partant. Elle n'en a peut-être pas conscience, mais je sens à quel point elle est usée par la vie, son corps est une épave qu'elle traîne et pousse jusqu'au bout. Je ne veux pas participer à son déclin, elle mérite de vivre le plus longtemps possible contrairement à moi, qui ne sème que mort et désespoir.

Je traverse le jardin à toute allure, je jubile ! Cela faisait un moment que je n'avais pas autant sollicité mes muscles. Je me sens tel un oiseau qui réapprend à voler et qui savoure la caresse du vent sur son corps taillé pour la vitesse. Dans ma course pour retourner en enfer, je croise Potache, qui ne loupe pas l'occasion d'aboyer tout en tentant de me bloquer la route.

— *Kiwi ! Reste là, c'est insensé de partir maintenant !* hurle-t-elle à mon arrière-train déjà bien loin.

J'arrive à la haie de thuyas qui marque la délimitation du jardin. Au-delà de cette rangée dense, c'est la vie sauvage qui m'attend. Je stoppe net à un pas des premières branches à la forte odeur de sève résineuse. Je suis à bout de souffle, je n'ai plus l'habitude de me donner autant. Je reste plantée là quelques secondes, à peser le pour et le contre. Quand j'aurai dépassé cette haie, il n'y aura plus aucun retour possible, ma fierté ne supporterait pas de revenir la queue entre les pattes.

C'est mieux ainsi, si je pars je ne dérangerai plus personne. Je m'engage sous les branches pleines de toiles d'araignées, mon esprit est vide. Ma décision est prise.

— *Kiwi !*

Cette voix... Je me retourne lentement, prête à en découdre.

— *Que veux-tu, Étienne ?!*

— *Reste, s'il te plaît.*

— *Pourquoi ? Tu ne m'as jamais aimée, de toute manière. Rappelle-toi, il y a encore quelques semaines, tu étais prêt à me laisser crever de faim.*

— *C'est différent maintenant.*

— *En quoi est-ce différent ?*

— *Tu fais partie de notre famille. On ne s'apprécie pas tous, c'est certain. Or, c'est le cas dans toutes les familles.*

— *Je n'ai pas ma place dans votre famille...*

Il s'approche de moi, et c'est la première fois que je suis aussi proche de lui. Il est plus grand que je ne me l'imaginais, une douce autorité émane de lui et un brin de sensualité même. Il me fixe de ses yeux aussi verts qu'une prairie flattée par le soleil, je n'arrive pas à soutenir son regard, qui me transperce. Je me sens comme un chaton que l'on juge à cause de mes mauvaises actions.

— *Tu te trompes. Si tu t'en vas, tu vas briser le cœur de notre humaine et le dernier souvenir que Nouki aura de toi sera celui d'une petite conne écervelée.*

— *Cela m'est complètement égal.*

— *C'est ça. Ne joue pas à ce petit jeu de dure à cuire avec moi. Si tu pars, tu vas mourir. C'est aussi simple que ça.*

— *Je m'en vais. Au revoir, Étienne.*

Il me bloque la route de tout son corps gracile. Je me détourne de lui, il ne réussira pas à me faire changer d'avis, et je pars en direction opposée. Le chêne sera donc l'issue qui me mènera vers le toit de la cabane de jardin du voisin.

C'est à peine arrivée sur l'épaisse branche, qui me narguait depuis des jours et des jours par la fenêtre du salon, qu'Étienne me barre de nouveau le chemin. Il sourit, fier de lui et de m'avoir coincée une seconde fois. Biscuit est là aussi, un peu plus haut, son regard est sincèrement mauvais, il m'en veut, c'est indéniable. Nouki a dû cafter.

— *Laissez-moi m'en aller,* je gronde.

— *Pas avant que tu te sois excusée auprès de Nouki. Tu lui as fait énormément de mal,* me lance Biscuit.

— *Elle m'a provoquée.*

— *Mais boucle-la, Kiwi !*

— *Que cherches-tu à prouver en partant ?*

Je m'apprête à leur répondre d'aller se faire voir, quand j'entends un son familier résonner au niveau de la terrasse. Je détourne mon regard de Biscuit et d'Étienne. Notre petite dame âgée secoue désespérément la boîte de friandises et crie mon nom, en larmes. Elle me fait tellement de peine, je lui dois tellement.

De là où je suis, en me concentrant un peu, je peux entendre les battements irréguliers de son cœur rongé par l'inquiétude. Elle est souffrante, elle ne devrait pas être dehors avec le vent froid qui balaie le quartier. Nouki est à ses côtés, ainsi que Potache. Tous, à leur manière, attendent que je me décide enfin à rentrer dans le rang.

— *Si tu pars, tu vas la tuer, Kiwi,* finit par conclure Étienne.

— *Et on ne te laissera pas faire ça,* me menace Biscuit.

À quoi bon lutter. Mon destin est déjà tout tracé et je suis persuadée que la rue sera ma dernière maison. Tôt ou tard, je m'y trouverai de nouveau. Autant laisser les choses se faire et profiter du répit qui m'est accordé.

— *Vous l'aurez voulu.*

Avant de sauter de la branche et de retourner m'excuser auprès de Nouki, je jette un dernier regard sur la vallée. Le soleil est presque complètement levé et je me rends compte qu'à l'époque de ma vie sauvage dans le champ, la beauté des aurores n'avait rien à voir avec l'arbre où je me trouvais, mais plutôt avec qui j'admirais le lever de cet impérieux astre. Je suis émue. Jäger était mon soleil, le seul et l'unique, irremplaçable. Toutefois, quand il fait nuit et que tout espoir est perdu, une multitude d'étoiles vous guident et vous tendent la main pour vous soutenir. Nouki, Biscuit, Étienne et même l'agaçante Potache sont mes étoiles, toutes réunies sous la voûte protectrice de notre humaine, aussi vieille et lente soit-elle.

Je me sens mieux.

Je rentre à la maison.

Jour 587

— *Bonjour, moi c'est Kiwi. Comment tu te sens ?*

— *Où suis-je ?!*

— *En sécurité, chez une merveilleuse humaine qui ne te veut que du bien.*

Nous sommes en hiver et une nouvelle venue vient de rejoindre notre drôle de famille recomposée. Elle est cloîtrée au fond de la même cage de transport dans laquelle je suis arrivée, il y a quelques mois maintenant. Elle est tétanisée et ses coussinets sont en sang, rongés par le froid.

Je m'allonge à l'entrée de la boîte et je débute une petite toilette, comme si tout était normal et qu'il n'y avait rien à craindre ici pour elle.

— *Kiwi... C'est joli comme prénom*, me chuchote-t-elle.

— *Je te remercie, c'est ma deuxième humaine qui me l'a donné. Et toi, quel est ton nom ?*

— *Châtaigne, car je suis née entre les racines d'un immense châtaigner. Tu as eu beaucoup d'humaines ?*

— *Si je compte celle à qui appartient la maison où nous sommes actuellement, j'en ai eu trois. J'ai beaucoup erré dans la rue aussi.*

— *Tu es bien traitée ici ?*

— *Comme une reine. Quand je suis arrivée, j'étais malade et dans un état bien pire que le tien, je n'aurais pas tenu une semaine de plus dehors si la vieille dame ne m'avait pas secourue.*

— *Je... J'ai peur*, avoue-t-elle à demi-mot.

— C'est normal. Tu sortiras quand tu voudras, en attendant ça te dérange si je reste ici ? Ta boîte est à côté du radiateur et mon derrière est très frileux.

Je l'entends pouffer, je suis heureuse de la faire rire. Le rire est le meilleur des remèdes contre la peur. Du coin de l'œil, j'aperçois Biscuit et Nouki en train de nous observer, du haut de l'arbre à chat au fond du couloir. Ils se moquent de moi et, en guise de remerciement, je me retourne pour qu'ils puissent admirer mes fesses. C'est moi qui ai hérité de la lourde tâche de rencontrer la nouvelle venue. Nouki m'avait accueillie, après l'avoir elle-même été par Biscuit. Étienne est le plus ancien pensionnaire de la maisonnée et, d'après ce que j'ai cru comprendre, la rivalité entre Biscuit et ce dernier date de leur rencontre, où la jalousie d'Étienne n'a pas pu être contenue quand l'humaine s'occupait du blessé au pelage roux flamboyant.

J'attaque le toilettage de mon ventre tondu, des fils sortent de ma peau qui est maintenant presque cicatrisée. En effet, l'opération a enfin eu lieu. J'ai attendu si longtemps enfermée entre les quatre murs de cette maison qui, à force, était devenue plus qu'étouffante. La douleur a presque disparu ainsi que l'état comateux qui a suivi l'anesthésie. À mon plus grand étonnement, j'ai récupéré très rapidement. Pas comme la fois où le vétérinaire a du m'opérer d'urgence, suite à mon agression par l'affreux humain blafard.

J'ai donc logiquement reçu l'autorisation de sortir de nouveau, mais je n'en ai toujours pas eu le courage. Tous les matins, quand notre humaine prend son café, elle ouvre la fenêtre de la cuisine et je suis l'humble spectatrice du défilé de mes comparses qui sortent se dégourdir les pattes et profiter de l'air vivifiant de la nature encore figée dans le froid hivernal. Tandis que moi, c'est la peur qui me fige. Mon élan de bravoure de la dernière fois a désormais quitté mon âme, je me suis ramollie et le peu de courage qu'il me restait est parti en fumée.

— Kiwi, ça va ? Tu n'as pas trop froid ?

— Étienne ! Non, ça va, et toi ?

— Ça va... Je me demandais, du coup, si tu accepterais de sortir dehors avec moi, aujourd'hui ?

— Je... Je ne sais pas. Je ne me sens pas encore prête.

— Cela te ferait tellement de bien.

— Je sais... Une prochaine fois, je te le promets, Étienne.

— Bien, je file alors.

Je le regarde s'éloigner, il est clairement déçu, mais je n'y peux rien, la peur est trop forte.

— Vous formez un beau couple vous deux, dit une petite voix moqueuse toujours bien cachée au fond de la boîte.

Je stoppe net ma toilette en cours. Étienne et moi, un couple ?! Jamais de la vie !

— Tu te méprends, Châtaigne. Mon... Mon cœur est déjà pris...

— Et l'heureux élu est ici ?

— Non. Mort.

— Je suis navrée, l'amour de ma vie aussi a perdu la vie.

Nous restons silencieuses quelque temps, à méditer sur nos amours disparues et la misère qu'ont été nos vies avant d'arriver ici.

— *Que lui est-il arrivé ?* me demande Châtaigne, la gorge nouée par, je pense, son propre chagrin.

Son drame ne doit pas dater de très longtemps, je me revois en elle à l'époque où j'ignorais encore ma grossesse et que mon âme s'était éteinte.

— Et si tu sortais de ta cachette ? Nous en parlerions au chaud sur une couette bien douillette. Ça te tente ?

— Je... Je ne sais pas... J'ai encore un peu peur.

— Il n'y a rien à craindre. Étienne est le plus ronchon de la bande et tu vois qu'il n'est pas si terrible que ça, au final. Biscuit et Nouki ont hâte de te rencontrer aussi.

— Il y a beaucoup de monde ?

— Non juste ce qu'il faut, la maison est grande et la nourriture est à profusion. Donc si je récapitule, il y a Biscuit, Nouki, Étienne, Potache et moi. Bien sûr, tu viens compléter notre petite famille.

— Potache ?

— Oui, une petite chienne inoffensive, mais très agaçante quand elle aboie.

— Je n'ai pas les mêmes, ils sont violents et méchants.

— Potache est une crème, et est à peine plus grosse que moi.

— Un chien si petit, c'est possible ?!

— Je ne sais pas comment je dois le prendre, je ris. *Mais oui, les chiens sont si différents d'un individu à l'autre. Mon premier ami, Winston, était... est un chien de taille moyenne avec des grosses pattes arquées et les babines pleines de bave. Du haut de mon balcon, j'observais toute une délégation de chiens de toutes formes, tailles et couleurs.*

— Je vais sortir, alors.

La petite silhouette aux yeux ambrés se lève, l'air de la caisse est déplacé par ses mouvements et j'ai du mal à réprimer mon malaise. Elle sent la charogne et son haleine est contaminée par la maladie. Elle se déplace avec raideur, j'ai mal pour elle, ses coussinets sont si abîmés. Elle passe devant moi et la vue de son corps, certes déparasité chez le vétérinaire, au pelage encore partiellement emmêlé et couvert de croûtes purulentes, me soulève le cœur. Tous ces vestiges me bouleversent. Châtaigne a dû connaître bon nombre de rixes de rue.

Étais-je comme elle, le jour de mon arrivée ?

Je préfère autant ne pas m'en souvenir.

Sous ses pas, sur le carrelage blanc du salon, apparaissent de régulières petites taches de sang. Ses coussinets se sont ouverts. Cependant, elle se comporte comme si elle ne sentait rien. Quelle force de la nature ! Elle renifle tous les meubles et surfaces avec méfiance, je la comprends, elle doit détecter tellement de nouvelles odeurs. La voir ainsi évoluer parmi les bibelots couverts de poussière de notre humaine, me fait repenser aux premiers jours que j'ai passé dans cette famille ; je n'en menais vraiment pas large, encore moins quand j'ai compris que j'étais sous le même toit qu'Étienne, le chat que j'ai tant aimé détester.

Je ne peux défaire mon regard de sa silhouette qui évolue dans son nouvel environnement, elle est à la fois craintive et de plus en plus curieuse. Châtaigne aurait pu être une minette de toute beauté, si la rue n'avait pas joué son rôle à la perfection, je devine que ses poils avaient, un jour, été longs et soyeux. Je l'imagine aisément, sa divine robe crème parsemée d'une multitude de taches noires et marron qui flirte avec les rayons du soleil, sa queue est un magnifique panache et je la vois se pavaner sur le parapet, les longs poils de ses oreilles charriés par le vent matinal.

— *Tu vois Châtaigne, tu ne risques rien ici.*

Je m'approche d'elle tout en laissant une distance de sécurité raisonnable entre nous pour ne pas l'effrayer. Cependant, un bruit m'interpelle, je me concentre sur ce son inédit dans cette maison. Cette valse sonore provient en réalité de notre nouvelle venue, c'est clair maintenant, quelque chose cloche chez elle.

Je ne peux m'empêcher de la dévisager, je suis si perplexe, impossible de mettre le doigt sur la nature de ce bruit.

— Pourquoi me regardes-tu ainsi ?

— J'entends un bruit étrange qui émane de toi.

— Ce n'est rien.

— Qu'est-ce que c'est ?

— Mon cœur, il est malade.

Châtaigne s'immobilise afin que je puisse mieux entendre les étonnantes palpitations de son cœur, qui résonnent dans sa poitrine.

Boum Boumfff, Boum Boumfff...

C'est ça, le sifflement que j'entendais.

— C'est... impressionnant à écouter. Est-ce que tu souffres ?

— Cela me handicape plus qu'autre chose. Je m'essouffle très vite et, parfois, je suis extrêmement fatiguée alors que rien ne le justifie.

— Je suis désolée pour toi, cela ne doit pas être simple à vivre.

— Pas autant qu'une queue en moins, j'imagine.

— Peut-être, mais c'est surtout une question d'habitude.

Nous continuons à parler ainsi, alors qu'elle découvre un peu plus en profondeur les moindres recoins poussiéreux et habités par les araignées du salon. C'est si agréable de pouvoir parler à quelqu'un des souffrances connues dans la rue, la faim, le froid et les nombreux harcèlements. Je me sens moins seule, je suis la seule ici à avoir vécu dans la rue plus d'un mois. Biscuit a été abandonné chez le vétérinaire, selon lui c'est à cause du traitement qu'il doit prendre, ses anciens propriétaires n'ont plus voulu de lui à cause de cela. Nouki, quant à elle, eh bien... Je l'ignore, nous sommes amies, mais je ne connais rien d'elle, ni de son passé, ni de sa vie. Étienne et Potache restent des mystères, mais les cicatrices sur le nez du félin racé ne signifient rien de bien reluisant.

— Oh, nom d'une pipe en bois ! Tu es de sortie, petite chipie, s'exclame Josie Lacroix. Que je suis bête, j'ai dû laisser la cage ouverte en partant de chez Germinal.

Notre humaine toute ratatinée et pleine de rhumatismes se penche, et tente d'attraper la petite minette qui se carapate à toute vitesse.

— *Laisse-toi faire*, je dis, un peu grincheuse face à son comportement de chaton.

Mais Châtaigne n'en a strictement rien à faire. Elle continue à esquiver les bras décharnés de la vieille femme déjà à bout de souffle.

— Arrête de me faire courir ainsi, petite gredine, je ne suis plus de la première jeunesse.

Mais ce que la nouvelle ne sait pas encore, c'est qu'on n'apprend pas au vieux singe à faire la grimace. La chatte pouilleuse se retrouve acculée dans une petite cabane en fibres tressées, où Nouki aime tant dormir l'après-midi. Notre maîtresse attrape un oreiller et le plaque à l'entrée de sa prison provisoire. J'entends Châtaigne s'énerver et s'acharner sur l'oreiller, qui doit certainement être hors d'usage maintenant.

Soudain, j'aperçois une patte griffue jaillir entre le coussin et l'entrée de la cabane. C'est avec impuissance que je vois l'une de ses serres aiguisées s'enfoncer en profondeur dans la tendre chair du bras de la vieille femme, qui a dû lâcher son étreinte sur l'oreille, libérant de ce fait son agresseur.

Châtaigne file, telle une princesse malveillante, et je la maudis tandis qu'elle se pavane fièrement dans la pièce, tout comme ma sœur, que j'ai tant jalousée. Je la rattrape rapidement. Elle lèche ardemment ses griffes ensanglantées, en dessous des chaises de bar disposées sous le plan de travail qui délimite la cuisine et le salon. Je suis en colère, comment a-t-elle pu faire du mal à notre humaine, qui ne lui veut que du bien et qui fait tout son possible pour l'aider ?

— *C'est ignoble, ce que tu viens de faire !*

— *Je n'ai fait que me défendre. Elle m'a prise au piège !*

— *Parce que tu ne te laissais pas attraper.*

— *Qu'allait-elle me faire après m'avoir mis la main dessus ? Je préférerais autant ne pas savoir.*

— *Elle ne t'aurait jamais fait de mal... C'est une bonne humaine, elle allait très certainement te faire tes soins, ou bien te donner une friandise.*

— *Ne te moque pas de moi Kiwi. Aucun humain n'est à ce point généreux et gentil.*

— *Je te promets qu'elle l'est. Aie confiance.*

— *La confiance rend faible et la faiblesse entraîne la mort.*

— *Tu exagères peut-être un peu, Châtaigne, là.*

— *Non, mais j'hallucine ! Tu as connu mieux que quiconque la violence et la barbarie des humains, et tu oses prendre leur défense devant moi ?!*

Alors qu'elle crache son venin avec rage sur moi, je vois son pelage se gonfler à toute vitesse, ses yeux, si craintifs il y a peu, brillent dorénavant d'une lueur malsaine empreinte d'une dose de folie, dont jamais je n'aurais soupçonné l'existence. Son aura me fait froid dans le dos. Elle s'avance vers moi et je recule instinctivement pour garder une distance raisonnable entre nous deux. Mon souffle est court, j'ai peur. Si j'avais encore eu ma queue, elle serait en ce moment même entre mes pattes et aussi tremblante qu'une feuille soumise aux aléas du vent.

Je heurte le coin du mur.

Je suis à mon tour prise au piège.

— *Pourquoi agis-tu ainsi ? Je ne comprends pas...*

— *Tu exhales la peur, Kiwi. Je plains le pauvre idiot qui a donné sa vie pour sauver une petite chose aussi minable et fragile que toi...*

— *Ferme-la maintenant ! Tu ne sais pas de quoi tu parles.*

Je cherche désespérément des yeux mon humaine ou toute autre source d'aide. Châtaigne s'approche encore un peu plus de moi et je ne peux retenir un grondement sourd de mise en garde, un pas de plus et c'est la guerre. Mais où sont Nouki et Biscuit ? Je ne les vois plus sur l'arbre à chat, ils ont dû filer faire une petite promenade dehors sans que je les remarque. Que faire... Je n'ai pas envie de me battre, j'ai déjà mené beaucoup trop de combats lors de ma si courte vie.

— *Et bien Kiwi,* crache-t-elle comme si mon nom était une insulte. *On cherche des renforts ? Je ne te ferai rien si tu te comportes comme une mignonne petite chose aussi insignifiante qu'une fourmi.*

— *Mais il se passe quoi dans ta tête, là ?! Quand tu es arrivée, tu paraissais si gentille, et là tu me fais penser à un démon !*

— *Bonne question... Peut-être que je n'ai pas toute ma tête. Mais, vois-tu, parfois, je ressens cette intense et délectable envie de saigner tout ce qui bouge.*

Un léger bruit d'atterrissage se fait entendre sur le plan de travail de la cuisine, interrompant le glaçant monologue de la démoniaque Châtaigne. Son pelage, revenu depuis peu à la normale, gonfle derechef à la vue d'Étienne qui saute avec nonchalance sur le carrelage. Son regard ne nous a pas lâchées une seconde, il est perplexe et ne cache pas son étonnement de nous voir en chiens de faïence, alors que nous papotions tranquillement quand il est parti. Il renifle les taches de sang qui jonchent le sol, l'inquiétude marque son visage habituellement impassible.

— *Il se passe quoi ici, au juste ?*

Il concentre son regard interrogateur sur moi. Je suis dans mes petits souliers, honteuse de m'être fait acculer de la sorte.

— *Il ne se passe absolument rien*, déclare Châtaigne, aussi tranchante que la glace. *N'est-ce pas, Kiwi ?*

— *Toi, la nouvelle, je ne t'ai pas sonnée.*

Étienne est en colère, il sait.

— *Je t'ai entendue feuler, Kiwi, tu as besoin d'aide ?*

Je le vois bien dans son expression, la Kiwi qu'il connaît, qui avait survécu des mois dans la rue, ne se serait jamais fait aussi facilement marcher dessus par une chatte malade et blessée.

— *Divergence d'opinions,* je lance maladroitement, avec le peu d'assurance que je puisse insuffler à ma voix contaminée par la peur.

Ça y est, je lui fais officiellement pitié. Je me déteste. Étienne se tourne vers Châtaigne. Son attitude ne souffre pas de discussion et je sens l'agressivité de cette dernière flancher.

— *Retourne gentiment dans ta boîte*, ordonne-t-il de son autorité naturelle.

— *Je fais ce que je veux, je suis libre comme l'air.*

— *Alors tu n'as pas ta place dans notre famille.*

— *Famille ?! Quelle mascarade ! Tu accours comme un bon petit toutou pour venir sauver la fragile et toute petite Kiwi, alors qu'elle n'en a strictement rien à faire de toi, mon pauvre.*

— *C'est n'importe quoi*, je siffle, entre deux grognements.

— *Ça suffit.*

Mon ami s'avance vers Châtaigne, et le peu d'assurance qui reste à cette dernière s'envole, au fur et à mesure que s'épaissit l'épaisse fourrure bleue chinchilla d'Étienne. Il est impressionnant. Ce n'est pas contre moi qu'est tournée sa colère, mais pourtant je suis tout aussi effrayée, si ce n'est plus.

— *Toi la vaurienne, je ne le dirai pas une troisième fois, retourne dans ta boîte.*

— *Et si je refuse ?*

— *Ce ne sera pas ton cœur malade ni ta folie qui te tuera, mais mes griffes qui pourfendront ton abdomen, libérant lentement, mais sûrement, tes viscères à la vue de tous.*

Charmant, je pense. Plus théâtral, tu meurs.

Et je ne peux m'empêcher de frémir de dégoût en imaginant simplement cette effroyable possibilité. Sans se faire plus prier, la féline à l'humeur changeante file se terrer dans sa boîte. Étienne lui emboîte le pas et, d'un coup de tête rageur, il pousse l'unique battant de la caisse de transport. Le message est clair : ne t'avise pas de sortir de là.

Avec prudence, je m'écarte du mur et m'approche d'Étienne qui, peu à peu, se calme pour retrouver son éternelle expression de blasé distant qui le caractérise si bien.

— *Merci...*

— *Pas de quoi,* dit-il légèrement comme s'il venait de me donner un coup de pouce anodin.

— *Famille,* je murmure.

— *Famille*, il me répond, avec un sourire en coin.

Unis, quoi qu'il arrive... je termine dans ma tête.

Avec reconnaissance, je frotte ma tête contre sa mâchoire. Son odeur, un subtil mélange de haie fraîchement taillée et de lavande, me fait papillonner les entrailles. J'avais oublié à quel point la nature sentait bon, à moins que ce soit lui qui me perturbe autant, la remarque de Châtaigne ayant déjà fait son œuvre dans mon esprit.

— *La télévision n'est pas allumée ?* me demande Étienne, coupant court mes réflexions intérieures. *Elle ne déroge jamais à son petit rituel matinal, c'est étrange.*

— *Châtaigne s'en est prise à notre humaine... Elle l'a blessée.*

— *Où est-elle ?!*

— *Je ne sais pas, je ne l'ai pas vue partir.*

D'un commun accord, nous parcourrons la maison à sa recherche. Nouki et Biscuit sont, eux aussi, aux abonnés absents. Nous finissons par tous les retrouver dans la salle de douche, où notre humaine tente difficilement de comprimer sa plaie.

— *Elle n'y est pas allée de main morte*, grogne Étienne.

— *Ah, vous voilà ! Où est l'autre bougresse qui a osé faire ça à notre vieille femme ?* fulmine Biscuit, allongé dans l'évier.

— *Dans la boîte, Étienne lui a fait peur,* je réponds.

Nouki, assise dans le panier à linge propre, regarde l'intéressé avec un brin de crainte, alors que Biscuit se contente d'un clin d'œil complice. Depuis quelques semaines, ils s'entendent mieux. Quel soulagement pour nous tous sous ce toit, leurs bagarres incessantes étaient épuisantes et, un jour ou l'autre, il y aurait eu un blessé.

Après avoir passé un bras tremblant sous l'eau chaude une nouvelle fois, j'ai pu entrapercevoir avec une atroce fascination la longue et profonde estafilade qui traverse le bras de l'humaine si chère à nos cœurs. L'entaille est aussi étendue qu'une main de bipède. Elle doit tant souffrir. Sous le choc, la vieille femme tente de soigner sa plaie qui continue à déverser une grande quantité de sang. À deux reprises, elle fait tomber un flacon à l'odeur âcre, qui me fait penser aux verres de liquide ambré que buvait l'humain responsable de ma queue coupée. De la sueur perle sur son front alors qu'elle se baisse une troisième fois pour ouvrir ce maudit contenant. Elle grogne et s'énerve dans la langue de son espèce, que nous ne pouvons comprendre, toutefois ce n'est pas difficile à interpréter.

Agacée, elle délaisse le flacon au profit d'épaisses gazes, qu'elle protège fermement avec un bandage lui-même maintenu grâce à du ruban adhésif.

— Oh, mes chatons, vous êtes tous là. Merci de veiller sur moi, mes petits anges adorés.

Tour à tour, elle nous gratifie d'une caresse. Ses mains sont froides et peu assurées, elle a besoin de repos. Je lui lèche les doigts. Un goût métallique persiste sur mes papilles sensibles au sang.

— En effet, cette coquine ne m'a pas ratée, mais ne t'inquiète pas, Kiwi. On doit lui laisser le temps de s'acclimater.

Je suis si inquiète pour elle. À son âge, elle ne devrait pas souffrir de telles blessures, ni solliciter autant son cœur qui bat encore à tout rompre.

— Mais où est Potache ? Cette gredine est la plus jeune sous ce toit et elle dort plus que nous tous réunis.

L'aïeule range à la hâte sa trousse à pharmacie et le désordre restant de la pièce, puis la quitte de son éternelle marche claudicante. J'entends s'éloigner les grincements de ses chaussures en plastique et nous partons à sa suite, telle une délégation rongée par l'inquiétude. Où qu'elle aille, nous la suivons, trop inquiets pour la quitter des yeux. Toutefois, le soulagement finit enfin par pointer le bout de son nez quand notre humaine enferme Châtaigne la tigresse dans le bureau.

Petit à petit, la journée commence à reprendre son cours normal. La théière siffle et la télévision grésille. Ni une ni deux, nous délaissons la grande blessée et nous filons nous réunir dans la seconde chambre.

Biscuit, accompagné de ses quelques kilos en trop, saute sur le lit où une Potache dormait à poings fermés.

— Je croyais que vous, les chats, étiez connus pour votre incroyable discrétion.

— Et vous, les chiens, comme le meilleur ami de l'homme et, pourtant, tu n'étais pas là pour protéger la vieille du monstre qu'on lui a déposé ce matin.

— Un monstre ?!

En deux mots, Nouki lui résume la situation et Potache file à toute allure s'assurer que sa vénérée maîtresse va bien.

— Quel phénomène, cette chienne, se marre Biscuit, qui se laisse toiletter par une Nouki distraite.

— Kiwi, peux-tu m'expliquer ce qui s'est passé ? Quand je suis parti, tout allait parfaitement bien et, l'heure d'après, je vous retrouve à deux doigts de vous battre, et des gouttes de sang jonchaient le sol.

— Châtaigne a disjoncté quand notre humaine a tenté de l'attraper, mais avant, elle se promenait calmement dans le salon. Rien ne semblait indiquer une quelconque agressivité, j'explique, le plus concisément possible.

Étienne et Biscuit échangent un regard qui en dit long.

— Les garçons, vous avez quelque chose à nous dire ?

— J'ignore si tu as déjà vu ton cher et tendre avant qu'il ne prenne ses pilules tous les matins ?

— Non, j'ai toujours connu Biscuit ainsi.

— Eh bien j'avais le même genre de réaction, avant. Il suffisait d'un simple élément perturbateur pour que je parte en vrille et que j'attaque tout ce qui bouge. Si on fait bien attention, cette nouvelle venue me ressemble un peu, grandes oreilles, pelage qui va du roux au marron, haute sur pattes...

— Tu es tout sauf haut sur pattes ! lance Nouki.

— J'ai un peu grossi, certes, mais avant j'étais élancé et gracieux.

— Mais elle a les poils longs !

— Tu cherches la petite bête, Kiwi... Ce que je veux vous dire, c'est que nous avons certainement un ancêtre en commun, ou une prédisposition à ce mal. Mes parents l'avaient, en fait presque tous les chats de notre élevage étaient bipolaires. Peut-être une question de race...

Je suis un peu perdue, c'est si compliqué comme explication. Les races, les genres, l'apparence et les liens du sang... Trop abstrait pour moi.

— Vous voyez la cicatrice sur mon nez ? reprend Étienne en nous montrant la balafre sur sa truffe. *C'est Biscuit qui me l'a faite, un jour où il a refusé de prendre son homéopathie et que son état n'était pas encore stabilisé.*

— Mais vous vous êtes toujours plus au moins battus, lance Nouki.

— Rien à voir, répond Biscuit. *On se chamaille, c'est notre manière de voir qui est le plus fort de nous deux. Là, on te parle de véritables affrontements qui auraient pu très mal finir.*

— Je vois... Je dois avouer que j'ai du mal à imaginer que tu puisses avoir une quelconque agressivité en toi, tu es si doux.

Étienne et moi-même détournons les yeux, tandis que les deux tourtereaux ne peuvent contenir plus longtemps une douce effusion de tendresse réciproque.

— *Bref,* les interrompt Étienne, mal à l'aise. *Je pense que Châtaigne est atteinte du même mal.*

— *Ou qu'elle a tout simplement été traumatisée par la rue,* je propose. *J'ai vu son corps, elle en a bavé, vraiment.*

— *Que faire ?* s'inquiète Nouki.

— *Notre maîtresse a bien réagi pour moi, elle saura en faire de même pour la nouvelle*, répond Biscuit à sa partenaire, pour la rassurer.

Un silence s'installe entre nous. Notre réunion de crise est manifestement terminée.

— *Je vais prendre l'air,* déclare Étienne avant de quitter la chambre.

Biscuit et Nouki me regardent avec insistance, un sourire moqueur brille dans leurs yeux complices.

— *Quoi ?*

— *Tu ne le rejoins pas ?*

— *Pourquoi dites-vous ça ?*

— *Oh ne te moque pas de nous, Kiwi, il y a une tension entre vous deux, c'est palpable.*

— *Foutaises.*

Ils gloussent face à ma gêne évidente. Je quitte à mon tour la pièce, trop mal à l'aise. Deux remarques de ce genre en l'espace d'une matinée, c'est trop pour moi. Autant affronter de nouveau Châtaigne qu'écouter une seconde de plus leur baratin.

Étienne...

Nous sommes si différents.

Je ne peux l'aimer.

Je ne trahirai pas Jäger.

Jour 602

Je me réveille le sourire aux lèvres, enfin façon de parler, n'oublions pas que je suis un chat. Ce matin, mon esprit est encore embrumé par de nombreux rêves et je remarque avec bonheur la chaleureuse présence d'Étienne dans mon dos. Il m'a rejoint dans la nuit pour me tenir compagnie au creux du panier où Châtaigne avait été prise au piège, il y a maintenant deux semaines. Ses moustaches en mouvement chatouillent agréablement mon oreille, il doit rêver lui aussi.

Se remémore-t-il la journée de la veille ?

Moi oui.

C'était une parenthèse enchantée, où lui et moi avions réciproquement ouvert nos cœurs. Je me pelotonne un peu plus contre lui.

Je suis si bien.

Je suis heureuse.

Je suis amoureuse.

J'ai mis du temps, beaucoup de temps, à assumer ce sentiment. La culpabilité m'étouffait, puis, à force de patience et de longues discussions, tous deux allongés sur les branches de notre chêne, j'ai enfin pu comprendre. Comprendre qu'en ouvrant mon cœur à Étienne, je ne le fermais pas non plus à Jäger. Il y a de la place pour tout le monde.

Je ferme à nouveau les yeux. Mes souffrances sont si lointaines. Elles sont devenues presque irréelles. Seules mes cicatrices me rappellent mon passé et je me surprends à penser que cette vie que j'ai, ici, entre ces murs, n'est peut-être qu'un rêve.

— Kiwi...

C'est Étienne, j'aurais pourtant parié qu'il dormait profondément.

— Oui ?

— Tu penses trop fort.

— Désolée.

— Ne t'excuse pas, sauf si ce sont de douloureuses réflexions.

— Non, bien au contraire.

— Tant mieux. Je peux me rendormir alors ? Notre escapade d'hier m'a épuisé.

— Oui, bien sûr, rendors-toi.

Je le sens se réinstaller confortablement contre moi et les songes l'emportent presque immédiatement. Quant à moi, mes pensées vagabondent, comme nous avons pu vagabonder hier.

Enfin, enfin, je suis retournée sur l'if. Enfin, je l'ai retrouvé. Cette visite était ce qu'il me manquait pour vivre mon deuil de manière plus sereine, plus tendre, plus aimante. La colère n'a plus sa place en moi, elle appartient désormais au passé.

C'est Étienne qui a été à l'origine de ce pèlerinage et je l'en remercie. Revoir ce panorama unique au monde n'avait aucun prix, et sentir la force vitale de cet arbre sous mes griffes fut une renaissance.

C'est donc l'esprit libéré que je m'endors à mon tour.

Je pense à Hiro et Jily.

Que font-ils ?

Pensent-ils à moi ?

J'espère qu'ils ne sont pas trop inquiets pour moi.

Je vais bien, maintenant.

Merveilleusement bien.

Jour 620

Je me sens défaillir. Je suis une des derniers arrivés et la première à être mise à l'écart. Il n'y a plus rien à manger, plus rien à boire, et ne règnent plus ni civilité ni respect. C'est la loi du plus fort et, à ce petit jeu-là, j'ai perdu d'avance.

Biscuit est de plus en plus agressif maintenant qu'il ne prend plus ses médicaments et la faim agit comme un catalyseur sur son comportement. Il est retranché dans la cuisine à feuler sans cesse, avec une hargne désespérée. Une bagarre a éclaté entre lui et Étienne, ils se sont disputés les dernières croquettes, uniques rescapées d'un des sacs que j'avais réussi à faire tomber d'une étagère de la buanderie. C'était il y a cinq jours. Maintenant, Étienne arbore une plaie purulente à l'œil droit et la fièvre le vide de ses forces. L'eau croupie des coupelles d'eau des nombreuses plantes est asséchée et nous a tous rendus malades, nous vidant encore plus du peu de nourriture ingurgitée et de nos forces.

L'odeur est de plus en plus insupportable. La dépouille de notre vieille humaine sent la charogne en putréfaction, des marques de griffes et de crocs la rendent méconnaissable et des vers jonchent dorénavant son cadavre devenu immangeable, même pour les plus affamés d'entre nous.

La folie nous guette.

La mort nous nargue.

La soif de vivre nous quitte.

Châtaigne est morte, elle a voulu passer par l'embrasure de la fenêtre en V, mais y est restée coincée. Le poids de son corps la tirant toujours plus vers le bas, en l'asphyxiant sous nos regards impuissants. Les corbeaux sont venus fêter ça en lui arrachant des lambeaux de chair, quelques heures à peine après son dernier soupir.

J'ai cru reconnaître celui qui m'avait servi de guide pour retrouver mes humains et Winston. Ses yeux ont malicieusement brillé à ma vue.

— *Tôt ou tard, Kiwi...* avait-il dit, à moins que ce ne soient mes sens qui m'aient joué des tours.

Quant à moi, je me contente de survivre. Je dévore les mouches, qui pullulent autour de nos excréments tapissant impunément le sol. Les mouches, notre seul salut, aussi temporaire soit-il.

Je m'allonge discrètement dans le meuble sous la télé. Cette place est précieuse, d'ici je peux tout observer. Toutefois, la faim et la soif me fatiguent, et je m'endors sans m'en apercevoir, mais, même dans le sommeil, je suis à l'affût. Je distingue les déplacements de mes compagnons de souffrance, leurs miaulements désespérés, leurs feulements territoriaux, les pleurs de Nouki, qui ne peut que regarder avec impuissance l'amour de sa vie se transformer petit à petit en monstre. Biscuit ne la reconnaît plus et je ne peux imaginer sa souffrance. Hier encore, il a bien failli lui ôter la vie alors qu'elle tentait une nouvelle fois de le raisonner.

Écouter son chagrin me rend mélancolique. J'ai connu ça, avant elle. On ne guérit jamais vraiment de ce deuil, c'est à peine s'il devient supportable avec le temps. Cependant, que ce soit Nouki ou moi, nous n'avons pas le choix, nous nous devons de survivre pour ceux qu'on aime, pour leur faire honneur, pour vivre la vie qu'ils n'ont pas eu la chance d'avoir. Biscuit est encore en vie, c'est déjà ça, l'espoir subsiste même s'il s'amenuise au fil des jours. Mon amie ne doit pas perdre espoir.

Jäger... J'espère que tout va bien là où vous êtes, ici c'est l'enfer.

Potache est recluse dans la chambre de notre maîtresse à protéger, coûte que coûte, son cadavre jusqu'à ce que la mort l'emporte. Je commence à croire qu'elle est la plus forte d'entre nous. C'est la seule qui arrive encore à se contenir malgré les jours d'enfermement, la faim, la soif et l'insalubrité. La seule chose qui nous prouve qu'elle est en vie sont ses aboiements compulsifs quand un humain se promène le long du trottoir, de l'autre côté du mur de notre geôle. C'est difficile à admettre, mais Potache est notre seule et unique chance de sortir d'ici vivants.

Cette pensée me plonge dans une profonde déprime. Nous sommes cinq âmes errantes dans cette petite maison exiguë. Le désespoir nous guette et le sommeil s'enfonce encore plus dans les profondeurs de ma désolation. Je suis sourde à leur détresse, je m'envole à la rencontre d'une proie alléchante capable de me remplir l'estomac, même si ce n'est qu'un rêve.

***

L'air se rafraîchit et l'atmosphère s'alourdit dans ce champ de tulipes. Les bourrasques de vent font ployer à leur guise les belles fleurs qui surplombent la multitude de plants de luzerne. La parcelle est immense et je soupçonne même que le champ soit sans fin. Je sais que je rêve, tout est bien trop parfait, mais ça m'est égal, ici au moins la faim me laisse en paix et je peux m'adonner aux plaisirs de la chasse. En ce moment même, je traque une petite famille de campagnols, en compagnie de mes amis Nouki et Biscuit. Étienne nous observe du haut d'un muret, il arbore son magnifique sourire en coin que je lui rends amoureusement. La vie est si belle. Mais cette vie-là n'est qu'un doux et inaccessible rêve, dont j'ai été tirée par un impensable bruit de cliquetis provenant d'une serrure.

Toutes les pauvres âmes de la maison se mettent en branle, comme si ce simple petit bruit était en fait un coup de fusil. Les plus froussards, Biscuit et Étienne, filent se mettre à l'abri et les moins farouches, Potache et Nouki, s'agglutinent devant la porte d'entrée. Un concert de miaulements rauques et insistants me vrille les tympans, alors que j'ai la plus grande des difficultés à émerger.

Je ne suis que l'observatrice de cette pièce de théâtre dont j'attends patiemment le dénouement, à savoir, si nous allons vraiment être sauvés de cet enfer.

— Holà les chats-chats ! Comment ça va, aujourd'hui ? lance gaiement Caroline, l'aide-soignante d'une association d'aide aux personnes âgées.

Elle n'a pas fait deux pas qu'elle fronce déjà le nez, son visage se décompose au même rythme que son regard qui découvre l'état de l'entrée et du salon. La jeune humaine, aux dessins étranges sur le cou, porte ses mains tremblantes à sa bouche et retient un hurlement d'angoisse. Elle vient de comprendre ce que ce désordre implique. Une nausée incontrôlable s'empare d'elle et, aussi vite que ses jambes flageolantes peuvent se mouvoir, elle nous quitte pour mieux aller vomir tripes et boyaux derrière une voiture.

La porte est grande ouverte, je ne sais pas quoi faire. Nous sommes plusieurs à lorgner cet entrebâillement, synonyme de la fin de notre calvaire. Mais nous connaissons tous ici, à part Potache, la rude et terrifiante vie de la rue. Le choix est cornélien.

— *Ce n'est pas une bonne idée*, les met en garde Nouki.

Mais Potache tente sa chance. Prudemment, elle passe la tête en dehors de notre prison toxique. Gauche, droite, gauche, et nous la voyons disparaître à toute allure, je crois bien que nous ne la reverrons jamais. Sait-elle au moins où elle vient de mettre les pattes ? Cet autre enfer peut paraître attrayant et plus gérable que notre situation actuelle, mais la rue est une véritable jungle, dont une multitude de dangers, visibles ou non, nous guette constamment.

La porte claque, fermée avec violence et répugnance par notre brève visiteuse. Ce geste de rejet marque la fin de la courte trêve de notre épreuve. L'air sain et frais de la rue, qui s'était engouffré pour notre pur plaisir, commence déjà à être contaminé et vicié par les émanations pestilentielles des deux cadavres en décomposition, ainsi que nos matières fécales et notre urine tapissant les murs.

Les heures défilent de nouveau, aussi déprimantes, si ce n'est plus, que la centaine précédente. Au moment où cette porte s'est close, nos espoirs sont partis en fumée. Personne n'ose le dire, mais nous détestons tous Potache d'avoir puisé le courage de partir dans sa pure ignorance. Parfois, le savoir est comme une chaîne aux pattes, qui nous pèse et nous empêche d'avancer.

Puis, enfin, vient la délivrance. Quand une nuée d'humains pénètre dans ce supplice, tout semble si irréel. Tous vêtus d'épaisses combinaisons blanches. Je peux à peine sentir l'odeur de leur souffle tellement elles sont étanches. Je n'ai jamais été aussi heureuse de voir des humains, aussi étranges soient-ils, même si mon euphorie a été un peu tempérée quand ils nous ont entassés deux par deux dans de grandes caisses qui sentent le chien malade. Au moins, je suis satisfaite de mon colocataire d'infortune, Étienne. Depuis notre altercation qui date de la mort de notre humaine, il me fuit comme si j'étais porteuse de la gale.

La fièvre l'épuise et, sans même un regard, il se roule en boule dans un coin de la caisse de transport. Je soupçonne que son orgueil, très mal placé, ne l'empêche de se montrer à moi aussi affaibli. Je ne peux que le regarder passer, impuissante, submergée par la tristesse.

Nouki et Biscuit se retrouvent dans la même boîte. J'ai peur pour Nouki. Son partenaire est très dangereux, il me suffit de voir Étienne pour me rappeler la violence dont il a pu faire preuve lors de ses accès de rage.

Tout s'est déroulé si vite. Sous nos yeux, fatigués pour moi, revanchards pour Biscuit, et inquiets pour Nouki, plusieurs humains munis d'appareils photo et de drôles d'objets ont observé et débattu autour de la dépouille de notre bienfaitrice, comme si c'était normal de voir cela tous les jours que dieu fait. Ensuite, ils ont extrait son corps sans vie pour mieux l'installer dans un sac plastique, et c'est la dernière image que je vis d'elle. Une forme méconnaissable et en voie de décomposition, puante et définitivement morte, rien à voir avec la vieille humaine coquette et souriante, qui m'avait sauvée de ce collier qui m'étouffait à petit feu. Ses chaussures en plastique rose gisent dans le couloir. J'aurais tant aimé les entendre grincer de nouveau sous ses pas.

Petit à petit, ils quittent tous la maison alors que nous sommes toujours dans ces cages désespérément closes.

— Kévin, attends une petite seconde, s'il te plaît, interpelle un homme de grande taille.

— Oui, inspecteur Paolini ?

— À vue de nez, selon toi là, quelle est la cause du décès ?

— La logique me fait penser à une crise cardiaque, vu son âge avancé, ses antécédents cardio-vasculaires et le fait qu'elle soit décédée dans son lit.

— Mais, car il y a toujours un mais ?

— Oui, c'est ça. Son bras droit est intact puisqu'il était sous la couette, protégé des chats. J'ai noté la présence d'une longue estafilade de quinze centimètres, la plaie était infectée au possible avec un léger début de gangrène. Cette blessure est donc pré-mortem, monsieur.

— Elle serait morte d'une infection ?

— À quatre-vingt-cinq ans, tout est plus ou moins mortel. Mais je pense qu'elle n'a pas songé à désinfecter la plaie.

— Et cette coupure, elle vient d'où ?

— Certainement un des chats, mais si la défunte s'en était bien occupée, il n'y aurait pas eu de problème. Une griffure ne tue pas si elle est prise en charge correctement.

— D'accord, je vais demander une autopsie, je pense que les proches voudront savoir.

— Oui, c'est plus prudent, en effet.

— Merci, Kévin, on reste en contact.

— Bonne journée, inspecteur.

Le grand homme charismatique s'approche de moi. Il a la peau noire, c'est le premier humain de ce type que je vois. J'adore. Il me ressemble et je trouvais bien triste que les humains soient tous si identiques et blafards.

— Bonjour toi, tu es mignon ou mignonne peut-être. Je ne connais pas grand-chose aux chats. En tout cas, votre calvaire est bientôt fini, c'est promis.

Il se redresse et va chercher dans sa sacoche une petite bouteille, j'entends le clapotis de l'eau, il m'appelle, c'est comme un doux chant hypnotique. Avec adresse, il slalome entre les excréments et attrape quelques écuelles dans le placard. Il remplit avec soin quatre contenants pour les quatre pauvres âmes que nous sommes, piégées dans ces cages.

— Et voilà pour vous, à défaut de vous nourrir, au moins je peux faire ça.

Nous sommes les derniers à être servis. J'entends Nouki et Biscuit laper à toute vitesse, ce dernier gronde, toujours aussi virulent et impatient. Le généreux humain pousse délicatement la porte de la cage, y dépose deux écuelles et les remplit à ras bord. Je suis plantée là, à regarder l'eau que j'ai tant attendue. J'y vois mon reflet, longtemps j'ai cru qu'il s'agissait d'une inconnue qui vivait dans un autre monde, cela ne m'a jamais semblé aussi vrai qu'aujourd'hui. Mes yeux sont enflés, ils paraissent disproportionnés par rapport aux traits de mon visage émacié. Je me détourne de ce lugubre miroir. Je dois avant tout m'assurer qu'Étienne s'hydrate.

— *Étienne... Il y a de l'eau, viens boire un peu, je t'en supplie.*

Il ne réagit pas.

Il ne bouge plus.

Mon sang ne fait qu'un tour. Non, il ne peut pas être mort. C'est impossible, inconcevable. Pas encore ! Pas lui...

Je m'approche de lui, mon cœur est à deux doigts d'imploser, la faim. La soif, plus rien n'a d'importance.

Je le pousse de mon museau, avec crainte.

— *Étienne ?...*

— *Laisse-moi mourir en paix, Kiwi !* grogne-t-il.

Il est en vie !

— *Il y a de l'eau, lève-toi maintenant !*

Mais, malgré toutes mes supplications, il refuse de bouger, il s'entête et se complaît dans sa souffrance psychologique et physique.

— *N'abandonne pas, tu es plus fort que ça !*

Je suis en colère. En colère contre lui qui baisse les bras beaucoup trop facilement, et contre la mort elle-même, qui emporte mes proches à tour de bras.

— Hey, petit chat. Pourquoi es-tu prostré comme ça dans ton coin ?

Une grande main rassurante s'approche de mon Étienne, sans crainte ni appréhension. Avec douceur, il le fait glisser sur le sol de la cage et l'approche de la porte pour mieux l'observer. C'est la première fois depuis longtemps que j'ai l'occasion de voir la plaie d'Étienne. Elle sent mauvais et suinte beaucoup, son œil n'est plus. Son organe a enflé à cause de l'infection, c'est devenu une immense masse blanchâtre et cauchemardesque. La souffrance doit être inimaginable.

— Quelle horreur... Comment peux-tu vivre avec une telle blessure ?

Je vois l'épouvante marquer le visage cet humain au grand cœur. Il est à genoux devant notre cage et une larme d'effroi coule le long de sa joue ébène. Il a laissé notre porte ouverte, mais je n'ai aucune envie de partir. Je suis comme lui, sous le choc.

C'est à ce moment-là que je comprends que cet homme allait en faire bien plus pour nous que ce que nous aurions pu espérer. Il sort de sa sacoche un mouchoir bleuté parfaitement plié, qui sent la lavande comme Étienne, le jour où j'ai compris mes sentiments pour lui.

— Je vais voir ce que je peux faire. Tiens bon.

Il trempe l'étoffe dans l'une des écuelles encore pleines et, avec toute la prudence et l'application du monde, il nettoie la plaie purulente de mon compagnon. Un grondement puissant et clair monte au sein de la poitrine fébrile d'Étienne. Comment fait-il pour insuffler autant de force à cette mise en garde, alors qu'il est au bord de l'agonie ?

Le mouchoir est gorgé de pus et de sang, l'odeur me débecte et je n'ose imaginer ce que doit ressentir l'humain. Après quelques minutes de soins minutieux, la plaie semble déjà un peu plus propre et la masse que forme son œil crevé a un peu désenflé, toutefois la fièvre est encore bien présente et c'est elle, la menace.

— Bois, petit chat, ordonne l'homme, de sa voix impérieuse.

Il ne reste qu'une écuelle, l'autre ayant été utilisée à maintes reprises pour rincer le tissu infecté par la lésion. Contre toute attente, Étienne s'exécute sans dire un mot, ni même regarder dans ma direction. Nous ne comprenons pas ce que disent les humains, mais son intonation était claire. Pourquoi l'a-t-il écouté alors que moi non ? Ça me fend le cœur, pourquoi m'en veut-il ? Je n'ai pourtant rien fait pour susciter sa colère...

Mais peu importe l'origine de ce ressentiment, il boit et c'est tout ce qui compte.

À lui seul, il finit l'eau pourtant présente en quantité. Entre temps, notre ange gardien s'est lavé les mains à l'extérieur avec le jet d'eau et un produit déniché dans un des placards. Il revient à la hâte et remplit de nouveau tous les contenants. Nouki et Biscuit, que je n'entendais plus depuis un moment, se remettent à boire ardemment.

C'est enfin mon tour, je peux étancher cette soif dévorante. La première gorgée est très douloureuse, ma gorge est sèche et j'ai cette drôle de sensation que l'eau reste coincée dans mon œsophage. Je tousse, une fois puis une autre fois, m'empêchant de boire à ma guise. Quand une main chaude vient tapoter avec fermeté sur mon dos, cela m'aide et je peux recommencer à boire. Tout en lapant ces si précieuses gorgées, je ne peux m'empêcher de le regarder dans les yeux au moment où je reprends ma respiration. Il respire la bonté et l'amour. Je tente de le remercier en un regard, j'aimerais tellement qu'il ressente lui aussi mon indéfectible reconnaissance. Je cligne des yeux et il me sourit, peut-être a-t-il compris mon message. Dans tous les cas, je suis ravie d'être à l'origine de ce sourire. Moi aussi, à ma manière, lui aurai procuré un peu de bonheur aujourd'hui.

— Tu es si belle, petite minette. Je le vois dans tes douces prunelles émeraude, seule une femme peut avoir autant de force et de charme en elle, et que tu sois un chat ne change rien.

Sa voix me transperce. Je l'ignore pourquoi, mais une profonde tristesse monte en moi. Une petite voix me murmure que c'est la personne que je cherchais, l'humain avec qui je pourrais enfin me sentir chez moi, le seul bipède qui ne m'abandonnera jamais.

— J'aimerais tant tous vous adopter, surtout toi, belle panthère, mais ma femme a une santé fragile. J'ignore si elle pourrait endurer votre présence sans que son état ne s'aggrave...

Une nouvelle larme coule sur sa joue brune. Je ressens son impuissance, face à notre situation, qui le ronge. Je me frotte contre les grilles de la cage. Je sais qu'il m'observe, qu'il constate avec horreur mes nombreuses cicatrices, qu'il imagine les tourments dont mes mamelles pendantes sont les vestiges. Avec prudence, il approche ses doigts de mon petit nez scarifié. Je le renifle, ça sent un peu le poulet, le savon et Étienne. La première odeur me met l'eau à la bouche, j'ai si faim.

Je lèche avidement ses doigts encore humides, à travers ces oppressants barreaux, et il sourit de nouveau. Cet instant est magique pour lui, mais pour moi ce sont des secondes en plus où je meurs de faim.

— Bon... Bonjour ? dit une jeune fille tout en annonçant sa présence en toquant discrètement sur l'encadrement de la porte d'entrée.

L'humain se relève, après nous avoir jeté un dernier regard compatissant, et part dans la direction de la nouvelle venue.

— Bonjour, vous êtes Marie, la petite-fille de madame Lacroix ?

— Oui, c'est moi. Où est-elle ?

— Son corps a déjà été extrait, j'ai demandé une autopsie pour déterminer précisément les circonstances du décès.

— Ce sera à moi de la payer ou pas ?

— L'autopsie ? Je l'ignore, je pourrais me renseigner. Mais je vous ai demandé de venir, car vous êtes sa seule famille en ville et nous ne savons pas quoi faire de ses chats.

— Mais je n'en veux pas de ces bêtes-là, moi !

— À la mort de votre grand-mère, ces bêtes, comme vous le dites, sont devenues votre problème, votre responsabilité, mademoiselle Lacroix.

— Ce n'est en aucun cas ma faute, si elle accumulait chez elle des chats galeux et une chienne hystérique.

— Une chienne ? On ne l'a pas vue.

— Ce n'est pas plus mal, elle avait un pet au casque.

— Bref. Si vous ne vouliez pas en hériter, il fallait peut-être s'occuper un peu plus de votre grand-mère, elle devait être bien seule pour qu'on ne retrouve son corps qu'au bout d'une quinzaine de jours.

— Cela ne vous regarde pas, inspecteur.

— Si vous le dites. Un des chats est grièvement blessé, il doit voir un vétérinaire au plus vite.

La femme-enfant s'approche avec réticence, elle a le nez froncé et le dégoût est, lui aussi, bien présent dans ses pupilles dilatées.

— Le gris ?

— Oui, il a un œil de crevé.

— Peut importe ce qu'il a, je le ferai piquer dans la soirée, je n'ai pas les moyens d'avoir un Smartphone digne de ce nom, alors le soigner...

— Vous n'en avez pas l'envie, surtout.

— Qu'est-ce que ça peut vous faire ? Vous n'êtes qu'un flic.

Que se passe-t-il ?

Pourquoi autant de tension dans l'air ?

Il ne va pas nous laisser dans les mains d'une personne dénuée de cœur ?

Mais pourtant, c'est bien ce qu'il se passe.

On nous charge sans ménagement dans un coffre et je vois pour la dernière fois cet homme qui m'a tant charmée.

— *J'ai faim,* se plaint Nouki.

— *On a tous faim,* je lui réponds sans ménagement.

La porte du coffre claque, l'humaine grimpe laborieusement dans son véhicule, qui grince de mécontentement sous son poids, le contact enflamme le moteur et nous nous éloignons lentement de la silhouette peinée de l'homme au grand cœur.

Les râles de souffrance d'Étienne derrière Nouki et moi me donnent froid dans le dos, tout ceci est un immense déjà-vu que je maudis. À moins que ce soit moi qui sois maudite...

Soudain, la voiture s'arrête. Nos caisses glissent à cause du freinage et nous sommes propulsés au fond du coffre. Je retombe sur Étienne. Je fais de mon mieux pour ne pas lui ajouter de souffrances inutiles, mais dans cet enchevêtrement de pattes et de poils, c'est difficile de ne pas le piétiner.

Je me redresse, tandis que j'aperçois, par la vitre arrière, l'humain à la peau noire nous rattraper. L'horrible femme ouvre difficilement sa fenêtre, à l'aide d'une sorte de moulinet mécontent.

— Oui, inspecteur ?

— Je garde le chat blessé avec moi et il ira voir un vétérinaire.

— C'est vous qui voyez, servez-vous, il est dans le coffre.

Notre bienfaiteur quitte l'avant du véhicule et ouvre le coffre. Je suis aux anges, il vient nous sauver ! Il nous sourit. Mais aucune joie n'émane de ce si doux rictus, j'y vois de la peine et de la compassion. Avec délicatesse, il retire sa veste, la plie et, doucement, il se saisit d'Étienne. L'homme l'embrasse sur la nuque et lui murmure des paroles que je devine réconfortantes. Au bord de l'agonie, Étienne ronronne, enfin, il essaie. C'est la première fois que je l'entends faire ça.

L'humain nous jette un dernier regard coupable et ferme le coffre. Nous repartons et je ne peux détacher mon regard de la masse informe blottie dans le tissu, bien cachée dans les bras protecteurs de cet homme.

Nous quittons la rue.

Je ne les vois plus.

Je me détourne à mon tour.

C'est de moins en moins difficile avec le temps.

Mon cœur se durcit.

C'est ça ou succomber au chagrin.

Jour 621

Je me remémore la dispute de la veille entre les deux humains. Je ne comprenais rien, mais je ressentais parfaitement la profonde colère de l'homme vis-à-vis de la petite femme qui puait la graisse et la nourriture ; même morte de faim, cette odeur ne me donnait pas envie. Et nous voilà en voiture avec cette humaine, qui avait provoqué la fureur de l'individu ayant majestueusement percé mon cœur.

Nous n'avons toujours pas quitté ces caisses. C'est à peine si elle nous a alimentés avec un restant de nourriture passée et immangeable. Je n'ai pas réussi à fermer les yeux, je n'ai tout simplement pas confiance en elle et je n'ai qu'une ambition, protéger mon amie. Je n'ai plus qu'elle et son fou de compagnon.

Dans la soirée, d'autres humains sont venus et on essayé de jouer avec nous. Enfin, façon de parler, ils nous ont traités comme des bêtes de spectacle, leurs rires, leurs odieux rires, résonnent encore dans mes oreilles fatiguées. On nous a balancé des sortes de graines salées qui m'ont tordu les intestins le reste de la nuit. Mais la faim me force à ingurgiter tout ce que je trouve, quitte à en souffrir après.

Actuellement, nous sommes de nouveau tous entassés les uns sur les autres. Nouki est avec moi, elle tremble comme une feuille, je ne sais pas quoi lui dire, nous roulons vers l'inconnu. Nos instincts sont unanimes, notre destination ne sera pas à la hauteur de nos espérances.

— *Kiwi*, chuchote une voix agacée.

C'est Biscuit.

Il est dans la caisse au-dessus de nos têtes. Nouki m'a rejoint, rapidement transférée par la maladroite humaine, qui ne pouvait pas rester les mains croisées face à l'agressivité de Biscuit envers Nouki. Cette dernière est blessée, une morsure saigne sur sa patte arrière gauche. Ce n'est pas profond, mais vu notre état de faiblesse, un rien peut nous faire basculer vers l'au-delà.

— *Kiwi, réponds-moi !*

— *Quoi, Biscuit ?!*

— *Comment va-t-elle ?*

— *Elle est en vie, mais ce n'est pas grâce à toi !*

— *Je n'y peux rien, je ne me contrôle pas, je perds les pédales et je suis impuissant.*

— *Je sais, mais comprends que c'est dur à vivre pour nous aussi.*

— *Étienne est avec vous ?*

Un silence pesant s'installe entre nous. Je fais de mon mieux pour ne pas succomber à ma peine. Ces dernières images me hantent. Le départ d'Étienne a été la goutte de trop. Quoi qu'il m'arrive de bon dans la vie m'est retiré aussi brusquement, me réduisant encore et toujours le cœur en poussière. Malheureusement pour lui, mon cœur ne renaîtra plus de ses cendres, je suis lessivée, fatiguée de l'ascenseur émotionnel qu'est ma vie.

— *Kiwi ? Kiwi ! Où est Étienne ?*

— *Il n'est pas là.*

— *Quoi ?! Comment ça, il n'est pas là ?*

— *L'homme à la peau noire l'a emporté avec lui...*

La nouvelle a l'effet d'une bombe, à la fois Biscuit me harcèle de questions et se confond en excuses. Je ne l'écoute pas, mon esprit est perdu bien loin de ce coffre, bien loin des jérémiades de Biscuit, bien loin de cette angoissante réalité. Nouki se colle contre moi, elle tente de me réconforter comme elle peut, alors qu'elle-même ne va pas fort. Quelle triste petite bande nous formons ici...

Je m'allonge dans la cage et observe par le pare-brise ce plafond grisâtre qu'est le ciel, au fur et à mesure du temps qui passe, la morosité de la voûte qui nous surplombe se parsème de cimes de pin. Leur odeur, si reconnaissable et si agréable, atténue un peu ma tristesse. Une hirondelle passe dans mon champ de vision et je ne peux retenir un léger grincement de dents, je la croquerais bien. Toutefois, elle volait bien bas, un orage se prépare. Le temps et l'expérience m'ont appris tant de choses, et je sais qu'on ne doit absolument pas finir dehors. Le dernier orage m'a laissé un véritable goût amer et m'insuffle un effroi irrationnel.

J'ignore où nous sommes, mais le terrain devient de plus en plus impraticable, la voiture tressaute sans arrêt, nous sommes secoués dans tous les sens. Dans notre malheur, nous avons la chance d'avoir le ventre vide, car je me sens prise de nausée.

Nous ralentissons et tout devient silencieux. Le moteur est éteint, ainsi que la radio qui était beaucoup trop forte. J'entends Biscuit s'agiter au-dessus, le veinard a réussi à se reposer un peu sur le trajet, tandis que je n'ai pu fermer l'œil une seconde. Les nuages gris qui se sont amoncelés m'ont trop perturbée, car ne présageant rien de bon, des flash-back m'ont assaillie, ainsi que cette éternelle sensation de corps gorgé d'eau sous ma patte.

— Ici, ça a l'air parfait !

Elle ouvre sa portière et commence à fureter à gauche et à droite, de là où je suis je ne la vois pas, c'est donc avec l'oreille que je la suis.

— *Elle fait quoi ?* je demande à Biscuit.

— Pas grand-chose, elle marche un peu partout, je ne comprends pas trop où elle veut en venir. Elle...Elle revient, elle arrive.

En effet, le coffre s'ouvre sur son visage porcin et sur ses vêtements trop serrés pour son corps obèse. Elle nous regarde avec ce même air dégoûté que la première fois et j'entends Biscuit qui feule. Malgré son état d'instabilité émotionnelle, nous sommes d'accord sur le fait que cette humaine ne nous inspire pas confiance.

Elle se penche et attrape deux petits sacs à l'odeur délectable : à manger ! Elle extrait aussi du coffre des cartons et un vieux plaid miteux taché par la graisse. Son manège est assez étrange, elle éventre les deux paquets et forme un tas alléchant de croquettes juste sous notre nez. C'est difficile de se contrôler et je me surprends moi-même à me dandiner et à faire la belle, pour que cette bipède se décide enfin à nous ouvrir. Elle balance les cartons au pied d'un sapin au tronc épais et ruisselant de résine toxique.

Notre heure est arrivée, elle pose nos boîtes à même le sol et le cliquetis de la serrure nous signale qu'il est temps pour nous de sortir de cette prison. Biscuit sort en premier, il part en trombe en direction du tas de croquettes. Nous faisons de même. Cependant, je garde un œil sur l'humaine, c'est trop beau pour être vrai.

Elle décroche son téléphone à l'écran brisé et tapote dessus quelques instants, avant que nous entendions ce *bip*, puis une autre voix. Une voix cachée dans ce tout petit objet.

— Bonjour, madame, je vous appelle car je viens de tomber sur des chats abandonnés dans un bois où je vais courir.

Nous entendons distraitement le baragouin au téléphone, tandis qu'elle range les caisses de transport dans son coffre.

— Non, non je ne peux pas vous les ramener, je suis à pied et je dois bientôt partir travailler.

La courtaude femme ferme le coffre et s'y adosse pour nous regarder pensivement.

— Une porte de voiture claquer ? Non, ça m'étonnerait, je suis en plein milieu de la forêt, il n'y a aucune voiture à côté de moi.

Mince, j'ai mangé beaucoup trop vite et ces croquettes ne sont pas aussi bonnes que celles de notre défunte humaine. Malgré moi, je vomis tripes et boyaux à quelques mètres de Nouki et Biscuit qui, eux, n'ont pas l'air d'avoir de soucis. Les pattes tremblantes à cause de ce rejet, je retourne auprès de la voiture et saute sur le capot. Il est chaud, c'est très agréable par ce temps humide qui, je le sens, va bientôt tourner à l'orage.

— Ok, très bien, je vous envoie une photo des chats et dès que je rentre, je vous envoie leur position sur une carte de la forêt domaniale. Au revoir.

L'humaine envoie valser son téléphone à la hâte dans son sac à main et fait le tour de son véhicule pour s'asseoir derrière le volant. Quand elle me voit là, assise sous son nez, elle se relève plus agacée que jamais.

— Hey toi l'estropiée, dégage de ma caisse, tu vas tout dégueulasser avec tes pattes toutes cracra.

Sa colère me passe dessus, une nouvelle vague nauséeuse arrive sans prévenir et un flot de croquettes, à peine mâchées et encore moins digérées, se déverse sur la tôle rutilante.

— Putain, mais quelle sale bête !

Je n'avais pas vu que l'hideuse humaine s'était levée, elle m'attrape par surprise, ses gros doigts boudinés me pincent la peau du cou et j'ai beau grogner et me débattre, sa poigne est ferme. Sans ménagement, elle m'envoie valdinguer contre un tronc. Je suis sonnée. Nouki vient à ma rescousse, quant à Biscuit, je l'entends feuler avec virulence.

La portière claque et presque aussitôt le moteur démarre, il crache impunément un nuage nauséabond qui nous souille les poumons. Le véhicule disparaît en l'espace de quelques secondes. Cette scène me rappelle mon premier abandon, la voiture qui s'éloigne, le nuage de poussière qui me pique les yeux, la solitude, ce douloureux sentiment d'imparable fatalité, de cercle sans fin.

— *Ça va, Kiwi* ? s'inquiète Nouki.

— *Non, non ça ne va pas ! Nous revoilà à la case départ, dans la rue.*

— *Je sais... Mais disons que c'est moins pire que les fois précédentes, nous avons à manger pour quelques jours et sommes stérilisées, nous ne craignons plus les mâles.*

— *Il va bientôt pleuvoir et la nourriture pourrira. Et... Je suis désolée, Nouki, mais Biscuit est un danger ambulant sans ses pilules. Je ne me sens pas en sécurité avec lui.*

Mes paroles l'ont touchée en plein cœur, elle sait que j'ai raison, mais c'est inconcevable pour elle de le laisser de côté.

— *Il fait partie de notre famille, Kiwi...*

— *Je sais, désolée, Nouki.*

— *Il suffit d'être alerte et de le laisser tranquille quand il est dans une mauvaise phase.*

Elle a raison. Nous devons rester soudés dans cette nouvelle épreuve.

— *Tu penses qu'Étienne va bien ?* je demande.

— *Je pense que, de nous quatre, c'est lui le mieux loti malgré son œil. Cet humain avait une aura si...*

— *Chaleureuse.*

— Oui, c'est ça. Il va le soigner et peut être l'adopter, alors que nous, nous sommes ici au beau milieu de je ne sais où.

Je me relève difficilement, ma chute n'a pas été des plus agréables. Je me traîne vers l'un des cartons, où réside désormais le plaid puant. Mon corps est à bout, j'ai besoin de dormir, indéfiniment.

— *On reste là ?* demande Biscuit, qui vient seulement de finir de se remplir la panse.

— *Où veux-tu aller, de toute façon ?*

— *Ouais, c'est vrai.*

— *Reprenons des forces un jour ou deux et ensuite nous aviserons,* propose Nouki.

Nous acquiesçons et, tous les trois, nous nous pelotonnons dans le carton car la nuit va bientôt tomber, et le froid avec.

J'ai du mal à croire que ce calvaire recommence.

Mais je ne suis pas seule, cette fois-ci.

Nous allons nous en sortir.

Ce n'est pas négociable.

J'espère que tu vas bien, Étienne.

Tu me manques.

Jour 622

Des bruits de pas nous tirent de notre sommeil. Le soleil se lève à peine et la douce mélopée des habitants de la forêt nous invite à prolonger notre nuit. J'entrouvre un œil et je vois avec stupeur un troupeau d'humains à vélo nous passer sous le nez. Cet endroit n'est finalement pas si désolé que ça, tout espoir n'est pas perdu, au contraire.

— *Tu penses la même chose que moi*, me demande Nouki, encore un peu groggy.

— *Il faut qu'on aille sur ce chemin, un humain passera à un moment ou à un autre et là, on sera sauvés.*

— *Alors là... Je suis désolée de te l'apprendre, mais nous ne sommes pas du tout sur la même longueur d'onde.*

— *Tu pensais à quoi ?*

— *À ce qu'on parte d'ici le plus rapidement possible.*

— *Mais pourquoi ?*

— *Les humains ! Ils sont dangereux, Kiwi. Nous avons eu de la chance avec la vieille femme, mais ils sont très peu à avoir le cœur sur la main.*

— *Je ne suis pas d'accord. Si je suis encore en vie, c'est grâce à eux.*

— *Et si nous sommes ici, c'est grâce à eux aussi !*

— *Je n'ai pas envie que l'on se dispute, Nouki. S'il te plaît, prends le temps de réfléchir une seconde à notre situation.*

Mais malheureusement pour nous, Nouki est encore plus têtue que moi. C'est un combat perdu d'avance. Je jette un regard désespéré à Biscuit, qui ne réagit pas. Comme à chaque fois qu'il y a un conflit dans notre petit groupe, il préfère ne pas se prononcer pour ne pas subir les foudres de Nouki.

Ah... Les mâles, ils sont aussi courageux que des chatons.

— *Quoi que tu en penses, Kiwi, ma décision est prise : Biscuit et moi partons ce soir, à la tombée de la nuit.*

Elle quitte le carton, seule. Je ne peux m'empêcher de fulminer contre elle, et Biscuit me fusille du regard.

— *Quoi ?! Tu es d'accord avec elle, peut-être ?*

— *Je veux vivre. Et à votre manière, vous avez toutes les deux raison.*

— *C'est ça... Tu ne veux pas prendre parti, c'est tout.*

— *Non, mais je pense que ça ne sert à rien de se projeter ou de tenter de trouver une quelconque solution à notre problème. La réponse s'imposera à nous naturellement.*

— *Je ne savais pas que tu étais aussi sage*, je murmure, impressionnée par la sagesse dont il vient de faire preuve.

— *Merci, mais Étienne reste le plus raisonnable d'entre nous. Même si on passait le plus clair de notre temps à nous battre afin de voir qui de nous deux est le plus fort, je le respectais beaucoup et j'ai toujours écouté ses conseils.*

— *Il t'apprécie beaucoup, je le sais.*

— *Crois-tu qu'on le reverra un jour ?*

— *Je l'ignore, même si j'aimerais tant sentir une dernière fois son odeur et son cœur battre contre moi.*

— *Je suis désolée, Kiwi.*

— Je vais survivre. Il n'y a qu'à ça que je suis bonne, j'ai l'impression, et ça m'agace que Nouki ne prenne pas en considération mon avis. Je suis restée beaucoup plus longtemps qu'elle dans la rue.

— Oui, c'est certain. Mais le peu de temps où elle y a été, ce sont les humains qui lui ont fait du mal. Dès qu'elle rentrait dans leur champ de vision, leurs enfants se servaient d'elle comme cible et la caillassaient avec de cailloux. Un soir, lassés par ces maintes lapidations, ils lui ont mis le feu après l'avoir aspergée d'un liquide à l'atroce odeur. Heureusement pour elle, elle se trouvait au bord d'un canal et un passant est intervenu à temps en la balançant à l'eau, seul son pelage a roussi. Elle a eu beaucoup de chance...

— Mais un humain l'a sauvée, quand on y pense.

— Un simple geste, contre des semaines de violence et d'acharnement sur elle. Sa réaction ne me semble pas disproportionnée.

— Elle ne m'a jamais parlé de son passé.

— Ce n'est pas facile pour elle. On l'a larguée comme une merde.

— Comme nous tous.

— Eh bien, dis-toi qu'elle est plus sensible que toi, alors.

Sur ces mots, il s'en va rejoindre sa chère et tendre, qui se toilette comme elle peut sur le sol détrempé par les averses de la nuit passée. Par chance, notre carton a tenu le choc, protégé par les épaisses branches du sapin. Je regarde Biscuit la couver du regard tandis qu'elle l'ignore royalement, toujours en colère face à sa non-intervention dans notre houleux débat. J'espère ne pas l'avoir vexé. Il est doux et attentionné, je me suis laissée emporter par son calme apparent, qui tranche à côté de ses derniers jours d'agressivité.

Je sors à mon tour et constate avec amertume le tas de croquettes délitées par la pluie. Tant pis pour mon estomac, autant retrouver les bonnes vieilles habitudes, et ce, le plus rapidement possible. Sans perdre de temps, je pars à la chasse aux petits rongeurs. J'espère qu'il y en a dans ce biome que je découvre pour la première fois. Et à défaut de trouver de quoi me sustenter, c'est l'occasion pour Biscuit et Nouki d'avoir un peu d'intimité, chance qu'ils n'ont pas eue depuis un très long moment.

Je me promène pendant un long moment, croquant de temps à autre des insectes et un lézard. D'une étendue de sapins et de pins, je me promène à présent parmi des châtaigniers et quelques jeunes chênes et bouleaux, l'ambiance y diffère, mais c'est toujours aussi agréable. J'entends des bruissements de feuilles un peu partout autour de moi et je dois avouer que je ne sais plus où donner de la tête. De nombreuses petites vies s'agitent et je suis fascinée. Je découvre de nouvelles espèces telles que cet étrange petit animal roux à la queue touffue, aussi agile sur le sol qu'à la verticale.

J'en suis un depuis peu et j'hésite encore : dois-je le tuer pour le manger ou, tout simplement, profiter de sa beauté encore quelques minutes avant de retourner vers notre abri de fortune ? Le vent tourne et je vois les moustaches de ma proie s'agiter avec frénésie. Je suis repérée. À toute vitesse, le rongeur escalade un arbre à une dizaine de mètres et se faufile dans le creux du tronc. Quelle est ma surprise quand je le vois en ressortir avec un petit être, entre le roux et le rose, fermement maintenu dans sa gueule. Apparemment, c'est l'heure du déménagement. Je me cache dans un petit taillis et continue à observer ce si tendre ballet maternel. Cette petite famille écureuil me fait penser à la mienne. Je pense que nous devions ressembler à ça, avant le déluge. J'espère que cette famille s'en sortira mieux que la nôtre et que tous ces petits auront la chance d'arriver à l'âge adulte.

À contrecœur, je fais demi-tour. Il est l'heure de rentrer et je pense avoir assez effrayé les habitants de cette somptueuse forêt aux odeurs incroyables qui me transportent. Mon nez revit depuis que nous avons quitté ce tombeau qu'était devenu notre foyer. Seul point positif.

Penser à notre défunte maîtresse me serre le cœur, j'en veux à Châtaigne, tout est sa faute. Son agression n'a fait que lui mettre un second pied dans la tombe, la fièvre s'est déclarée et il était trop tard. Qu'aurions-nous pu faire de plus ? Nous lui devions tous la vie et, en échange, tout ce qu'on a pu faire, c'est baver devant son cadavre tellement nous mourrions de faim.

Quelle pitié.

Je presse l'allure, le vent se lève et je crains une nouvelle manifestation rageuse des nuages où vivent nos défunts. S'ennuient-ils tant pour nous faire subir autant de mésaventures ? Les ai-je contrariés ? Pourquoi m'envoient-ils autant d'intempéries, dont une qui a ôté la vie à trois de mes petits ? Tant de questions disparues, toutes balayées par une vie confortable, qui réapparaissent et que je me pose aujourd'hui de nouveau.

Je suis de retour, je reconnais le majestueux sapin et sens l'odeur sucrée des croquettes bon marché. Cependant, je ne m'approche pas trop, car il y a de l'agitation. Trois humaines, toutes habillées avec le même haut rouge et gris orné d'une broderie, qui forme un chat enroulé autour d'une trace de patte. Elles ont eu Nouki et Biscuit. J'entends leurs complaintes et leurs mises en garde.

Avant de décider si je dois fuir ou me dévoiler, je me poste pour observer, exactement comme avec la famille écureuil un peu plus tôt. Un souffle de vent m'apporte une multitude d'indices sur ces étrangères ; elles doivent très certainement côtoyer beaucoup de mes semblables étant donné l'arc-en-ciel que je sens. Je distingue aussi de nombreux effluves de mes meilleurs ennemis les chiens et une petite note de poney, ou un proche cousin.

Elles me plaisent bien, elles sont gentilles, ça se voit à leur mine inquiète alors qu'elles fouillent tous les recoins à ma recherche.

Dans leurs mains, je distingue un papier où l'on voit trois chats, un roux, une siamoise et une tache toute noire. C'est nous. Comment les humains font-ils pour faire autant de choses aussi incroyables ? Je commence à peine à m'habituer à leurs véhicules à haute vitesse, aux écrans et radiateurs, que vont-ils encore inventer ? Il y a-t-il au moins une limite à leur ingéniosité ? Cherchent-ils un moyen de tous nous venir en aide ? Avec leur intelligence, ce ne doit pas être bien compliqué.

— Minou, minou, où es-tu ?!

Une goutte vient s'écraser sur une pierre derrière moi et me fait sursauter. Rapidement, le clapotis de l'eau sur les feuilles crée un immense brouhaha. En toute hâte, les humaines chargent Nouki et Biscuit dans le coffre de leur petite voiture. Je dois me décider.

Je quitte ma cachette.

C'est me rendre ou bien passer la nuit trempée et frigorifiée.

Je ne veux pas quitter mes amis.

Je ne veux plus jamais être seule.

Aidez-moi.

Je vous en prie.

Jour 630

— Coucou, les minous ! Dame Kiwi, Princesse Nouki et Monseigneur Biscuit, votre quarantaine est terminée. Vous allez pouvoir rejoindre le reste du groupe dans la chatterie.

Encore ?!

C'est la quatrième visite, aujourd'hui. Cela fait maintenant une éternité que nous sommes enfermés dans ce chalet, certes confortable, mais enfermés malgré tout. Cette fois-ci, c'est peut-être la bonne, la guillerette humaine aux cheveux multicolores est venue avec une de leurs grandes cages de transport sur roues. Il y a de l'agitation au refuge, peut-être allons-nous enfin respirer l'air pur que nous avons eu la chance de sentir le jour de notre arrivée. Je me souviens avoir vu une abondante quantité d'individus, d'espèces différentes et variées. J'en ai même découvert des inédites, que je suis curieuse de revoir quand je sortirai enfin de cet endroit à l'odeur de pin.

— J'ai une bonne nouvelle pour vous, mes petits anges. Les petites puces sous votre peau nous ont permis de savoir qui vous étiez. On a malheureusement appris que votre maîtresse était décédée, mais après un coup de fil à la gendarmerie, il s'est avéré qu'ils vous avaient confié à sa petite-fille qui, manifestement, vous a lâchement abandonnés. Pour sûr, elle n'est pas très futée cette triple idiote ! En tout cas, vous allez être vengés, l'association s'est portée partie civile et a porté plainte contre elle.

Notre main nourricière semble de fort bonne humeur, nous aussi d'ailleurs, maintenant que Biscuit reprend son traitement à heures fixes, toute inquiétude s'est volatilisée et nous dormons sur nos deux oreilles. J'ai fait le bon choix. Nous sommes bien ici, il y a une quantité infinie de jouets, de passerelles et de cachettes, il ne manque qu'une petite trappe à ce nid douillet.

— Si vous voulez bien vous donner la peine. C'est l'heure de monter gentiment dans votre carrosse.

— *Elle pense sérieusement que l'on va grimper dedans pour qu'elle nous abandonne à son tour ?!* s'enflamme Nouki, qui ne s'est toujours pas dépêtrée de sa mauvaise humeur depuis notre précédente divergence d'opinions.

— *Kiwi, tu en penses quoi ?*

— *Je pense que nous restons des chats fiers et orgueilleux, si elle veut qu'on rentre dedans, elle n'a qu'à le faire elle même.*

Nouki pouffe. Je suis heureuse d'entendre son rire, il m'a tellement manqué. Je la regarde avec espoir, mais elle me fuit toujours. J'aurai essayé. Biscuit est comme moi, il fait de son mieux pour se faire pardonner, même si son état n'était pas réellement de sa faute.

Ah, les siamois... Quel caractère de merde !

Je crois que l'humaine a compris que nous ne lui faciliterions pas la tâche, car elle sort de sa poche une sorte de petit combiné qui grésille.

— Je vais avoir besoin d'un coup de pouce dans le chalet numéro deux. J'ai trois petits récalcitrants qui m'ont déjà bien fait courir.

Elle est essoufflée, qu'est-ce qu'on s'amuse ! Je suis perchée sur une des poutres du chalet, tandis que Nouki est cachée sous une étagère. Biscuit, le plus joueur, est effrontément assis en plein milieu de la pièce, sa queue fouette le lino couvert de poils et de poussière. C'est lui qui fait courir la gentille humaine, que nous entendons glapir à sa manière. Nous savons qu'il s'agit du rire des humains. Étienne aurait lui aussi été un terrible adversaire. Penser à lui me rend un brin nostalgique, mais l'arrivée d'un nouvel humain à la barbe hirsute et à l'odeur bien prononcée de lapin me fait penser à tout autre chose.

— Merci Éric, désolée de t'avoir dérangé.

— Pas de problème, après ça tu viendras m'aider avec une lapine qui fait un arrêt de transit, elle ne se laisse pas masser et ne prend pas son médicament.

— Avec plaisir ! Elle est en arrêt depuis longtemps ?

— Depuis hier matin...

— Ah oui, tout de même ! Elle tient le coup ?

— Elle a assez de force pour me faire courir aussi, mais elle risque d'y passer si ça ne sort pas bientôt.

— On se dépêche avec ces trois petits lions et on va s'occuper d'elle sans traîner, alors.

L'homme est grand et impressionnant tellement sa carrure est large, d'ailleurs, il ne laisse pas indifférente l'excentrique humaine. Je peux sentir sa réceptivité aux hormones du nouveau venu. Je me sentirais presque de trop tellement la tension est palpable entre eux, leur rythme cardiaque s'accélère et la jeune femme ne peut s'empêcher de remuer ses cheveux, répandant à son tour un flot hormonal très odorant.

— *Je sens qu'ils vont faire des petits, ces deux-là,* se moque Biscuit.

— *Je suis bien contente de ne plus avoir ce problème,* je lui réponds. *C'est trop de souffrance.*

Une paire de mains extra-larges m'attrape sans que je n'ai eu le temps de m'échapper. Cet homme est aussi vif qu'un aigle, pas étonnant qu'il sente autant le lapin, il doit en tuer une grande quantité avec un tel talent de chasseur.

— J'ai la petite panthère à la queue coupée.

— Et moi, la siamoise !

Nous voilà dans la cage en moins de deux secondes. Nous nous ignorons mutuellement et préférons admirer les incroyables talents d'esquive de Biscuit. Il saute partout à toute vitesse, il prend même le temps de les narguer en se léchant consciencieusement le bout de la queue, avant de repartir de plus belle à l'approche d'un humain de plus en plus agacé.

— Je te tiens, petit emmerdeur.

C'est sûr qu'à deux contre un, il allait finir par se faire avoir. Biscuit nous rejoint, vaincu par l'intelligence humaine.

— *Je me suis dépensé pour la semaine*, il rit, fier de sa performance.

— *C'est vrai qu'un peu de sport ne te ferait pas de mal,* le taquine Nouki, tout en pinçant de ses crocs un petit pli de graisse sur le flanc de son compagnon.

Petit à petit elle se déride, j'espère qu'elle me pardonnera un jour et qu'elle passera à autre chose. Mon amie me manque et je n'ai plus qu'elle...

La porte du chalet s'ouvre et une vague d'air chaud et sec nous submerge. Le soleil est flamboyant et nous sommes obligés de fermer les yeux pour nous accoutumer peu à peu à cette aveuglante clarté. Nous sommes brinquebalés dans cette caisse, les roues épaisses en caoutchouc rebondissent sur le sol caillouteux irrégulier sur lequel on nous promène. Le territoire du refuge est gigantesque, il y a des champs et des bâtiments à perte de vue. Du côté de la grille de la cage, je vois de très grands poneys, ces bêtes sont impressionnantes, elles inspirent le respect par leur majesté et leur grâce.

— *Bonjour, toi ! Es-tu un poney ?* je demande, curieuse.

— Salut, petit félin ! Non, je suis un noble cheval de la race des percherons.

— Enchantée, moi c'est Kiwi, chatte de gouttière. Comment es-tu arrivé ici ?

— Je vivais dans un champ seul et sans soin, mes sabots étaient beaucoup trop longs, je souffrais terriblement. Un hiver, j'ai bien failli mourir de faim et de soif, par chance la jeune femme qui vous transporte est venue me sortir de là.

— Ravie d'avoir fait ta rencontre, percheron

Nous continuons notre découverte du parc. Je croise des petits chevaux ou de grands poneys gris, au hennissement strident. Je me fais surprendre par une drôle de bête, qui a surgi sans prévenir devant la porte. Son caquètement me met l'eau à la bouche ainsi que son odeur de gallinacé bien gras.

— On fait moins les malins, enfermés dans une cage, nous nargue l'animal.

— Qui es-tu ? je demande, pas le moins du monde vexée.

— Josette, Josette la poulette.

— Tu es donc une poulette ?

— Une poule, pour être plus précise.

— Tu sais voler, comme les oiseaux ? Et ta crête rouge, elle te sert à quoi ?

La curiosité me dévore. Combien il y a-t-il d'espèces dans ce monde ?

— Tu es bien curieuse pour un chasseur. En général vous, les chats, ne voulez que me croquer la cuisse et me voler mes magnifiques plumes rousses au passage !

— Je suis désolée pour ce qu'il t'est arrivé, Josette.

— *Je ne suis pas rancunière ! Bonne route !*

Ses caquètements s'éloignent, quel drôle d'oiseau ! Je suis estomaquée par tant de nouvelles rencontres. Je sens Nouki se figer, elle est effrayée.

— *Qu'y a-t-il ?* s'inquiète Biscuit.

— *Tu n'entends pas ?*

Nous tendons tous l'oreille : des aboiements. Il y a des chiens pas loin, des chiens surexcités. Je suis bien contente d'être ici, en sécurité dans cette boîte sur roulettes. Nous passons devant un premier box, où un gros terre-neuve tente de dormir malgré les aboiements incessants de plusieurs de ses congénères. Je ne peux défaire mon regard de ce triste couloir où s'aligne tristement une infinité de chiens en manque d'amour et d'attention.

— *Ils sont tous si tristes...,* je dis, le cœur empli d'une profonde compassion.

— *Pourquoi le cheval a-t-il un champ immense pour lui tout seul et les chiens un minuscule espace bétonné ?*

— *Je ne sais pas. C'est étonnant, en effet.*

Je commence à me lasser de voir ce déprimant paysage. Je regrette Josette, elle au moins avait la joie de vivre, libre de vagabonder où elle le souhaite sur le terrain du refuge. Mais un cri retient mon attention. Déchirant. Je connais cette voix. Cette complainte résonne en moi, si étrangement familière, si troublante.

— *Winston ?! Winston !! C'est toi ?!*

Je hurle à pleins poumons son nom et j'inspecte minutieusement du regard tous les box, à la recherche de mon ami. Il est là, j'en suis certaine.

— *Winston !! C'est moi, Kiwi ! Où es-tu ??*

Le voilà, c'est lui. Mon premier ami. Je n'en crois pas mes yeux. Mais que fait-il dans cette cage ?

— *Kiwi ? Mais, mais...*

Tout comme moi, il n'en croit pas ses yeux. Je dois lui parler, je dois tout faire pour le rejoindre et comprendre pourquoi il est derrière des barreaux. Et ce n'est pas une cage qui va m'arrêter. Tel un petit démon possédé par la rage de vaincre, je m'acharne sur le battant métallique de la cage.

— *Kiwi, qu'est-ce qu'il y a ?!*

— *Je dois absolument sortir de là*, je hurle.

Biscuit vient à ma rescousse sans chercher à en savoir plus, quant à Nouki, son aide se fait plus timide. Tant pis, toute aide reste la bienvenue.

— Mais c'est quoi ce bazar, là-dedans ?

Les mèches colorées de l'humaine apparaissent dans mon champ de vision, je redouble d'intensité mon acharnement sur la petite chaîne qui nous maintient prisonniers. Je gronde, feule, pleure, je suis dans tous mes états, c'est comme un rêve devenu réalité.

— Tu as mal Kiwi ? Tu ne vas pas bien ? Attends ma bichette, que je regarde ça.

Incroyable, est-ce que l'humaine vient de me comprendre ? Ce serait bien une première ! Quoi qu'il en soit, la porte s'ouvre et j'en profite pour essayer de me faire la malle. Malheureusement, elle s'y attendait et, tandis que j'entends d'une oreille distraite ses remontrances, je me contorsionne avec fougue afin de me libérer de son emprise.

— Tu es une véritable petite anguille, toi ! C'est quoi ton problème ?

Je me démène et arrive enfin à m'extraire de la prise qu'exerce l'humaine sur moi, assez molle comparée à la poigne de l'humain-lapin qui n'est plus là. Je laisse malgré tout derrière moi un bon petit paquet de poils.

Je retombe sur mes pattes un peu tremblantes, l'émotion envahit mon corps. Je suis si heureuse, une telle joie devrait être interdite, j'ai l'impression que mon cœur va se consumer tellement il bat fort. Je cours à en perdre haleine, je saute par dessus Josette qui caquette d'indignation, je ne lâche pas mon objectif du regard, de peur qu'il ne disparaisse si j'ai le malheur de le perdre de vue.

Winston, j'arrive...

— *Kiwi, je n'arrive pas à le croire, c'est toi ?! C'est vraiment toi !*

Je suis arrivée, à bout de souffle, au pied du grillage qui nous sépare. J'ai beau être minuscule, les mailles sont trop fines pour que je puisse m'y introduire. Winston est là, seuls quelques centimètres nous séparent. Sa queue bat avec force l'air et vient frapper le mur en parpaing contre lequel il est appuyé. Il n'est pas stable, qu'a-t-il à la patte ?!

La terre tremble, je me retourne et vois l'excentrique humaine, plus si guillerette que ça, arriver un doigt ensanglanté dans la bouche.

Mince, j'y suis peut-être allée un peu fort.

Si je ne peux ni passer au travers, ni passer au-dessus, il ne me reste plus qu'à grimper ce maudit grillage. Sans hésiter une seconde de plus, je sors mes griffes et je gravis avec aisance cette paroi métallique.

— *Vas-y Kiwi, tu es une guerrière, tu l'as toujours été !* m'encourage Winston, aussi heureux que moi, si ce n'est plus.

Je suis presque arrivée en haut. J'ai surestimé la force et l'endurance de mes muscles, les stigmates de mon affalement d'il y a une semaine sont encore bien présents. Je sens un courant d'air frôler mon moignon, elle est déjà arrivée au grillage. Je me retourne, les crocs découverts, je me fais la plus menaçante possible. Elle a un mouvement de recul, je suis désolée pour elle, mais mon égo de chat en est ragaillardi. Je suis un véritable petit démon et fière de l'être.

Me voilà en haut de la palissade, et j'hésite. C'est bien de monter, mais maintenant il faut descendre. Et ce sens-là est loin d'être le plus facile à affronter. Je ferme les yeux et saute, pour me réceptionner sur la tête de Winston, comme avant. C'est étrange comme les anciennes habitudes reviennent vite. Enfin, je suis dans son box.

Nous sommes tous les deux assis à nous regarder dans le blanc des yeux, trop gênés pour trouver quoi que ce soit à nous dire.

— *Je suis content que tu ne sois pas morte, Kiwi... Ma vie n'était plus la même sans toi. Où étais-tu ?*

Du coin de l'œil, je vois l'humaine qui me poursuivait filer en direction d'un bâtiment à une centaine de mètres. Tant mieux, nous aurons un peu de répit, alors. J'entends aussi, comme un écho lointain, les cris de Nouki et Biscuit, interloqués par cette situation des plus inédite et grotesque.

— *Notre ancienne humaine m'a lâchement abandonnée dans un champ, le soir de mon départ de chez le vétérinaire. Elle est remontée dans sa voiture sans même me jeter un dernier regard et elle a démarré, je ne l'ai plus jamais revue depuis. Tu m'as tellement manqué, Winston... La vie a été si dure, maintes fois j'ai cru mourir.*

— *Ton départ a été très dur à vivre pour les enfants et pour moi aussi. Mais le monstre est resté, lui... Il nous faisait du mal, beaucoup de mal, si tu savais. Pourquoi as-tu sauté du balcon ?*

— Mais ce n'était pas moi ! C'est LUI qui m'a balancée...

— Je me disais aussi...

— Je suis revenue, tu sais, mais vous n'étiez plus à la maison ! Je voulais tant vous sauver de ses griffes démoniaques, je suis restée cinq nuits et cinq jours à attendre au pied des rosiers, en vain.

Winston s'allonge, sa grosse gueule et ses babines pendantes pleines de bave posées lassement sur ses deux pattes avant croisées, comme à son habitude. Il m'a tellement manqué. Je m'avance vers lui pour me caler tendrement contre son flanc, comme nous faisions chaque nuit après la soirée télévision.

— Est-ce qu'il t'a fait du mal ? je demande, le ventre noué par la peur.

— Regarde par toi-même...

Sur ces mots, il se relève, me faisant lamentablement choir sur le côté. Il est maigre comparé à la belle époque où nous cohabitions ensemble, mais ce qui me choque le plus sont les nombreuses scarifications présentes sur sa peau. Sa gueule présente une multitude de petites marques blanches, comme s'il avait été mordu à maintes reprises. Et son âme... Son âme est si triste, si absente, c'est ce qui me fait le plus mal. Winston, dont l'éternelle bonhomie est désormais aussi perdue que moi.

— Je suis sincèrement désolée...

— Non, c'est moi qui suis désolé, je n'ai même pas pensé à partir à ta recherche, si tu es revenue c'est que tu ne devais pas être loin. Je m'en veux tellement de t'avoir abandonnée, à ma manière.

— Ne dis pas de bêtises ! Comment t'a-t-il blessé ? Il t'a fait tomber du balcon, toi aussi ?

— Non, j'ignore laquelle de nos situations était la pire, mais il m'a rapidement enfermé nuit et jour dans le garage de la petite maison miteuse où nous avions emménagé. Même notre humaine a fini par m'oublier, au fur et à mesure que son ventre grossissait. Ensuite, c'est la nourriture qui a commencé à se faire rare, contrairement aux coups de ceinture.

Je suis épouvantée. Je n'ai pas les mots pour exprimer toute la peine que je ressens pour mon ami. Il ne méritait pas ça, personne ne devrait vivre ce genre de traitements. Comment une telle noirceur peut-elle vivre en un être humain ? Aussi perfide et égoïste que cette espèce puisse être parfois, c'est inconcevable.

— Et ce n'est pas tout...

— Comment ça ? Il y a pire ?

— Oui. Un soir, après deux jours sans eau ni nourriture, il m'a fait entrer de force dans le coffre de son fourgon à l'odeur de mort. Il a roulé jusqu'à un hangar où un chien féroce m'attendait dans une sorte d'enclos. Il y avait une foule d'humains qui hurlaient comme des enragés, leurs cris et leur violence nous ont presque rendus fous. Barry a bien failli me tuer, il était désespéré alors que moi j'étais perdu. Bref, c'est cette nuit-là que l'humain m'a lâchement balancé dans un fossé, alors que je me vidais de mon sang.

— Barry ?

— Mon adversaire.

— Tu l'as tué ?

— Non, je ne suis qu'un bouledogue.

Quelle horreur... Je commence à croire que l'humaine m'a en réalité sauvée en me laissant dans ce champ. À moins qu'elle ait essayé de sauver sa conscience.

— Nous devons absolument retrouver ce monstre !

— Kiwi, tu es folle ?!

— On doit aider les deux petits humains ! Ils sont en danger avec ce monstre. Il faut faire quelque chose pour eux.

— Une vieille femme est venue un matin, elle est partie avec eux. Ils sont venus me dire au revoir, les adieux ont été un véritable déchirement. J'ai ressenti la bonté de leur grand-mère et son amour pour ses petits-enfants. Elle a tenté de raisonner notre humaine, mais je crois que c'était trop tard, cela faisait déjà bien longtemps qu'elle avait sombré.

— C'est le passé maintenant.

Winston se rallonge avec difficulté. L'une de ses pattes avant a été bien plus amochée que tout le reste de son corps déjà bien meurtri, il lui manque des poils et sa cheville forme un angle pas très naturel. Comme un petit chaton en manque de sa mère, je retourne me blottir contre lui. C'est le seul réconfort que je peux lui procurer pour l'instant, je suis moi-même complètement claquée de toute cette souffrance.

— Tu as changé, ma petite Kiwi, même si tu n'as pas grandi d'un poil.

— Toi aussi, tu es différent. Mais ton aboiement est toujours aussi ridicule, je le taquine. *C'est comme ça que je t'ai reconnu.*

— Savoir que tu ne m'as pas oublié durant tout ce temps me réchauffe le cœur, tu es mon unique amie et je me sens si seul ici.

Je lui lèche le coude, il a toujours été chatouilleux à cet endroit. Malheureusement, il ne réagit même pas. Pauvre Winston... Cet homme à l'âme luciférienne l'a détruit.

Une porte claque et j'aperçois au loin notre sympathique geôlière munie d'un imposant trousseau de clefs. Cet instant avec mon ami retrouvé arrive déjà à son terme. J'ai comme un gros poids qui vient de me tomber sur l'estomac, maintenant que je sais que

Winston est à portée de patte, ne pas pouvoir être avec lui va être un nouveau déchirement. Je n'ai aucune envie qu'on m'arrache à lui une seconde fois.

Mais ainsi va la vie, nous sommes soumis aux quatre volontés de ces bipèdes qui ont le pouvoir de vie et de mort sur nous. À nous de faire de notre mieux pour survivre dans ce monde qui, avant d'accueillir en son sein toutes vies, aussi petites et insignifiantes soient-elles, est devenu leur monde, leur terrain de jeu. Nous ne faisons que partie du décor, un décor qui évolue, se meurt et disparaît au fil de leurs envies.

— Eh bien, qui aurait cru ça ! Kiwi et Winston, soit c'est le coup de foudre, soit ce sont de magnifiques retrouvailles que je vois là.

La serrure grince. L'humaine a enfilé des gants très épais et son cœur bat la chamade. C'est la peur que je vois dans ses yeux, pourquoi un tel changement de comportement ? Son souffle est court et je vois le fin duvet de poils qui recouvre son corps se redresser. C'est la première fois que je refuse de quitter une prison, mais qui suis-je pour lutter contre plus fort que moi ?

Un grognement de mise en garde retentit dans mon dos. C'est Winston, ses babines dévoilent des crocs impressionnants et ses yeux sont empreints de folie. Je ne m'étais jamais aperçue de l'effrayant potentiel de mon ami. Sa virulence me fait peur à mon tour... Mon ami n'a jamais été agressif, pourra-t-il redevenir lui même un jour ? J'ose l'espérer, je ne peux concevoir une vie de peur pour lui. Mon Winston, qui dormait les pattes en l'air avec son éternel filet de bave.

— *Winston arrête, elle ne te fera pas de mal.*

— *Elle veut t'enlever à moi !*

— *On se reverra, je vais tout faire pour. Maintenant, calme-toi, je t'en prie. Tu me fais peur...*

Je vois que mes paroles l'ont touché, tout n'est peut-être pas perdu. Un jour, il ira mieux. Ses grognements prennent fin et il file dans sa niche. Je distingue à peine ses yeux désespérés dans la noirceur de son abri mortifère. Nous nous jetons un dernier regard et sa mélodieuse complainte me touche en plein cœur. La tristesse m'envahit et je me débats encore un peu pour grappiller quelques secondes afin de lui souffler ces quelques mots :

— *Adieu, mon ami. Je t'aime... Et même si on ne se revoit plus jamais, dis-toi que tous les jours jusqu'à la fin de ma vie, je penserai à toi.*

— *Kiwi, ne me laisse pas seul ici.*

— *Je ne peux pas. Pardonne-moi...*

Il se détourne de moi, j'ai le cœur en miettes. J'abandonne mon combat contre les gants puants de l'humaine et me laisse faire, tandis qu'elle me remet en cage en compagnie de Nouki et Biscuit, aux regards interrogateurs.

— *Qui c'était ?* ose me demander Nouki, qui m'adresse enfin la parole.

— *Je... Je ne sais pas.*

— *Tu avais l'air de le connaître, pourtant.*

— *Oui, je le pensais aussi. Mais les épreuves de la vie ont eu raison de lui.*

La colère me fait voir rouge, tout ça, c'est de sa faute, à cet humain. Il a détruit mon ami. Je suis dévastée.

La roulotte reprend sa route. Je jette un dernier regard au box de Winston, qui n'est pas ressorti de sa cachette. J'espère qu'il me pardonnera un jour et que la folie le quittera. Il mérite de vivre une fin de vie pleine d'amour et de tranquillité.

Sur le reste du chemin, je me détourne de toute cette tristesse. Je préfère méditer sur ses révélations et imaginer la vie qu'il a dû avoir, alors que je roucoulais paisiblement avec Jäger tout en me plaignant sur mon sort, qui n'était manifestement pas si horrible que ça. Notre carriole de fortune s'arrête et interrompt le fil de mes pensées. Un petit bâtiment entouré d'une immense extension faite de grillage et de bois nous surplombe. S'il n'avait pas été aussi délabré par le temps et le manque de moyens, il aurait pu être accueillant. Une pancarte ternie par les intempéries représente des chats en train de jouer avec une pelote de laine. Rien que d'y penser, mes griffes sortent de leur propre volonté, les pelotes sont une vraie drogue.

— *Pourquoi tu souris, Kiwi ?*

— *Pour rien, un vieux souvenir qui refait surface.*

Nouki ne me répond pas, enfin je crois, car je ne l'entends plus. Une rumeur d'excitation enfle. Cet assourdissant brouhaha nous effraie au plus haut point. Seul Biscuit tente de faire bonne figure, même si on ressent bien son appréhension.

— *Mais ils sont combien, là-dedans ?!* s'interroge Nouki, complètement angoissée.

— *Je ne sais pas du tout,* lui répond Biscuit, qui fait de son mieux pour insuffler un peu d'assurance à sa voix.

— *On devra rester soudés quand on y sera,* je lance. *On ne se lâche pas une seconde, c'est le seul moyen de ne pas se faire prendre à partie.*

Nous nous regardons à tour de rôle.

Nous sommes prêts.

Allons affronter cette nouvelle jungle.

Jour 1

— Bonjour, toi.

Je suis lasse, encore un énième visiteur qui vient nous admirer dans cette volière, qui a tout à voir avec une prison surpeuplée, où chaque couchette et jouet fait l'objet de violents conflits.

— *Kiwi !* me chuchote une petite voix familière. *Kiwi, lève-toi je t'en prie.*

— *Quoi, Nouki ?!* je grogne. *J'ai envie d'être seule.*

— *Des humains sont là.*

— *Je m'en fiche.*

— *Je suis certain que tu vas les aimer ceux-là,* renchérit Biscuit, qui arrive à son tour.

À contrecœur, je me retourne sans pour autant me lever. Et là, je les vois. Au-delà de l'océan de chats désespérés en manque d'amour, un homme derrière la grille de la volière nous regarde. De la sueur s'échappe à grosses gouttes de son front dégarni, et son t-shirt aux couleurs criardes reflète les rayons du soleil qui me blessent les yeux. Il est accompagné d'une femme dont je peux sentir la désagréable odeur d'ici. C'est un mélange de cigarettes et de parfum bon marché, certainement destiné à éclipser cette première fragrance écœurante. Entre eux, un enfant, aussi maigre que moi à l'époque où j'étais à la rue, me regarde droit dans les yeux. Ses tout petits doigts fins aux ongles longs et encrassés sont crispés sur les maillons du grillage. Comment un enfant peut-il être aussi différent de ses parents ?

Ce petit humain me met mal à l'aise, ses yeux sont trop grands et son cœur trop vide. Je pourrais être la personne qui comblerait ce vide abyssal et lui apporterait du bonheur, tout comme la centaine de chats présents. Mais je préfère me détourner de lui. L'amour n'apporte que la tristesse et la douleur, j'ai assez donné pour le restant de ma vie. Et il finira très certainement par lui arriver quelque chose de mauvais, très mauvais, car je suis maudite.

— Coucou, petit chat tout noir.

Sa voix me touche et c'est avec difficulté que je l'ignore. C'est mieux pour lui, je n'apporte que désolation et tristesse.

— Kiwi, ne fais pas ça. Ce petit humain ne te lâche pas des yeux, il est venu pour toi, j'en suis certaine.

— Pour qu'un jour il me soit subitement arraché ou que je lui brise le cœur ?! Non, c'est hors de question.

— Tu dramatises ma chérie, tente de me consoler Nouki, désemparée face à ma déprime.

— Ah oui, tu crois ça ? Et si nous faisions une petite liste ?

— Non, ça ira Kiwi, j'ai compris, je te laisse tranquille.

Mais c'est trop tard, la colère est déjà là, bien présente et pas décidée à partir. Je ressens cet insidieux besoin de déverser ma haine à qui a le malheur d'être près de moi.

— La mort a tout d'abord pris mon frère au bout de quelques heures de vie, puis j'ai été arrachée des bras de ma mère et s'en est suivie une multitude de malheurs. Winston, Jäger, Hiro, Jily, Koloua, Miril, Lou, Châtaigne et maintenant Étienne. Sans oublier Winston, une deuxième fois ! Et notre humaine...

— Ton ami le chien n'est qu'à quelques pas d'ici, Hiro et Lou vivent ensemble dans un foyer aimant, ainsi qu'Étienne dorénavant. Tu détestais Châtaigne et notre humaine avait déjà un pied dans la tombe à ton arrivée, tellement elle était usée et fatiguée. Bien sûr, la vie c'est de la merde, mais au moins toi, tu es vivante. Cesse de te plaindre alors que d'autres n'ont plus cette

chance. Ne veux-tu pas rendre hommage à tes trois petits, ainsi qu'à Jäger, en croquant la vie à pleines dents au lieu de te morfondre comme une moins que rien ?

— Tais-toi !

— Je vais me taire, rassure-toi. J'ai juste une dernière chose à te dire.

— Je t'écoute Nouki, la sagesse incarnée ! je lui répond sur un ton dédaigneux.

— À partir de maintenant, nous ne sommes plus amies. Je ne peux plus cautionner un comportement aussi puéril. Tu me déçois beaucoup, Kiwi...

Sur ces douloureux mots, qui sonnent en moi comme l'ultime coup de massue dont je n'avais assurément pas besoin, elle s'éloigne pour aller rejoindre Biscuit, qui avait rapidement quitté la conversation. Les conflits sont loin d'être sa tasse de lait.

Une des humaines qui s'occupent de nous nourrir entre dans notre volière, créant un concert de miaulements qui me vrille les oreilles. Tous mes compagnons de cellule s'agitent frénétiquement, exceptés les plus anciens du refuge et moi, blasés tous autant que nous sommes. La femme s'approche précautionneusement de moi, je la vois enfiler de gros gants épais. Je la comprends, même si cela me vexe, car je ne suis pas une terreur contrairement à Châtaigne. Mais, en témoigne le nombre impressionnant de fines marques blanches sur sa peau mate, cette humaine a dû avoir affaire à de véritable petits monstres à moustaches.

— Te voilà, ma jolie. De gentilles personnes veulent faire ta rencontre, alors tu vas être mignonne et te laisser faire, c'est d'accord ?

Avec douceur, elle me prend dans ses bras moites à cause de l'étouffante chaleur estivale. Cela faisait une éternité que je n'avais été portée ainsi, tendrement et calmement, c'est agréable. Nous quittons la volière sous les regards jaloux de mes congénères, au loin je vois Nouki et Biscuit qui me sourient à la manière des chats. Nouki est vraiment exceptionnelle, en réalité, elle ne m'en a pas voulu une seconde.

Je sens l'émotion monter en moi, ma gorge est nouée. J'ai la terrible sensation qu'il s'agit de la dernière fois que je les vois. Ils vont incroyablement me manquer, chaque jour je prierai pour qu'ils trouvent à leur tour une famille où ils pourront vivre en paix, ensemble, pour toujours.

— *Adieu mes amis,* je crie, le plus fort possible.

— *Au revoir Kiwi, on t'aime,* me répond en retour Nouki, dévastée par le chagrin de notre séparation.

— *Je suis désolée pour tout à l'heure !*

— *C'est déjà oublié. Va, maintenant !*

Merci pour tout, je ne t'oublierai jamais...

Deux adieux en quelques jours, c'est deux fois de trop.

Ça y est. Ils ont disparu, cela aurait pu être un énième déchirement, mais étonnamment, je me sens apaisée. D'un coup, tout est devenu beaucoup plus clair. Cet endroit si lugubre et incroyablement déprimant, malgré les efforts de nos gardiennes, est en réalité le point de départ vers une nouvelle vie. Bien en sécurité dans les bras de cette humaine qui sent le poney, je fonce très certainement vers un nouvel avenir.

Nous entrons dans une petite pièce très agréable, il y a un immense arbre à chat aux multiples cachettes, passerelles et petits jouets qui pendouillent. Pour les humains, un canapé à l'allure très confortable les attend. Quel est donc ce drôle d'endroit ? Pourquoi suis-je ici ?

Avec délicatesse, on me pose sur l'un des étages de l'arbre et je me retrouve seule dans ce petit espace inconnu. Je cherche un endroit où me mettre en sécurité, le temps d'appréhender mon nouvel environnement. Le vent s'amuse à me jouer des tours, une branche frappe frénétiquement sur le toit précaire en tôle de ce drôle d'endroit.

Quelque chose d'autre toque, mais cette fois-ci à la porte. Le battant s'ouvre et une paire de chaussures entre dans mon champ de vision. Elles sont soigneusement cirées et un pantalon en jean bleu tombe à la perfection sur les lacets.

— Hey, belle panthère. C'est moi.

Cette voix, je suis perdue.

— Où es-tu ?

Oui, c'est bien lui. Je m'avance un tantinet, toujours bien cachée sous une étagère, et je vois une main, une main noir ébène. C'est lui, il est revenu. Jamais dans mes rêves les plus fous je n'aurais cru que cela arriverait un jour. Je n'ai qu'une envie : sortir de ma cachette. Qu'il me voit et m'emmène avec lui, loin d'ici.

— Te voilà, ma belle.

Nos regards se croisent et le sien est si intense. Cette sensation de confiance refait surface, je ne m'étais pas trompée sur lui. Je n'ai plus peur, rien ne peut m'atteindre en sa présence, il est mon protecteur et celui d'Étienne...

Étienne ?!

Ce cœur que j'entends battre, plus discret, mais deux fois plus rapide. Je reconnais ce son, il est comme une mélodie à mes oreilles. Je suis envoûtée. Dans l'autre main de l'humain, il y a un petit sac en toile grise et bleue à l'allure très confortable, et le cœur que j'ai tant aimé entendre battre est à l'intérieur. Sans attendre, je saute sur le canapé et essaie d'atteindre le sac. La frustration me rend dingue, je dois le voir.

— Je savais que tu allais le reconnaître. Il a besoin de toi, ton ami ne va pas très bien.

L'humain pose mon amour sur le sol et ouvre la fermeture éclair sans attendre. Étienne est emmitouflé dans une couette à l'imprimé chat noir, on dirait toute une ribambelle de petits moi. On ne peut que bien dormir dedans, c'est certain.

Avec prudence, mais aussi une grande joie, je m'approche de mon compagnon qui m'a tellement manqué. Il dort, enfin j'en ai l'impression. Je ne vois que le bout d'une oreille dépasser du monticule d'étoffe. Je me retiens de lui sauter dessus. Quand nous nous sommes quittés il était mourant, c'est déjà un miracle qu'il respire encore et qu'il soit ici devant moi. Ce miracle a eu lieu grâce à cet homme qui nous observe, calmement assis dans le coin opposé de la pièce. Je sens son émotion, un doux mélange de bonheur, de tendresse et d'appréhension.

— Aide-le, Kiwi. Je t'en supplie.

Qu'attend-il de moi, au juste ? Son aura est si intense que j'en suis presque mal à l'aise. Que se passe-t-il ? L'attention de l'homme glisse sur le sac de transport et son angoisse se démultiplie. Il a peur, peur d'Étienne ou du mal qui le ronge ? Moi aussi je sens que mon aimé ne va pas bien, je ne sais pas quoi faire pour l'aider.

— *Étienne ? Je peux entrer, c'est Kiwi.*

Il dort. C'est la seule raison de son silence. Tant pis, qu'il soit prêt ou pas, j'entre.

Je ronronne malgré moi, je suis si heureuse de le retrouver. Son odeur n'a pas changé en dépit de cette immonde trace que je reconnaîtrais entre mille, le vétérinaire. Alors il a bel et bien été soigné ! C'est une merveilleuse nouvelle.

Je pose une patte sur ce que je devine être la bosse où se trouve sa tête. Je lèche tendrement l'unique oreille qui dépasse et constate avec horreur la présence d'un épais bandage sur la moitié de son visage endormi, d'où l'oreille manquante, qui doit être prise dans ce tissu tout blanc. Je bouscule Étienne, pourquoi ne se réveille-t-il pas ?

— *Allez, lève-toi maintenant !*

Ça y est, je suis énervée. Je déteste que l'on se paie ma tête de la sorte. Je lui ai toujours dit que son humour était bon à jeter par la fenêtre ! Cependant, au-delà de mon agacement, c'est l'inquiétude qui prédomine. J'attrape entre mes crocs la couette et la tire de toutes mes forces, c'est l'heure de la manière forte.

Étienne grogne. C'est déjà ça.

— Je savais que tu allais comprendre, petite panthère. Il ne se bat pas, on dirait qu'il ne souhaite plus vivre depuis que je suis parti avec lui. Depuis que je vous ai séparés...

Les paroles de l'humain m'encouragent, nous sommes sur la même longueur d'onde lui et moi. C'est si bon d'avoir trouvé une âme aussi semblable, qui nous comprenne, en étant pourtant drastiquement différent. Comme un alter-égo.

Je secoue Étienne, je dois le sortir de cette torpeur où il se complaît depuis beaucoup trop longtemps. Il n'a qu'une vie et je ne le laisserai pas la gâcher.

— *Bouge-toi, espèce de snobinard, égoïste et laid comme un pou.*

Je n'ai aucun remord à le mordre et, c'est avec peut-être un peu trop de conviction, que je lui croque la cuisse, là où Biscuit l'avait également blessé.

— *Aïe !*

— *Étienne, reste avec moi s'il te plaît.*

— *Kiwi, c'est toi ? Je rêve encore, c'est ça... Kiwi n'est plus là, je suis seul maintenant, si seul...*

Il me regarde, mais ne me voit pas. Il se rallonge, pour mieux retomber dans sa pseudo léthargie funèbre.

Non mais, il se moque de moi, là ?! Eh bien tant pis pour lui. Je le mords à nouveau et cette fois-ci, c'est son unique oreille qui trinque. Je lui laisse en guise de souvenir deux magnifiques petits trous qui perlent chacun d'une unique goutte de sang.

— *AÏE ! Bordel, qu'est-ce qui se passe !*

— *Étienne, c'est moi, Kiwi.*

Enfin, il me voit. Son œil voilé par la dépression n'est plus, à la place, la douce lueur que j'ai tant aimé chérir réapparaît.

— *Kiwi, je te pensais perdue à jamais.*

C'est la première fois que je le vois aussi désemparé. S'il avait su comment faire, je suis certaine que son corps aurait déversé des flots entiers de larmes. Toutefois, ces larmes n'auraient pas été de tristesse, mais de joie. D'une joie si intense, si transcendante.

Je le ressens moi aussi.

— *Tu m'as tellement manqué*, je lui murmure, envahie par l'émotion.

Difficilement, il se redresse et sort de cette tanière où il a trop longtemps hiberné. Son corps fait de la peine à voir et je sais que derrière ce bandage immaculé il n'y a plus rien. Tant pis, il est en vie et c'est le principal. C'est avec toute la tendresse et l'amour du monde qu'il pose son front contre le mien.

— *Salut, toi.*

Ces deux mots m'ont horriblement manqué. C'est avec ces deux mots qu'il m'accueillait tous les matins. Notre petit rituel à nous.

— *Salut, toi*, je lui réponds.

Nous sommes réunis.

— *Tu m'as manqué, petite chose toute noire.*

— *T'es lourd.*

— *Et toi rikiki.*

Nous sommes réunis.

Je plonge sur lui, j'ai besoin de sentir son corps.

Nous nous aimons tant.

Une main m'attrape tandis que nous nous battons avec bonheur dans cette pièce dorénavant imprégnée de notre joie.

— Merci, Kiwi.

L'humain au grand cœur embrasse mon petit ventre, ça chatouille, c'est marrant. J'aimerais qu'il vienne jouer avec nous.

— Chérie, tu peux entrer maintenant.

Une humaine entre. Elle a la peau olive mais son teint affreusement gris est caractéristique des grands malades. Nos regards se croisent, elle sourit. Ce sourire est si chaleureux, il est annonciateur d'espoir et d'amour. Ils se sont bien trouvés, tous les deux.

Leur famille est si rayonnante.

— Alors Chris, comment va le petit Étienne ?

— Le miracle a eu lieu. Le vétérinaire avait raison, il avait juste besoin de retrouver une connaissance.

— C'est elle, la petite panthère dont tu m'as tant parlé ?

— Oui, il y avait tant de tristesse dans ses yeux verts. Elle m'a bouleversé.

La jeune femme est prise d'un vertige. Je sens la faiblesse l'envahir, la circulation de son sang a été perturbée par un raté de son cœur. Son compagnon l'aide à s'asseoir sur le canapé, et je vois Étienne sauter à son tour sur ses genoux noueux.

— Tu as l'air d'aller mieux, toi... J'aimerais aussi trouver un remède à mon mal, mais ce n'est pas aussi simple qu'une peine de cœur, je crois bien.

Je suis jalouse, Étienne semble beaucoup l'aimer. Je n'apprécie pas ça du tout.

— *Oh ça va Kiwi, tu apprendras à l'aimer.*

— *Je ne sais pas si j'en aurai le temps*, je me plains.

— *Ne t'inquiète pas pour ça, j'ai comme l'impression que tu vas rentrer avec nous...*

Je suis sous le choc.

— *Ils veulent m'adopter, tu penses ?*

— *Je l'ignore, mais je ne partirai pas sans toi.*

Il est bien installé sur les cuisses de l'humaine, qui lui caresse distraitement la mâchoire. J'ai envie de le rejoindre, j'aime bien les papouilles moi aussi.

— *Allez, viens. Je sais que tu en meurs d'envie.*

— *Tu es usant à me connaître par cœur,* je fulmine, en dépit de l'attendrissement que je ressens pour lui.

Je saute sur le canapé et nous voilà tous les quatre réunis. Chacun sur son humain. Je suis si bien, nous sommes si bien.

— Chris, pendant que tu étais ici, j'ai parlé avec une des bénévoles en charge des chiens. Je n'ai pas de bonnes nouvelles.

— Notre demande est refusée ?

— Ce chien n'est plus disponible à l'adoption. Quand la chatte est entrée dans son enclos, il est devenu comme fou par la suite. Il a attaqué une autre bénévole, elle est gravement blessée... Il part à l'euthanasie demain matin. Nous ne pouvons plus rien pour lui, même s'il n'est pas catégorisé, il est considéré comme trop dangereux. Il n'y a aucun recourt possible.

— C'est dégueulasse. Il est traumatisé, c'est tout. Il avait juste besoin d'amour et de patience, on aurait pu l'aider...

— La connerie humaine est sans limites, chéri...

— Au moins le malade qui a infligé ça à ce chien aura ce qu'il méritait. J'ai eu le commissaire au téléphone, ils l'ont arrêté hier. Pour trafic d'animaux et violences conjugales.

— Cela reste une demi-victoire, le chien va mourir par sa faute.

— Je sais ma chérie, je suis navré.

Je les vois s'embrasser à la manière des humains. Je suis bien contente d'être un chat, car c'est répugnant.

— Bon ! Je crois que la rencontre est un succès, on l'adopte ?

— On l'adopte !

On nous enfourne dans le sac de transport, et je ne peux m'empêcher de maugréer.

— Je commence à en avoir assez de me faire déplacer dans tous les sens !

— Arrête de râler et fais-moi un câlin.

Je me tais, c'est la première fois qu'Étienne me réclame de l'attention. La vie est si belle, même dans cette boîte.

***

C'est ici que mon histoire tumultueuse prend fin.

C'est aujourd'hui que je renais.

Vous connaissez la suite.

Épilogue

Cinq années ont passé.

Comme à mon habitude, je me repose dans l'immense jardin de mes humains. Le soleil me chauffe malicieusement les oreilles et la brise me chatouille le nez. Bien installée sur un tapis de galets blancs, j'observe le ballet incessant des abeilles qui s'échinent presque nuit et jour au cœur des nombreuses fleurs qui tapissent cet océan de verdure. Cette année, l'herbe est haute, très haute.

Cela me rappelle le temps où je vivais dans un champ. Enfin, le terme survivre serait le plus adéquat, mais peu importe, cette période est révolue depuis maintenant bien longtemps.

Pourtant, mes pensées s'y abîment régulièrement au rythme des odeurs qui me parviennent, éveillant tout de suite de vieux souvenirs bien enfouis.

Étienne n'est pas avec moi, il est très certainement parti vagabonder dans le bois qui délimite le fond de notre propriété. Depuis que je lui ai avoué avoir été capable, naguère, de chasser le lapin, il s'est donné pour mission d'y arriver à son tour. Ce cinéma dure depuis maintenant deux semaines, mais avec un œil en moins, il part avec un très gros handicap. Tous les soirs, après qu'il soit une nouvelle fois revenu bredouille, nous avons cette même discussion. Je tente de le rassurer, de le persuader que ce n'est en aucun cas sa faute, mais celle de la vie qui l'a privé de son œil. Alors, à chaque fois, il me parle de mon propre handicap. Ma queue. Nous sommes un vieux couple de ronchons estropiés.

Je m'ennuie. Les abeilles sont distrayantes, mais pas assez pour me tenir en haleine plus de cinq minutes. Je me relève et m'étire de tout mon long. Mon ombre est projetée au sol. Je suis devenue fortement rondouillette. Mes nombreux cycles d'abondance et de famine ont déréglé mon métabolisme. Mes humains me rationnent depuis quelques semaines, à la suite d'une visite annuelle auprès de cet homme. L'homme en blanc. Le seul humain que j'ai vu tout au long de mon existence. Il m'a sauvé la vie et maintenant, il m'affame.

— *Tu es encore plus grosse que Biscuit à l'époque où nous vivions chez notre vieille humaine,* m'avait taquiné Étienne, avant que je ne le fasse taire d'un coup de patte rageur.

Je me détourne de mon ombre et pars à la recherche de mon chasseur en herbe. Je m'enfonce dans le bois. L'atmosphère y est différente, à la fois paisible et grouillante de vie. Le clapotis du cours d'eau à ma gauche me fait toujours rater un battement. Le déluge m'a marqué à vie, et le souvenir de mes défunts petits est encore bien présent et douloureux. Je m'approche de la berge. L'agitation qui y règne est fascinante. La vie aquatique a toujours été un mystère pour moi, je suis comme fascinée par les reflets qui illuminent la ligne dorsale des poissons.

J'emprunte un pont de bois, que mon humain s'est appliqué à construire pour que notre famille puisse sereinement passer d'une rive à l'autre sans craindre de finir à l'eau. Je suis perdue dans mes pensées quand, soudain, une ombre à grandes oreilles traverse le ruisseau en m'éclaboussant au passage. À peine ai-je le temps de me retourner, qu'Étienne, aussi rapide que mon ami le corbeau, déboule sur le pont à la suite de sa proie.

— *Non, mais tu es dingue ou quoi ?! J'ai bien failli tomber à l'eau !* je m'exclame, plus remontée que jamais.

Son obsession commence sincèrement à me taper sur les nerfs. Mais Étienne ne m'écoute pas. Je me demande même s'il m'entend. Je suis intriguée. En dépit de mon agacement, je pars à sa suite, et m'installe sur un banc en bois couvert de mousse, pour observer la scène sans risquer de me faire à nouveau bousculer.

Je balaye le bois du regard sans réussir à trouver la proie que je soupçonne être un lapin. À défaut de le trouver, j'observe Étienne. C'est dur à admettre, mais sa technique de chasse s'est grandement améliorée. Je ne suis pas aussi patiente que Jäger. C'est pourquoi j'ai préféré ne pas lui enseigner cet art. Cela aurait pu nuire à notre entente, déjà difficile à cause de nos caractères bien trempés. Étienne est bien dissimulé sous un bosquet de fougères, seule sa queue agitée est visible.

Il attaque.

Le lapin s'enfuit.

Le lagomorphe était juste sous mon nez et je ne l'avais même pas vu ! Je suis perplexe, car ce lapin est très différent de ceux que j'ai connus auparavant. Son museau est un peu plus plat, ses oreilles retombent de chaque côté de son visage rond aux longs poils. Lorsqu'il se déplace, ses oreilles sautent au rythme de sa course. Il me fait penser à un lapin que j'ai rencontré lors de mon errance. Il déambulait dans un jardin pavillonnaire, en compagnie d'un chat des plus plus banals. J'avais attendu des heures que le félin daigne quitter ma proie, pour pouvoir la tuer en paix. Au moment d'attaquer, je n'ai pu me résoudre à lui faire du mal. Ses yeux ne manifestaient aucune crainte.

Il s'appelait Carotte.

Ce soir-là, j'ai appris qu'il y avait des lapins domestiques.

Ce soir-là, je me suis fait la promesse de ne pas les tuer.

Je saute de mon banc et, avec hargne, je m'interpose entre un Étienne enragé par sa chasse et un lapin terrorisé et perdu. Mon compagnon freine des quatre fers. Je lis de la surprise sur son visage, rapidement suivie par une violente colère à mon égard, tandis que le lapin fuit se mettre à l'abri sous des fougères, le pompon à peine visible.

— *Merde, Kiwi ! Pourquoi tu as fait ça ?* grogne Étienne.

— *Tu ne peux pas le tuer*, je lui réponds, en soutenant son regard meurtrier.

— *Pourquoi ? Tu as peur que je te surpasse à la chasse ?*

— *Non, ce n'est pas ça.*

— *Alors c'est quoi ?!*

— *Je crois que ce lapin est un domestique...*

— *Un lapin domestique ? C'est impossible.*

— *Si, j'en ai déjà rencontré un avant de faire ta connaissance.*

— *Si tu le dis... mais qu'est-ce que ça change ?*

— *Ils vivent avec des humains, comme nous. Il a peut-être une famille qui le cherche. Il est très certainement perdu.*

Étienne rentre peu à peu ses griffes. J'entends son cœur ralentir, et ses pupilles dilatées reviennent à la normale. Je vois son regard passer par-dessus mon épaule. Il est frustré, mais tout comme moi, il sait quand une cause est juste. Et là, nous avons tous les deux le ventre plein, nous ne manquons pas de nourriture. Alors, pourquoi le tuer inutilement ? Autant l'aider, si nous le pouvons.

— *Tu as raison. Mais admets-le, j'étais à une griffe de l'avoir...*

— *Oui, c'est vrai*, je l'encourage, en me frottant contre son poitrail.

— *C'est peut-être plus prudent que ce soit toi qui ailles le voir. Je le traque depuis un moment, il ne va pas comprendre.*

— *J'y vais. Reste un peu en arrière, s'il te plaît.*

Étienne se retire et, à son tour, va s'installer sur le banc. Quant à moi, je m'approche lentement du buisson. J'essaie de traduire mon intention grâce à ma gestuelle : moignon en l'air, oreilles droites, griffes rentrées. À deux mètres de son pompon affolé, je m'assieds et attends. Je compte bien patienter une heure s'il le faut. Ce petit lapin doit comprendre que je ne lui souhaite pas de mal.

— *Bonjour, moi c'est Kiwi. Je suis désolée pour Étienne. Nous restons des chats, la chasse fait partie de ce que nous sommes.*

— *Ça n'excuse pas tout ! Vous êtes des monstres.*

— *Je comprends, mais je te promets que je ne vais pas te faire de mal.*

— *Je ne te crois pas. Vous êtes tous si fourbes...*

Je me sens mal pour lui. Je connais bien ce sentiment d'insécurité. Mais hormis patienter, je ne vois pas quoi faire d'autre. Cependant, les minutes s'égrènent, et une idée commence à germer dans mon esprit.

— *J'ai connu un domestique comme toi il y a quelques années. Il adorait manger toutes sortes de légumes, plus particulièrement une drôle de plante nommée fenouil. Tu en veux ? Notre humaine en a dans sa boîte froide.*

Doucement, je vois poindre un petit nez tout agité. Sa respiration est si rapide...

— *Je ne connais pas le fenouil. J'aimerais tant y goûter !*

Je me tourne vers Étienne, qui n'a pas raté une seconde de notre échange.

— *Ça va, pas besoin de faire cette tête, Kiwi. Je m'en occupe.*

Mon compagnon se lève et file en direction de la maison. Étienne peut faire preuve d'une très grande ingéniosité, je ne suis pas inquiète. D'une manière où d'une autre, il reviendra avec un fenouil.

— *Pourquoi es-tu gentille comme ça ?*

Il est enfin sorti. Il est si beau que je me vois mal y planter mes crocs. Sa fourrure blanche et grise est épaisse, ses yeux bleus sont vifs et pleins d'intelligence. Je crois bien que c'est la première fois que j'allie les mots lapin et intelligence. Pourtant, c'est le cas. Ses oreilles longues et tombantes lui donnent un air continuellement triste.

— Je suis gentille, car, comme toi maintenant, j'ai aussi été perdue. Et un jour, une âme au grand cœur m'a sauvée. Sans lui, je ne serais pas là. C'est pourquoi, à mon tour, j'aimerais te venir en aide.

— Je ne sais pas quoi dire...

— Commence par me dire ton nom ? je l'encourage, tout en essayant de ne pas laisser paraître mes crocs acérés.

— Whisky.

— Enchantée Whisky. Puis-je te poser une question ? Je suis curieuse...

— Oui, bien sûr.

Il me sourit, enfin je crois. Les lapins sont très différents de nous et, pourtant, j'ai l'impression que nous nous ressemblons.

— S'il te plaît, mon ami Whisky le lapin, raconte-moi ton histoire. Qu'est-ce que ça fait d'être dans la peau de Whisky ?

Nous avons tous croisé le chemin d'une Kiwi.

Les animaux domestiques sont notre responsabilité.

Printed in Great Britain
by Amazon

86494397R00178